FAITE POUR TOI

EMBRASE MON COEUR
TOME 3

KAIT NOLAN

Traduction par
FRÉDÉRIQUE MALBOS

TAKE THE LEAP PUBLISHING

PARCE QUE C'ÉTAIT TOI
PREQUEL DE FAITE POUR TOI

Elle adore les mariages

En tant qu'auteur de Romance, Paisley Parish est une romantique inconditionnelle. Voir ses amis échanger des promesses pour la vie lui fait du bien, même si tout cela a le défaut de souligner son propre statut de célibataire. Mais c'est à cela que servent les gâteaux et le champagne. Elle doit juste éviter les casse-pieds prétentieux.

Il déteste les mariages

L'ancien Ranger de l'armée Ty Brooks est heureux de voir son frère d'armes entamer sa nouvelle vie. Il aspire juste à quitter ce costume di pingouin et à s'éloigner de cette parade apparemment infinie d'invités. Tout ce dégoulinement de guimauve ne lui correspond pas, mais il est déterminé à ce que rien ne vienne gâcher la soirée spéciale de Harrison et Ivy, surtout pas le crétin qui a accaparé l'une des invitées.

Un revenant

Le chevalier en smoking qui se présente, une coupe de champagne à la main, en prétendant être le petit ami de Paisley n'est autre que son premier amour qui lui a brisé le cœur. Ty est plus âgé, plus sexy, et abasourdi de la voir. Il est clair que la vieille alchimie entre eux est bien vivante, et pendant qu'ils évoquent de vieux souvenirs, les sentiments qu'ils pensaient morts et enterrés depuis longtemps resurgissent. La soirée va-t-elle marquer leurs adieux, jamais prononcés, ou bien le début de la deuxième chance ?

— Je déteste les mariages.

Paisley Parish regarda la demoiselle d'honneur qui s'affalait de l'autre côté du canapé dans un nuage de jupons vert pâle. La jeune femme blonde se débarrassa de ses hauts talons visiblement douloureux et commença à se masser la plante des pieds.

Paisley répondit poliment par une moue de compassion.

— Les talons hauts, très peu pour moi, par contre j'adore les mariages en soi. Y a-t-il quelque chose de plus romantique et porteur d'espoir que deux personnes qui se promettent de s'aimer, de s'honorer et de se chérir pour toujours ?

Elle regarda en soupirant vers la piste de danse, où Ivy et Harrison évoluaient en cercles dans leur monde à eux.

Sa compagne fit la grimace.

— J'ai été quelque peu échaudée par mon divorce. Mon ex semble avoir pensé que ces vœux étaient plus des conseils que de vraies promesses.

Paisley leva son verre.

— Alors, c'était un casse-pied arrogant, et heureusement que vous vous en êtes débarrassée.

— C'est exact. Mais il a été la preuve vivante que les hommes causent plus de problèmes qu'ils n'en résolvent.

— Oh, je ne sais pas. Après mon deuxième divorce, j'ai pensé que les hommes étaient formidables à condition qu'on ne dépasse pas leur date de péremption - elle but une gorgée de champagne et fit un clin d'œil – l'important est de savoir quel jour ça tombe.

Cependant, pendant qu'elle prononçait ces paroles, cela ne semblait pas aussi vrai qu'avant. Elle était entre deux petits amis pour le moment. En toute franchise, cela faisait plus d'une minute qu'elle en avait cherché un. Ivy et Harrison étaient le deuxième couple parfaitement assorti qui contredisait cette croyance particulière.

Deux mois plus tôt, Paisley avait aidé sa meilleure amie, Emerson, à orchestrer le geste grandiose et parfait pour l'amour de sa vie, un oiseau rare, le type le plus parfait du monde. Maintenant qu'ils étaient mariés et attendaient leur premier enfant, Paisley sentait un petit pincement au cœur qui aurait pu être un désir ardent. Si elle y regardait de plus près. Emerson et Caleb étaient le couple parfait pour incarner le dicton : *Il n'est jamais trop tard !*

Au fond, c'était ce qu'elle avait toujours recherché. Elle adorait l'amour. Punaise, après que son premier amour l'avait quittée pour aller remplir son devoir et honorer l'Oncle Sam, elle avait fait carrière en écrivant sur cette histoire. Paisley était d'ailleurs très fière de ne pas avoir laissé son cœur brisé saper son optimisme naturel. Mais les vrais hommes n'étaient pas comme les super-héros de ses romans, et elle refusait de se contenter de moins. Si cela voulait dire devoir embrasser beaucoup de crapauds... eh bien, tant pis.

Elle se tourna encore une fois vers la piste de danse, souriant à la vue de la tête d'Ivy nichée contre l'épaule large de Harrison. Les traits habituellement austères de l'ancien Ranger de l'armée étaient détendus dans une expression si tendre que Paisley en avait la gorge serrée. Ils lui donnaient l'espoir que, quelque part, il y avait quelqu'un qui correspondrait exactement à ses désirs. Il y avait bien une petite voix par derrière qui lui murmurait qu'elle l'avait trouvé et perdu il y a des années, mais elle faisait semblant de l'ignorer. Elle avait passé la moitié de sa vie à le faire.

L'invitée blonde suivit son regard et son expression s'adoucit.

— Je dois dire qu'Ivy et lui sont sacrément bien assortis.

— Exactement. Je n'aurais pas pu moi-même pondre des personnages aussi parfaits.

Les yeux marron brillèrent d'intérêt.

— Est-ce que vous êtes l'une des amies écrivaines d'Ivy ?

— Je plaide coupable – elle lui tendit la main – je m'appelle Paisley Parish.

— Deanna James. Mon Dieu, j'adore vos livres ! Ils m'ont aidée à me remettre de la perte du casse-pied. Si je pouvais faire sortir Max des pages de *She Shed Casanova,* je le ferais sur-le-champ.

Paisley éclata de rire.

— Il était vraiment craquant avec cette ceinture porte-outils.

Deanna fit mine de s'éventer.

— Et puis toute la scène avec *la porte* - elle dit cela en appuyant sur les paroles comme le méritait cet interlude croustillant – je suis sûre et certaine qu'il n'y a rien de plus sexy qu'un type avec une ceinture porte-outils qui connaît bien son outillage.

— Dis donc, si c'est ça qui te branche, alors tu dois aller voir illico sur YouTube DIWyatt.

— DI quoi ?

— DIWyatt. C'est cet entrepreneur qui a sa propre chaîne YouTube où il parle de projets de rénovation de maisons à faire soi-même. Je ne peux pas dire que je me sois beaucoup inté-ressée à ce qu'il enseigne, mais il en *jette* avec sa ceinture porte-outils. Ton imagination part en vrille !

— J'irai sûrement voir ça.

— Bon, histoire de revenir sur terre, tu devrais regarder autour de toi. Te remettre en selle et tout ça. À moins que l'encre sur tes papiers du divorce ne soit encore fraîche.

— Non, c'est fini et plié depuis longtemps. J'ai fait un travail sur moi, tu sais ? Je me suis demandé ce que je voulais et qui j'étais. Chose que j'avais perdue de vue pendant mon mariage.

— Tu as raison. Comprends ce qui s'est passé, puis tourne la page – les lèvres de Paisley s'arrondirent – mais aucune règle ne dit que tu ne peux pas t'amuser un peu pendant ce temps.

Deanna fit signe à quelqu'un de l'autre côté de la salle de réception.

— Malheureusement, il faudra remettre à plus tard les divertissements. Les devoirs de demoiselle d'honneur m'appellent – elle remit ses escarpins – ça a été un plaisir de te rencontrer.

— Pour moi aussi.

— Bonne chasse ! Il y a de vrais canons parmi les garçons d'honneur. Certains sont pris mais pas tous.

Paisley leva son champagne en signe d'approbation. Quand Deanna s'éloigna, Paisley balaya du regard la pièce à la recherche de ces garçons d'honneur. Arrivée un peu tard, elle était dans le fond de l'église pendant la cérémonie, et donc elle ne les avait pas vus de près, mais même à distance, elle voyait qu'ils remplissaient bien leur smoking. Mais ce n'était pas l'un d'eux qu'elle avait repéré sur son chemin.

Le type qui marchait vers elle comme un missile à tête chercheuse avait un sourire éblouissant de blancheur qui lui fit penser à une publicité de dentifrice. Paisley lui sourit instinctivement, se demandant s'il avait du potentiel. Ce soir, elle n'était pas venue pour draguer, mais elle ne renoncerait pas à une bonne occasion... elle aurait peut-être de la chance.

— Salut, tu ne t'en veux pas d'être plus jolie que la mariée ?

Un peu ringard comme abordage mais elle avait vu pire.

— Ivy est sûrement la plus belle de sa soirée, ce soir. Mais merci du compliment.

Mister Dentifrice la détailla des pieds à la tête, s'attardant sur ses jambes. Elle les décroisa brusquement, ce qui empêcha l'ourlet à volants de sa petite robe noire de remonter plus haut. Au fil des ans, elle s'était frottée à suffisamment de types pour détecter ceux qui avaient du potentiel et ceux qui n'en avaient pas. Celui-ci, elle ne le sentait pas.

— J'adorerais enlever ta jarretière.

Paisley se raidit. Ben voyons ! C'était pire qu'un crapaud, ce mec, il était insortable et elle ne voulait plus avoir affaire à lui. Même s'il n'avait pas bredouillé, elle aurait vu qu'il était à moitié ivre.

Se relevant du canapé, elle voulut passer devant lui, mais il se mit en travers de son chemin.

— Où vas-tu comme ça, ma jolie ?

Il s'arrêta, à deux doigts de la toucher, mais il l'empêchait complètement de passer. Elle recula dans son coin, car il lui permettait de voir ce qui se passait et d'entendre les conversations. En tant qu'écrivaine, elle s'imprégnait de bribes de conversations, comme une véritable éponge. Mais maintenant, elle regrettait de ne pas s'être davantage mêlée aux autres. On se sentait un peu plus en sécurité au milieu d'une foule.

— Excuse-moi, je dois aller aux toilettes.

— Ah non, ne sois pas si pressée ! Il faut qu'on fasse connaissance.

L'espace d'un instant, le fait qu'un sale type lui barre la route lui rappela des souvenirs. Ce n'était pas la première fois, pas du tout. Et il n'y avait pas de héros tapi dans les coulisses, prêt à bondir et la sauver, cette fois-ci. Elle avait arrêté depuis longtemps d'en chercher un. Mais, comme elle faisait face à cet abruti, elle aurait bien voulu que l'Univers lui rende un service et lui envoie quelqu'un, parce qu'elle n'avait vraiment pas envie de faire un esclandre.

— Cinquante dollars qu'il y aura un polichinelle dans le tiroir d'ici la fin de l'année.

Ty Brooks détourna son attention de la foule qui emplissait la salle de réception et s'adressa à son ami en fronçant les sourcils.

— Es-tu sérieusement en train de parier sur la vie amoureuse de Harrison ?

Sebastian Donnelly haussa les épaules.

— Il me semble qu'on a déjà parié sur des choses bien plus bizarres que ça.

Il avait raison. Sur le terrain, quand leur travail prévoyait des attentes et des missions de reconnaissances qui n'en finissaient plus, ils avaient parié sur toutes sortes de choses pour tuer le temps ; y compris quel cafard traverserait plus vite que les autres leur bunker. Parfois, cela avait été la seule distraction pendant des jours ou des semaines éprouvantes. Aucun d'entre eux n'était plus Ranger désormais, mais les vieilles habitudes avaient la vie dure.

Porter Ingram, toujours la voix de la raison, reprit sa bière en main.

— Ils ont l'air heureux, c'est le principal.

Le regard de Ty revint vers Harrison et Ivy, qui étaient en train d'exécuter à ce moment-là une danse compliquée et virevoltante. C'était ça, la Shag ?

Son ancien capitaine avait traversé l'enfer. Ivy était sa récompense pour avoir survécu et une des principales raisons pour lesquelles il y était arrivé. Elle l'avait ramené à lui-même. Ty n'aurait jamais imaginé que l'homme puisse être aussi heureux s'il ne l'avait pas vu de ses propres yeux.

— C'est exactement pour ça que j'ai lancé le pari, soutint Sebastian. Ces deux-là sont sur le bon chemin pour être heureux jusqu'à la fin de leurs jours. Tout ce dont on parlait quand on était en mission et que nous ferions une fois qu'on s'en serait sortis. Pour le mariage, ils ont coché la case. Prochaine étape, les bébés.

— Tu n'as pas tort, concéda Porter.

Évidemment, sa propre fille n'avait que quelques mois. Ce voyage à Nashville, où ils s'éloignaient de Faith pour la première fois depuis qu'elle était née, était une première pour sa femme, Maggie et lui.

En tant que célibataire vivant sur place, Ty ne put résister à lancer une boutade.

— Vous avez tous une opinion sur la façon dont les choses se passent. Quand est-ce que tu vas en arriver là avec Laurel, au juste ?

— Hé mec, elle a dit oui quand je lui ai demandé de m'épouser. Maintenant, mon boulot, c'est de hocher de la tête et de dire « Oui, Madame » à tout ce qui concerne les noces.

Porter sourit.

— C'est chouette de savoir que ton entraînement à l'armée sur l'obéissance aux ordres va servir à quelque chose.

Ty eut du mal à réprimer un sourire tout en se remettant à surveiller la salle. Ses amis étaient heureux. D'un bonheur sans mélange. Ils le méritaient bien, et il était reconnaissant à l'Univers de leur avoir souri d'en haut. Mais ce type de bonheur n'était pas pour lui.

Il avait envie de rentrer à Eden's Ridge, à sa cabane dans les bois, où il pouvait éviter ces festivités bruyantes. Là où la vue de ces dernières ne lui assénait pas un coup en pleine poitrine comme un obus perforant, lui rappelant précisément qu'il ne méritait pas les fêtes de mariage, ce à quoi il serait condamné, sa vie durant.

Des années auparavant, juste avant que Ty ne parte pour son premier entraînement, il avait été garçon d'honneur quand son demi-frère, Garrett, avait épousé son amour d'enfance. Garrett et Bethany n'avaient pas été les seuls à prononcer leurs vœux ce jour-là. Ty avait juré de faire tout ce qui était en son pouvoir pour protéger l'ami qu'il avait connu et aimé dès le berceau, pour être sûr que Garrett rentre chez lui pour passer avec sa femme la vie qu'ils avaient programmée depuis des années.

Il avait échoué.

Alors, non. Le happy end n'était pas pour lui. Il n'avait pas eu de relation, de réconfort ni d'amour. Ces choses-là étaient pour les hommes qui le méritaient.

Même s'il avait cru y avoir droit, il n'avait pas eu le temps de nouer de nouvelles relations. Il n'était pas le genre d'homme qui aime faire de nouvelles connaissances. Il avait ses amis et ça lui suffisait. Eux et son job d'adjoint dans le Comté de Stone qui lui avait permis de garder sa santé mentale et peut-être même son âme. Il protégeait et servait. C'était ce qu'il connaissait le mieux, ce qu'il était.

Comme il ne pouvait pas plus enlever sa casquette de flic que celle de soldat, Ty continuait à balayer la pièce du regard, à la recherche de conduites à risque. Il catalogua machinalement les invités qui allaient trop souvent prendre une boisson gratuite au bar. Quelqu'un allait bientôt devoir voler les clés de l'oncle de Harrison, s'il ne finissait pas la soirée à ronfler dans l'un des canapés placés stratégiquement le long des murs de la salle. Et s'il ne se trompait pas, ce fameux cousin d'Ivy était en train de proposer un karaoké spécial mariage que la mariée avait interdit de façon catégorique à l'avance. Un groupe d'enfants, de huit à dix ans, passaient en rampant devant la table des cadeaux et en lorgnant vers celle des gâteaux.

Mais ce fut le gars en costume rayé qui attira l'attention de Ty. Il y avait un certain manque de contrôle dans son allure qui faisait comprendre à Ty qu'il avait plus que sa dose d'alcool.

Il allait d'une femme à l'autre, le sourire plaqué sur les lèvres qui se crispait de plus en plus, au fur et à mesure de ses déconvenues. Un prédateur opportuniste. Chaque événement social semblait avoir le sien.

— Bon, il y a trop de temps que tu te caches !

Laurel Maxwell, la fiancée de Sebastian apparut au bord de la piste de danse. Au cours de la soirée, elle avait abandonné ses escarpins quelque part. Mais le manque de centimètres supplémentaires ne diminuait en rien la force de sa personnalité. Elle lui prit les mains.

— J'exige une danse !

Maggie était juste derrière pour revendiquer Porter.

— Allez, chéri ! On va prendre de l'avance et se remuer le popotin avant que les douze coups de minuit retentissent et qu'on se transforme en citrouilles.

Porter posa sa bière.

— À vos ordres, Madame !

Ty remarqua à peine qu'ils allaient tous sur la piste de danse. Il était trop occupé à regarder le requin se rapprocher d'une femme seule dans le coin le plus éloigné. Sa chevelure couleur caramel tombait en vagues sur ses épaules. Elle était assise sur un petit canapé, regardant les gens ou se reposant les pieds dans ses très, très hauts talons. Le mobilier autour d'elle avait probablement été disposé ainsi pour faciliter la conversation, mais en fait, il formait une sorte d'entonnoir qui se referma comme un piège lorsque le requin s'approcha.

Ty avait déjà commencé à aller dans cette direction quand il la vit se raidir, se levant brusquement de son siège. Le requin ne bronchait pas, tandis que tout le corps de la femme hurlait qu'elle ne voulait en aucune façon avoir affaire à lui. C'était un scénario éculé, qui lui était familier. Un de ceux qui lui parlaient immédiatement, évoquant des souvenirs qu'il avait refoulés depuis longtemps. A l'époque, il n'avait pu s'empêcher d'intervenir, et il allait sûrement faire de même aujourd'hui. S'interposer, quand il y avait des abrutis, était tout simplement le devoir d'un gentleman.

Ne pensant pas que Harrison apprécierait une bagarre au beau milieu de la réception, Ty rafla deux verres de champagne du plateau d'un serveur et traversa la pièce d'un pas ferme.

— Excuse-moi, mec.

Le requin tressailla, et Ty profita de l'effet de surprise pour le contourner.

— Désolé d'avoir mis autant de temps... il y avait une queue phénoménale au bar.

Il tendit à la jeune femme un des verres et faillit le laisser tomber en voyant ces yeux noisette qui lui étaient familiers et arrivaient tout droit du passé.

~

Paisley croyait dans le pouvoir de l'optimisme. Elle croyait même dans la loi de l'attraction. Mais quand elle avait désiré que quelqu'un la sauve, comme elle l'avait fait bien longtemps auparavant, elle n'avait pas imaginé que ce serait *lui*. Et pourtant, il était là devant elle, flûtes de champagne dans les mains, comme si elle l'avait convoqué par sa seule volonté, ou son seul désir. Tyson Brooks ! Le garçon qu'elle avait aimé et perdu depuis de nombreuses années.

Ce n'était plus un jeune homme, à présent. Les années et l'armée avaient transformé ce corps jadis longiligne en un mélange détonnant de force et de grâce. Elle pouvait le voir à la façon dont il bougeait, dont il se tenait. Immobile et pourtant prêt à l'action. Et les muscles... doux Jésus, ses muscles ! La seule vue de ses épaules la faisait saliver.

Savait-il que c'était elle quand il était venu à sa rescousse ?

Elle examina son visage, voyant les traits du jeune homme dans ceux de l'adulte, malgré la barbe taillée de près et la mâchoire carrée.

Non, non, son regard effaré dans ses yeux noisette montrait bien que ce n'était pas le cas.

D'ailleurs, il ne la connaissait pas du tout, la première fois qu'il fit exactement cela, quand une version plus jeune de l'abruti du moment l'avait acculée dans un coin pendant la soirée pour fêter la rentrée en première année. Il tenait dans ses mains à l'époque deux verres d'une sorte de punch aux fruits et portait une chemise boutonnée avec un treillis. Le smoking qu'il portait à présent montrait qu'il était garçon d'honneur, bien qu'il ait laissé la veste et le nœud papillon quelque part. Le col de sa chemise était lâche et les manches retroussées dévoilaient ses avant-bras musclés qui, à eux seuls, frisaient le porno.

À seize ans, Paisley n'avait pas hésité, et elle n'hésita pas non plus cette fois-ci. Guidée à la fois par sa mémoire et par l'envie de faire déguerpir l'enfoiré le plus vite possible, elle se blottit contre le torse puissant de Ty en l'enlaçant, tout en se mettant sur la pointe des pieds pour effleurer ses lèvres d'un baiser.

Elle avait juste voulu prouver à l'abruti que c'était vrai, que cet homme était le sien, sans l'ombre d'un malentendu. Mais après une seconde seulement d'hésitation, la bouche de Ty s'ouvrit sur la sienne. Le goût de sa salive, tout à coup familier et étranger, ouvrit un coffre aux souvenirs qu'elle avait gardé soigneusement verrouillé. Le garçon qu'il avait été s'était immobilisé ce soir-là, car son cerveau adolescent avait mis du temps à saisir la mise en scène. L'homme en revanche lui passa un bras autour des épaules, la marquant d'un baiser qui disait clairement qu'il la revendiquait. Chaque cellule de son corps se réveilla en criant *Oui* !

Il l'entraîna dans un raz-de-marée d'émotions, comme si passé et présent fusionnaient dans un cocktail si enivrant qu'elle empoigna sa chemise, en se demandant en combien de temps elle pourrait la lui arracher.

Elle embrassait Ty ! Ty, qui avait été son premier amour. Le mec qui, elle le reconnaissait même si c'était enfoui dans une partie sombre de son cœur, avait gâché les chances de tous les autres. Celui qui était parti pour obéir à son sens du devoir, chose qu'elle n'avait pas comprise car pour elle, rien n'était plus important que l'amour. Le mec qu'elle n'avait pas vu depuis dix-huit ans.

Se souvenant qu'elle s'était mise dans cette situation pour prouver quelque chose, elle réussit à se détendre, sans aller trop loin dans son étreinte. Ses lèvres fourmillaient encore du contact avec les siennes quand elle leva les yeux pour le regarder. Ses pupilles s'étaient élargies tandis qu'il lui lançait un regard brûlant d'un désir non déguisé.

— Eh bien, mieux vaut tard que jamais, murmura-t-elle. Je pense qu'il est parti.

Il cligna de ses yeux aux cils scandaleusement longs.

— Qui ça ?

Ravie d'avoir fait vibrer le grand méchant militaire, Paisley sourit.

— Je suis heureuse de te revoir, Ty.

Elle s'écarta légèrement avec une certaine réticence puis regretta instantanément de ne plus être dans sa chaleur.

— Merci d'être venu à ma rescousse. Je m'excuse pour ta femme ou ta copine.

Il s'éclaircit la gorge en lui tendant l'une des flûtes à champagne qu'il avait miraculeusement gardée à la main.

— Tu n'as pas à t'excuser.

Donc, il était célibataire. Ça tombait plutôt bien... mais était-il un célibataire endurci ou bien avait-il fait quelques tentatives de mariage ratées dans le passé, comme elle ?

Paisley accepta le verre, reconnaissante d'avoir quelque chose d'autre pour s'humecter la gorge et empêcher sa bouche de s'éloigner de son cerveau.

Ty leva son propre verre pour porter un vague toast.

— Tu t'es améliorée depuis tes seize ans. Et tu étais déjà drôlement douée à l'époque.

Elle ne put retenir un grognement peu féminin.

— Eh bien, j'ai embrassé un tas de crapauds à l'époque. Toi, mon cher Tyson, tu n'en es pas un.

Et merde, ça avait presque valu le coup d'attendre dix-huit ans pour l'embrasser de nouveau.

— Qu'est-ce que tu fais ici, Paisley ?

La question aurait pu la vexer s'il n'avait pas semblé aussi médusé par sa présence.

— C'est un mariage, mon chou. La bonne question, c'est : tu es avec la mariée ou le marié ? et la réponse est la mariée.

— Tu connais Ivy ?

— On navigue dans les mêmes cercles d'écrivains à Nashville. On plutôt, on le faisait avant qu'elle ne déménage avec Harrison. Et toi, naturellement, tu es avec le marié. Copains de l'armée ?

— On était dans les Rangers ensemble.

Rangers. Donc, il était allé dans les Forces spéciales.

— Tu as toujours voulu être le meilleur chez les meilleurs. Félicitations !

Un éclair sombre et douloureux traversa son regard. Quelqu'un d'autre ne s'en serait pas aperçu, mais autrefois, elle connaissait toutes ses expressions.

— Je ne suis plus un Ranger. J'ai quitté l'armée, il y a quelques années.

Quand il s'était enrôlé, il pensait s'engager pour la vie. Elle supposa que la mort de Garrett avait été ce qui lui avait fait changer d'avis. Elle n'était pas allée à Cooper's Bend depuis des années, mais la mort tragique d'un de ses enfants bien-aimés avait eu un écho qui était arrivé jusqu'à elle, à Nashville. Elle n'en connaissait pas les détails et n'en demanderait sûrement pas. Garrett avait été plus proche qu'un frère pour Ty. Sa perte avait dû être dévastatrice.

Elle voulait éviter ce sujet qui pouvait plomber la conversation et se mit à siroter sa boisson.

— Que fais-tu ces jours-ci ?

— Je fais respecter la loi.

— C'est ce que je vois.

Il avait vu le monde en noir et blanc, de façon très tranchée. Est-ce que c'était toujours le cas, ou bien son poste chez les Rangers lui avait fait apprécier le gris ?

Comme elle n'aimait pas les ombres qui se dessinaient dans ses yeux, elle mit la flûte de côté.

— Beaucoup d'eau a coulé sous les ponts, depuis... Et si on dansait ? en souvenir du bon vieux temps...

En lui tendant la main, elle remua les doigts.

— Allez, autant continuer cette promenade dans les souvenirs.

Quelque chose d'autre passa dans ses yeux, en réaction. Quelque chose de sexy et intéressé, qui lui fit penser qu'il n'y avait pas qu'elle qui réfléchissait aux suites de ce baiser.

Les doigts forts de Ty se refermèrent sur les siens.

— D'accord. Mais j'ai appris quelques petites choses depuis ces deux dernières décennies. Cette fois, c'est moi qui mène la danse.

Mais ne te gêne surtout pas !

~

Tenir Paisley Parish dans ses bras était un vrai festin de souvenirs sensoriels. Le parfum de ses cheveux était à la fois le même mais aussi différent de la première fois qu'il avait dansé avec elle, après qu'elle l'avait embrassé lors de cette fête de rentrée d'autrefois. Il avait eu un petit coup de cœur et avait ressenti beaucoup de désir pour elle cette nuit-là. Elle était vive et amusante, et n'avait pas froid aux yeux, chose qu'il avait toujours admirée. Et les deux années et demie suivantes n'avaient servi qu'à le séduire encore plus.

Le toucher soyeux de sa peau où sa main fine enveloppait la sienne lui rappela ces mains de l'époque, blotties dans les siennes alors qu'ils faisaient de longues promenades au bord de la rivière. Il frôlait ses joues, ses épaules, sa poitrine et plus bas encore, alors qu'ils exploraient chaque centimètre carré l'un de l'autre, par une chaude nuit de septembre, à l'arrière de son pick-up, sous le scintillement des lucioles. Il s'était cru le plus chanceux des salopards sur terre, et même aujourd'hui, il n'était pas tout à fait sûr d'avoir eu tort. Il avait sauté des avions, couru tête baissée sous le feu de l'ennemi, désamorcé des bombes, et pourtant l'embrasser était encore l'un des plus grands bonheurs qu'il eût jamais connu. Alors qu'il se balançait avec elle sur le bord de la piste de danse, proche et pourtant pas assez proche, il ne pouvait s'empêcher de songer à le refaire.

— Alors, ai-je raison de supposer qu'il n'y a actuellement pas de Mr. Paisley qui t'a laissée en plan ce soir ? Ou bien embrasses-tu tous tes sauveurs ?

Cette bouche maquillée à laquelle il avait voué un culte au lycée dessina un sourire.

— Le seul qui m'ait jamais sauvé, c'est toi. Et de toute façon, il n'y a plus de Mr. Paisley depuis pas mal de temps. Deux tentatives infructueuses m'ont convaincue que les relations légères, sans prise de tête, sont les meilleures.

Voulait-elle dire qu'elle était deux fois divorcée ? Cela ne correspondait pas à l'image qu'il s'était faite d'elle pendant toutes ces années.

— C'est marrant. Je pensais qu'à l'heure qu'il est, tu serais mariée et que tu aurais une ribambelle d'enfants.

Il lui vint à l'esprit qu'elle pouvait quand même avoir des enfants.

— Non.

Elle dit cela simplement. Pas d'amertume, pas de tristesse, juste un état de fait.

Ça n'avait aucun sens pour lui. N'importe quel homme aurait dû se sentir diablement chanceux d'être avec cette femme.

— Qu'est-ce qui leur est passé par la tête ?

La surprise et quelque chose qui aurait pu être de la nostalgie passèrent dans ses yeux avant que l'humour ne les étouffe.

— C'est une question que je me suis posée assez souvent, en fait - elle haussa les épaules - la vie ne se déroule pas toujours comme on l'espère.

Il était bien placé pour le savoir. Mais contrairement à lui, la vie ne semblait pas avoir entamé son optimisme naturel. Elle se sentait toujours brillante et pleine de vitalité, le soleil incarné. Ty se sentait attiré autant qu'il l'avait été à seize ans, avide de se prélasser dans l'éclat de son sourire. S'il y avait une partie de lui qui rejetait tout cela, il n'était pas assez fort pour s'en éloigner, car de même Garrett avait été le son de basse de son enfance, de même Paisley en avait été la douce harmonie. Il l'avait aimée autrefois, à en perdre la raison. Assez pour la quitter, plutôt que de risquer de lui faire exactement ce que Garrett avait fait à Bethany. Paisley n'était pas une fille capable de se faire dicter sa vie par le devoir. Et il n'était pas le genre d'homme qui pouvait se soustraire au sien.

Pendant que les pensées familières et sombres l'envahissaient, Paisley caressait sa nuque d'un doigt et sourit, chassant les ombres telles que son Patronus personnel. Un animal-totem qui pourrait bien être une sirène déguisée. Il frissonna à son contact.

— C'est toujours là, murmura-t-elle. Même après toutes ces années.

Il n'eut pas besoin de lui demander quoi.

— L'alchimie semble assez basique et fondamentale - elle étouffa un rire et se rapprocha un peu plus – il y en a toujours eu beaucoup entre nous.

C'était l'euphémisme de l'année. Elle lui avait presque fait exploser la tête avec ce baiser, réveillant des parties de lui qu'il pensait endormies, voire complètement mortes. Ty se demandait ce qu'elle pouvait bien faire de mieux encore qu'à seize ans.

— Oui, je me le demande aussi.

Avait-il parlé à voix haute ?

Le rire perlé de Paisley explosa, tel une bulle de champagne.

— Tu n'avais pas besoin de dire un mot. Je me souviens de ton regard.

Cela lui faisait quelque chose que quelqu'un lise en lui si facilement. Mais peut-être que le désir n'était pas si difficile à interpréter.

— Tu étais magnifique au lycée. Tu es devenue encore plus belle en grandissant. Je ne serais pas un être humain si je ne réagissais pas à cela.

Il se sentait très, très humain en ce moment.

Elle s'arrêta, ses yeux couleur café fouillant les siens.

— La curiosité est humaine.

— Je me souviens que tu as toujours été curieuse.

Elle avait voulu tout essayer, avide de sentir, d'apprendre et de faire. Sa soif de vie avait été contagieuse. Ils avaient eu ensemble d'innombrables « premières fois », et brusquement, il regrettait d'avoir perdu complètement le contact. Mais il ne savait pas comment il aurait survécu aux choix qu'il avait dû faire si elle avait fait encore partie de sa vie. Il avait dû laisser aller sa lumière pour devenir l'une de ses ombres.

— Je le suis toujours. J'ai été curieuse, te concernant, pendant des années. Je me demandais où tu étais, ce que tu faisais ; ce que tu étais devenu.

Elle lui passa la main sur l'épaule, puis sur ses pectoraux ; elle appréciait, cela se voyait à ses yeux qui devenaient de plus en plus sombres, même si cela paraissait impossible.

— Je ne peux pas dire que je puisse contester le résultat final.

L'armée l'avait transformé en une arme et l'avait affûté

jusqu'à ce qu'il atteigne son meilleur niveau physique. Pourtant, ça l'avait brisé.

Mais ce n'était pas de cela qu'ils parlaient. Paisley ne savait rien des fantômes et des regrets. Elle ne savait rien de ses échecs. Peut-être que pour ce soir, il pouvait se concentrer juste sur les aspects physiques, sur la nostalgie que suscitait le fait d'être avec elle. En supposant qu'il n'était pas si loin de la vérité et qu'il n'interprétait pas mal la chose.

Quand la chanson fut finie, Ty ne relâcha pas sa prise.

— Veux-tu continuer cette promenade sur le chemin de la mémoire ? Peut-être en sortant d'ici ?

Les yeux de Paisley trahissaient sa lucidité et son plaisir. Elle lui serra la main.

— Je vais chercher mon sac.

— Je voudrais des pommes de terre rissolées, à l'étouffée, avec deux œufs brouillés et une tranche de pain grillé.

Paisley remit le menu plastifié dans le panier à condiments.

Ty sourit à la serveuse, une femme d'un certain âge, avec un chignon choucroute blond, ressemblant assez au jaune iconique de la pancarte des Diners. D'après son badge, elle s'appelait *Gloria* et Paisley décida qu'elle devait la mettre dans un livre.

— Je me sens d'humeur aventureuse : des pommes de terre rissolées à volonté, et deux œufs miroir.

— Ça marche, ma belle.

Avant de se retourner, Gloria croisa le regard de Paisley, elle fronça les sourcils et souffla, les lèvres en cul de poule, un message qui disait clairement : *Dis donc, ma fille, il est canon, tu es drôlement chanceuse !*

Sûr qu'elle espérait l'être avant la fin de la soirée.

L'électricité entre eux n'avait pas diminué d'un watt depuis qu'ils avaient quitté la réception. Elle avait même augmenté lorsqu'ils s'étaient glissés de part et d'autre d'une cabine à la Waffle House. Exactement l'endroit où ils avaient atterri après la fête de rentrée au lycée, cette nuit-là.

Paisley entoura de ses mains la tasse de café, profitant de la chaleur sur ses paumes.

— Je ne crois pas être allée dans une Waffle House depuis le lycée.

A Cooper's Bend, c'était le seul endroit ouvert après neuf heures du soir, et ils avaient passé d'innombrables soirées à parler dans une cabine comme celle-ci.

— Ah bon… et pourquoi ?

Elle fit un geste de l'épaule.

— Je suis allée à la fac, ici à Nashville, et donc il y avait le choix. Et je pense aussi que c'est parce que cette chaîne me faisait penser à toi.

Une autre de ces ombres passa dans les yeux de Ty et cela incita Paisley à poser une main sur la sienne.

— Ce n'est pas une critique, Ty. Je ne pense pas que tu aies pris la mauvaise décision quand tu as rompu à l'époque. Il m'a fallu beaucoup de temps pour l'admettre parce que tu me manquais comme l'air.

Ty retourna sa main pour saisir la sienne dans un geste à la fois familier et nouveau.

— Si ça peut aider, ça a été la décision la plus difficile que j'aie jamais prise. Je ne l'ai pas prise à la légère.

— Je sais.

Il lui avait brisé le cœur en mille morceaux. Mais avec la sagesse de la maturité, elle comprenait qu'il avait voulu la préserver de la pire issue possible de son métier. Elle était heureuse de pouvoir repenser avec joie à son premier amour et qu'il ne soit pas terni par le ressentiment qui se serait inévita-blement manifesté si elle avait essayé de partager avec lui son devoir.

— Nos chemins se sont séparés - dit-elle en frottant du pouce la peau rêche de sa main et en absorbant la sensation de ce toucher qui lui donnait envie d'en faire davantage – je ne peux pas dire que je regrette qu'ils se soient croisés de nouveau.

Il sonda son regard.

— J'ai fait des recherches sur toi.

— Quoi ?!

— Il y a longtemps. J'étais curieux. Je t'ai cherchée sur les réseaux sociaux, et je suis tombé sur tes livres.

— Ah.

Elle ne savait pas comment réagir à ça. Elle détestait parler de romance avec des gens qu'elle connaissait - du moins ceux qui n'étaient pas de grands lecteurs de romance. Le genre s'était attiré les foudres d'un public non averti, qui l'avait insultée et dénigrée. Même parmi certains segments de la communauté des écrivains, il n'y avait aucun respect. Elle ne pensait pas pouvoir supporter d'être dénigrée par Ty. Il n'aurait certainement pas voulu lui faire du mal, mais souvent les gens étaient blessants s'ils ne connaissaient pas le genre.

— Ils m'ont plu.

Paisley cligna des yeux, pensant avoir mal entendu.

— Pardon ?

— Tes bouquins. Je les ai bien aimés.

Il avait dit cela simplement, sans le moindre sourire en coin. Comme s'il le pensait vraiment.

— Tu as lu mes livres ?

Elle avait du mal à ne pas parler d'une voix suraiguë.

— Ben... ouais.

Oh, mon Dieu ! Combien en avait-il lu ? Est-ce qu'il avait réalisé qu'elle n'avait fait que créer des héros montrant différentes facettes de sa personnalité ? Quelque chose à mi-chemin entre la panique et l'embarras se logea sous son sternum. La chaleur lui monta aux joues tandis qu'elle essayait de trouver la réponse appropriée.

— Tu... euh... n'es pas exactement ma clientèle cible.

Ty haussa les épaules.

— Ils m'ont bien servi pendant les périodes d'inactivité quand on était déployés. Ma vie était faite d'incertitude, et donc savoir que ça finissait sûrement bien était... réconfortant. Et tu écris comme tu parles, par conséquent c'était un peu comme si je t'avais un peu avec moi.

Le cœur de midinette qu'elle essayait si fort de ne pas montrer en-dehors des pages de ses manuscrits nageait dans un bonheur inattendu : pendant toutes ces années, elle avait pensé à lui et avait cru qu'il l'avait oubliée ! Découvrir que ce n'était pas le cas, qu'elle avait représenté un réconfort pour lui, qu'il avait transporté avec lui un peu d'elle, tout le temps qu'ils n'étaient pas ensemble, apaisa une douleur qu'elle avait ressenti pendant très, très longtemps.

Gloria arriva avec leurs plats, rompant le charme du moment. Et peut-être que c'était mieux ainsi pour Paisley, avant qu'elle ne dise ou fasse quelque chose qui gâche cet instant magique et le rende gênant.

Ils attaquèrent leurs plats, engageant la conversation sur des sujets plus légers. Ils continuèrent à évoquer le passé, se souvenant de toutes les choses merveilleuses qu'ils avaient faites ensemble. Il y en avait eu beaucoup.

Paisley n'aurait pas voulu que la soirée finisse, de sorte que quand ils eurent terminé le repas et qu'il l'eut conduite à sa voiture, elle se tourna vers lui, en l'enlaçant et en pressant ses lèvres sur les siennes.

Il l'attira plus près de lui, la protégeant de la soirée glaciale de janvier. Le baiser était tendre, nostalgique mais sentait trop l'au revoir qu'elle craignait.

— Viens à la maison avec moi, Ty.

Elle prononça ces mots doux tout près de sa bouche.

Il hésita, levant la tête pour la voir de plus près, cherchant son regard.

Sachant qu'elle n'aurait qu'une seule chance pour plaider sa cause, alors que la fille qu'il avait connue n'aurait jamais fait une telle offre avec désinvolture, elle continua sur sa lancée.

— Je ne m'attends à rien de plus après la nuit. Je ne suis pas le genre de fille qui se fait des idées et tire des plans sur la comète. Je sais que ta vie n'est pas ici. C'est juste que je veux être avec toi.

Elle ne serait pas prête à un au revoir demain non plus, mais elle était bien décidée à prendre de lui ce qu'il lui donnerait, au diable les conséquences. Elle comprenait ce que ce moment était, et ce qu'il n'était pas.

Ty fit un pas en arrière, ses mains descendirent le long de ses bras jusqu'à ce que leurs doigts s'entrelacent.

— Montre-moi le chemin.

Ty suivit Paisley dans la maison et, surfant sur la vague de désir, il se retourna pour la plaquer contre la porte, la bloquant de son corps.

Elle s'étira contre lui, féline, en ronronnant.

— J'aime la tournure que prennent les choses, mais il va falloir presser le bouton Pause pendant quelques minutes.

— Pourquoi ?

Une série d'aboiements interrompirent sa réponse.

— Voilà pourquoi.

Le chien déboula en trombe du coin de la pièce dans un éclat de fourrure fauve, ses pattes glissant sur le parquet alors qu'il se démenait pour atteindre Paisley. Ty recula immédiatement, ne sachant pas si l'animal allait le considérer comme une menace. Avec un jappement joyeux, l'animal se jeta sur lui, plantant ses pattes avant sur la poitrine de Ty et essayant à tout prix de le lécher.

— C'est un échec total de mon dressage pour en faire un

chien de garde, roucoula Paisley. À terre. Couché, Duke. Fais attention à tes manières.

Encore tout excité, Duke se laissa tomber sur l'arrière-train, sa queue/batte de base-ball balayant frénétiquement le sol. Sûrement un croisement de labrador, avec peut-être un mélange de berger et de border collie. Il fixait Ty de ses yeux brillants et comme il ne voyait pas arriver d'autres animaux, il se leva et fourra sa tête contre la paume de Ty.

Ce dernier, cédant à la tentation, caressa Duke derrière ses oreilles tombantes.

— J'imagine que je n'ai pas à m'inquiéter, il ne va pas me dévorer.

— Mon biquet n'a jamais rencontré d'étrangers. Il adore tout le monde, n'est-ce-pas, bébé ?

Paisley lui fit un grand sourire, manifestement gaga de son chien.

Duke fit un bond accompagné d'un autre jappement joyeux et se mit à tourner sur lui-même. Ty ne put s'empêcher de penser qu'il avait la même personnalité solaire que sa maîtresse.

— Il va manger un peu tard ce soir parce que j'étais au mariage. Laisse-moi juste m'en occuper et on pourra reprendre les choses où on les a laissées. Mets-toi à ton aise, pendant ce temps.

Elle se déplaçait dans la maison en parlant au chien. Ty entendit une autre porte s'ouvrir, puis l'écho de l'aboiement de Duke à l'extérieur.

Curieux, Ty jeta un coup d'œil dans la pièce près de l'entrée. C'était apparemment un bureau dont un mur était tapissé de livres. Un bureau sur tapis roulant occupait un coin et sur un autre bureau plus traditionnel, se trouvait un ordinateur portable haut de gamme. Un grand fauteuil confortable occupait la petite niche près de la fenêtre donnant sur le devant, flanqué d'une petite table, couverte d'autres livres encore. À la place des tableaux, une paroi était recouverte d'un tableau blanc effaçable rempli de post-it.

En déambulant dans le salon, il trouva un espace chaleureux et confortable, plein de couleurs, avec des coussins, des plaids et des œuvres d'art qui collaient bien avec sa personnalité turbulente. Tout cela était brillant, comme elle. Il y avait plein de livres là, et un lit de chien près de la cheminée. Un téléviseur à écran plat et un assortiment de jeux de société étaient rangés dans un meuble fait sur mesure. On voyait que les jeux étaient fréquemment utilisés. Tout l'espace disait *« entre et reste un moment »*.

Tout ce que Ty voyait montrait qu'elle était bien installée dans une vie heureuse.

Sa maison à lui était aux antipodes de celle-ci. Il y était en location depuis plus d'un an et il n'avait pratiquement rien fait pour se l'approprier. Putain, pourtant il n'avait pas tant d'affaires que cela. Il n'était pas habitué à rester en place, à avoir un endroit à lui. Toute sa vie d'adulte s'était passée à voyager léger et à se tenir prêt à partir au pied levé. Il n'était pas arrivé à se débarrasser de cette habitude. En réalité, il n'avait pas vraiment essayé. Ça n'avait pas une grande importance pour lui ; en fait, tous ses efforts visaient à sortir du lit tous les jours et mettre un pied devant l'autre.

Le pire était derrière lui mais il reconnaissait volontiers, en se tenant dans ce joli salon, qu'il avait un toit sur la tête mais qu'il n'avait pas une vraie maison. Pas comme celle-ci.

Il se sentit soudain mal à l'aise.

Mais qu'est-ce que je fiche ici ?

C'était peut-être une erreur. Peut-être devait-il la sauver une dernière fois et puis s'en aller.

Paisley entra dans la pièce, ses talons cliquetant sur le parquet.

— Duke a ce qu'il faut pour dîner. Alors, où est-ce qu'on en était ?

Le ton taquin s'interrompit quand elle vit la tête qu'il faisait. Ty vit qu'elle se composait un air de circonstance et que son ton désinvolte sonnait faux.

— Tu as déjà des remords ?

Bien que les choses aient été compliquées, rien n'avait jamais été faux entre eux. Ty n'aimait pas avoir cette sensation maintenant ; il n'aimait pas savoir qu'il était la cause de ces réflexes de défense. Il s'interrogea sur ses ex et sur les cicatrices qu'ils avaient laissées dans son grand cœur. Quand elle leva le menton dans un geste de défi, il reconnut le courage qu'elle avait de faire semblant aussi longtemps que c'était tenable et réalisa qu'il ne pouvait pas le faire. Il ne pouvait pas s'en aller, pas encore.

Alors il traversa la pièce, faisant glisser ses mains dans la cascade soyeuse de ses cheveux.

— Pas de regrets murmura-t-il, et il l'embrassa de nouveau.

Elle l'ignorait peut-être, mais elle était en train de lui faire un cadeau, et il voulait l'apprécier ; et l'apprécier, elle.

Dans un soupir, Paisley se fondit en lui, enroulant ses bras autour de son cou et s'ouvrant à lui, prête et impatiente comme elle l'avait toujours été. Cette reddition attisa les flammes atténuées par les doutes. L'attirant plus près de lui, il inclina sa bouche pour l'embrasser passionnément. Elle répondait à chaque poussée de sa langue, en l'incitant à aller plus loin encore. Elle était tout miel et lumière et représentait tout le bon qu'il pensait ne jamais plus avoir, et Ty aurait voulu s'annuler en elle. Il chassa la sensation, avide d'en avoir plus.

Alors que la tendresse se changeait en quelque chose de plus sombre, de plus sauvage, Ty éloigna sa bouche de la sienne. Non. Non il n'allait pas déchaîner ses démons sur elle. Pas comme ça. Il était meilleur que ça. Pressant son front contre le sien, il essayait de reprendre son souffle et de retrouver un semblant de contrôle.

— Qu'est-ce qui ne va pas ?

Elle effleura ses épaules, de ses mains au toucher apaisant, tout en s'efforçant de reprendre son souffle.

Mon Dieu... ce toucher ! Comment s'était-il débrouillé pour oublier tout ce qu'elle pouvait faire pour lui ? Tout en cherchant ses mots, il ne pouvait pas empêcher ses mains de lui pétrir la nuque, la hanche.

— Il y a longtemps que je n'ai pas... enfin, je ne sais pas si je pourrai être assez doux.

Paisley recula légèrement, en le regardant de ses yeux sombres comme la nuit, et les lèvres gonflées par les baisers.

— Alors, ne le sois pas.

Ty la regarda de ses yeux affamés, mais il irradiait l'incertitude. Il était doux, sexy. Elle pouvait gérer.

— Il y a longtemps que je ne suis plus vierge, tu le sais fort bien, je ne vais pas me casser en deux, Ty - elle lui mordilla les lèvres en espérant que le picotement le rassurerait - prends-moi !

Elle sentit le moment où la corde qui le retenait se rompit. Il la hissa sur ses pointes de pied, dévorant sa bouche jusqu'à ce qu'elle soit déséquilibrée et à bout de souffle, aussi avide que lui. C'était merveilleux. Ses mains grandes et larges étaient partout, glissant sous l'ourlet de sa robe pour lui prendre les fesses à pleines mains et la presser contre son érection glorieuse. Elle le voulait peau contre peau, elle voulait que les muscles fléchissent et se tendent sur elle, en elle. Elle lui enfonça les mains dans les cheveux et l'attira plus près, éprouvant une profonde satisfaction à entendre son gémissement.

Libérant sa bouche, Ty la fit descendre le long de la colonne de sa gorge. Ses lèvres en feu la réclamaient, et elle laissa tomber sa tête en arrière pour mieux l'accueillir.

Puis elle entendit le tintement des médailles de chien.

— Attends, dit-elle en haletant.

Il s'immobilisa à l'instant. La preuve qu'il savait se contrôler.

— Nous avons à peu près dix secondes avant le *canis interruptus*, dit-elle.

Ty résolut le problème en la soulevant pour qu'elle puisse enrouler ses jambes autour de sa taille.

— Vers où on va ?

Prise de vertige au contact de sa braguette, elle lui indiqua l'entrée. Il se déplaça rapidement de ses longues jambes musclées, parcourant la distance juste à temps pour fermer la porte devant Duke.

Ses aboiements surpris et dépités retentirent dans l'entrée.

— Ne fais pas attention à lui, il ne comprend pas ce qui se passe. Je n'amène personne à la maison d'habitude.

Un éclair traversa les yeux de Ty pendant qu'il la faisait glisser le long de son corps. Puis il fut de nouveau sur elle, tirant sur la fermeture éclair de sa robe pour essayer de l'en extraire. Paisley n'avait jamais été aussi contente de son choix de sous-vêtements.

Il accueillit la vue de la dentelle noire avec un juron admiratif.

— Tu ne portais pas ce genre de choses au lycée, c'est sûr !

Avec un brin de coquetterie, elle se montra sous plusieurs angles.

— Ça te plaît ?

— Putain, oui !

Bon sang, c'était quand la dernière fois qu'un homme l'avait regardée comme si elle était une sorte de déesse ? Ça promettait pour la suite.

Il ralentit, ses doigts fébriles ouvrant les crochets de son soutien-gorge et s'en débarrassant jusqu'à ce que l'air frais embrasse ses seins nus. Ses tétons étaient tendus et douloureux.

— Tu as toujours eu une magnifique poitrine.

Ty baissa la tête et prit dans sa bouche un mamelon rosé, l'excitant en un mouvement circulaire de sa langue.

Sentant une réponse en profondeur entre ses jambes, elle croisa ses mains sur sa nuque et ses cheveux pour le garder près d'elle. Pendant ce temps, les mains de Ty exploraient plus bas, s'affairant dans sa culotte et glissant dans ses plis humides. Son doigt déterminé fit une intrusion bienvenue, soulageant la souffrance qu'il créait avec sa bouche. Balançant ses hanches au rythme qu'il avait imprimé, elle se mit en quête de l'ivresse. Il avait toujours su comment la toucher, comment l'étourdir par ses gestes. Il ajouta un deuxième doigt tout en traçant des cercles autour de son clitoris. C'était à la fois trop et pas assez.

Elle l'appela en gémissant.

— Viens, Paisley, fais-le pour moi.

Elle écrivait de la romance. Elle avait décrit d'innombrables scènes d'amour. Elle avait toujours pensé que l'orgasme sur commande était une invention ridicule. Mais quand il grogna l'ordre contre son oreille, sa voix retentit jusqu'au plus profond d'elle-même, elle fut parcourue de spasmes et cria tandis que son corps se resserrait autour de ses doigts.

Il ne l'épargna pas. Avant même que ses parois aient cessé de palpiter, il lui retira sa culotte et l'étendit sur le lit. Les yeux en fusion, il regarda son corps sur toute sa longueur et l'allongea sur le lit. Ses narines s'élargissaient, comme un prédateur flairant sa proie. Cela avait quelque chose de pervers, d'excitant et d'absolument merveilleux qu'il lui écarte les jambes et s'installe entre ses cuisses. Abaissant sa bouche jusqu'à son nombril, il dévora tout ce qui restait d'elle, jusqu'à ce qu'elle hurle pour une deuxième décharge qui la laissa molle comme une poupée de chiffon.

Quand il s'étira sur elle, elle se demanda l'espace d'un instant quand il s'était déshabillé et avait enfilé une capote.

Mais elle arrêta de se creuser la tête quand elle sentit son gland titiller son entrée sensible.

Ty se plaça au-dessus d'elle.

— Ça va ?

— Ça ira si tu es en moi dans les trois prochaines secondes.

Il donna une poussée, d'un seul grand coup, et Paisley cria.

Se retenant de bouger malgré l'envie qu'il en avait, il chercha des yeux son regard.

— Est-ce que je t'ai fait mal ?

— Non, non, n'arrête surtout pas !

Il plaqua sa bouche sur la sienne et l'embrassa. Elle sentit sur lui le goût de sa propre jouissance. Puis il commença à bouger, imprimant un rythme régulier et impitoyable, qui secouait le lit. Elle était collée à son rythme tandis qu'il plongeait en elle avec une puissance fébrile, comme si le diable en personne était sur ses talons. Alors que la tension commençait à monter en elle encore une fois, elle serra davantage les bras, s'accrochant à lui de toutes ses forces. Dans un rugissement, il se cabra et quand elle sentit sa décharge, un autre orgasme explosa en elle jusqu'à la pointe de ses pieds.

Ty s'écroula sur elle, arrivant juste à soutenir une partie de son poids sur les avant-bras pour ne pas l'écraser. Des ondes délicieuses de plaisir déferlèrent en elle et elle trouva suffisamment d'énergie pour aller caresser lentement les côtés de ses épaules, appréciant l'impression de proximité et d'intimité qui l'enveloppait tout entière. Quand elle put de nouveau bouger, elle eut envie de marquer son territoire de sa langue.

En souriant, elle l'embrassa sur le cou.

— Oui, c'est vraiment mieux que quand on avait dix-huit ans. Et pourtant, on était drôlement bons à l'époque.

Il émit un grognement et se souleva juste assez pour lui jeter un coup d'œil.

— Tu as l'air contente de toi.

Paisley s'étira, enserrant dans son intimité sa verge toujours enfouie en elle.

— Trois orgasmes et du sexe *headboard banging* méritent bien un peu de fierté.

Les doigts qu'il avait posés sur sa joue étaient d'une douceur extraordinaire.

— Tu vas bien ?

Comme elle sentait sa gorge se serrer sous ses doigts tendres, elle fit un sourire forcé et continua à lui caresser le dos.

— Je suis au septième ciel !

Il afficha un sourire arrogant qui fit chavirer le cœur de la jeune femme.

— Pour vous servir, Madame !

Il l'embrassa de nouveau, puis se détacha d'elle pour s'occuper de son condom.

Quand il revint, elle s'était enfouie sous les couvertures et les entrouvrait en guise d'invitation.

— Reviens te coucher.

Il souleva un sourcil.

— Tu veux que je reste ?

L'espace d'un instant, elle eut envie de dire oui. Au lieu de ça, elle tapota le matelas près d'elle.

— Je t'ai dit que je ne m'attendais à rien d'autre qu'un rapport d'une nuit ; mais la nuit n'est pas terminée, et je n'en ai pas du tout fini avec toi.

Il se faufila à côté d'elle, et tout se fit de façon naturelle. Il l'attira simplement à lui, comme il l'avait fait tant de fois auparavant. Leurs corps se souvinrent de ce que le temps et la distance avaient estompé. Paisley ne put s'empêcher de remarquer que ses yeux avaient l'air moins tourmentés et ressemblaient plus à ceux du garçon qu'elle avait aimé.

Après une baise fantastique, il était beaucoup plus facile d'effacer toutes les années de séparation ; de rêver qu'il ne s'en irait plus ; que ce serait le commencement de quelque chose de nouveau entre eux. Mais pour son propre bien, elle ne pouvait pas vraiment lâcher prise. Si cela faisait d'elle une idiote, elle serait la seule à en payer les conséquences.

Ty se réveilla, les membres enchevêtrés dans ceux d'une femme nue. Paisley était étendue contre lui, consciente de son propre corps, la main contre son cœur à lui, les jambes mêlées aux siennes. Il avait le visage penché vers les vagues rebelles de sa chevelure, comme s'il avait besoin du réconfort de son parfum, même dans son sommeil. C'était un parfum ô combien délicieux, qui se confondait avec le sien. La combinaison des deux le faisait sentir fier et possessif.

Il était resté toute la nuit.

Est-ce que ça comptait d'ailleurs ? Ils avaient à peine dormi, se retournant l'un vers l'autre en permanence, jusqu'à ce qu'une fine ligne d'aube n'apparaisse à la fenêtre. S'évanouir par épuisement pur et simple n'était pas vraiment un choix. C'était plutôt un bon petit somme.

Mais à vrai dire, il aurait choisi de rester de toute façon. Il avait voulu se réveiller avec elle comme ça.

C'était un luxe qu'ils n'avaient pas pu se permettre au lycée, une gâterie dont il avait toujours rêvé. Il n'avait aucun travail urgent en attente. Rien d'urgent d'ailleurs quand il s'agissait de Paisley Parish. Mais rien en lui ne lui faisait regretter la nuit dernière.

Le chien gratta à la porte en gémissant.

Paisley s'étira et se blottit plus étroitement, ses seins se pressant contre son torse, donnant une nouvelle inspiration à son érection matinale qui ne demandait qu'à prendre son envol. Il caressa le bas de son dos où il dessina des cercles jusqu'à sa magnifique chute de reins. Elle se trémoussait contre lui, faisant glisser sa propre main le long de son torse pour l'enrouler autour de sa bite. Ty gémit et poussa contre sa main.

— Ok, alors il y a peut-être de bonnes raisons pour être réveillés ! dit-elle, la voix rauque.

Duke gratta encore, en gémissant.

— Peut-être que si on l'ignore, il s'en ira, suggéra Ty.

Il pouvait rouler sur elle et la pénétrer en quelques secondes.

Paisley marmonna

— Quelleheurecest ?

Il jeta un coup d'œil à l'horloge, réalisant avec surprise qu'il était beaucoup plus tard qu'il ne le pensait.

— Presque onze heures.

Il avait vraiment *dormi.* Sans rêves, pour la première fois depuis très longtemps. Pas de cauchemars. Pas de réveil en sursaut, prêt à se battre. Avant qu'il ne puisse analyser les implications de tout ça, Duke commença à donner de sérieux coups de patte à la porte.

— Si c'est ça, être parent, je suis heureuse de l'avoir évité, murmura Paisley.

Duke se mit à japper.

Elle retira sa main et fit un geste expressif.

— Il a de la chance d'être mignon. Et nous, on a de la chance qu'il n'ait pas des pouces opposables. Je ne pense pas que l'un de nous veuille trente-huit kilos de chien déchaîné sur le lit.

Elle lui donna un baiser sous la mâchoire, puis se leva en roulant du lit.

— Je vais le faire sortir, comme ça il prend son petit-déjeuner. Je reviens tout de suite et on reprendra les choses où on les a laissées.

Elle enfila un peignoir en soie d'une couleur rose pêche, ce qui orienta son cerveau vers des choses plus intéressantes pour commencer la journée que de prendre le petit-déjeuner. Il se frotta le visage des deux mains, la regarda s'en aller et se cala sur l'oreiller, planifiant exactement la façon dont il voulait encore la séduire. Ils allaient ensuite prendre une douche, ensemble bien sûr. Ensuite, des crêpes. Elle avait sûrement ce qu'il fallait pour ça. Et peut-être y aurait-il après une promenade au bord de la rivière, quelque part à Nashville. Ils prendraient Duke et...

Ty se figea.

Des crêpes ? De longues promenades avec le chien ? Il n'était pas un homme d'intérieur. Ce n'était pas une liaison. Ils étaient juste en train de reprendre les choses où ils les avaient laissées, il y a dix-huit ans. C'était une vraie folie. La moitié de leur vie s'était déjà écoulée ; c'était juste de la nostalgie et une alchimie naturelle qui avaient transformé ça en un mélange explosif.

Diablement explosif, putain.

Elle lui avait bouleversé la vie, la nuit dernière. Et ça avait été... eh bien, ça avait été plus fort qu'il n'aurait cru. Plus que ce qu'aucun d'eux n'aurait imaginé.

D'un côté, il n'avait jamais été prêt pour Paisley. Elle avait toujours représenté une énorme surprise. Autrefois, il avait été ouvert à ça. Il avait cru qu'elle aurait été sa plus grande aventure. Pendant longtemps, elle l'avait été. Ça avait été facile de l'aimer. Être avec elle avait été une joie et un honneur. Mais c'était avant, quand il avait quelque chose à lui offrir.

Cet homme n'existait plus. Elle méritait le monde, pas un soldat cabossé qui avait laissé la moitié de son âme dans un trou à rats de l'autre côté de la Terre. Il pouvait faire semblant, et il l'avait fait pendant un moment, mais il ne pouvait pas le faire trop longtemps. Et il ne voulait pas voir sa tête quand elle réaliserait qu'il n'était pas celui dont elle se souvenait. Il ne voulait pas regarder dans ces grands yeux marron et voir de la pitié pour la loque humaine qu'il était devenu. Ou encore pire : de la déception.

Elle ne lui avait pas demandé plus qu'une nuit. Mais si *lui* pensait comme ça, à quoi pensait Paisley avec tout son romantisme, à la lumière du jour ? Elle écrivait des livres de romance. Elle avait toujours aimé l'amour. Cela n'avait absolument pas changé pendant ces vingt années. Bien sûr, concernant la soirée de la veille, elle avait dit clairement les choses, mais elle aurait pu changer d'avis. Est-ce que la fille qu'il avait connue, qui voulait des histoires d'amour, le mariage et le « pour l'éternité », était devenue une femme qui rejetait tout ça, au plus profond de son cœur ?

Il ne pouvait pas faire plus. Même pour elle.

C'était la tentation d'essayer qui l'avait sorti du lit. Il connaissait ses limites. Il comprenait mieux que quiconque sa nature et ce dont il était capable. Les limites qu'il avait posées servaient à protéger les autres aussi, pas seulement lui-même. Il ne voulait faire de mal à personne, encore moins à une femme qui autrefois avait possédé son cœur. Il n'y avait pas de futur ici. Pas de nouveau départ dû à leur rencontre fortuite. Il n'allait pas tout d'un coup se changer en héros comme ceux de ses romans.

Donc, il fallait qu'il fasse ce qu'il n'avait pas été assez fort pour faire la nuit dernière. Il devait s'en aller avant de devoir ajouter cette femme à la liste de ses échecs.

Au moment où la porte de derrière s'ouvrit, Duke déb* déboula, en bondissant tout autour du jardin avant de dénicher le meilleur endroit pour faire ses besoins. Paisley, frigorifiée, serrait ses bras sur sa poitrine pour se protéger du froid. Tout son corps se sentait délicieusement détendu et utilisé. Très bien utilisé, d'ailleurs.

Ty était resté.

En fait, elle ne s'était pas vraiment attendue à ça, voilà

pourquoi elle avait fait appel à sa déesse intérieure du sexe et l'avait tenu occupé à la limite de sa propre résistance physique. Il avait été aussi insatiable qu'elle, mais Paisley n'arrivait pas à chasser l'idée qu'il fuyait quelque chose en rentrant dans son lit, la nuit dernière. Il s'était perdu en elle. Elle ne s'en plaignait pas bien sûr. Il avait appris quelques petites choses depuis l'époque de ses dix-huit ans. Cette version brut de décoffrage et dominante de l'homme lui convenait tout à fait. Elle avait besoin de faire trempette pensant une semaine si elle voulait marcher normalement, mais elle le ferait après un ou trois autres orgasmes. Elle était gourmande, d'accord, mais qui pourrait le lui reprocher ? Ty en vieillissant était devenu canon et savait se servir de ses attributs comme un chef.

Duke rentra en galopant dans la maison, en continuant joyeusement à tourner en rond jusqu'à ce qu'elle mette son bol de croquettes dans son coin. Il s'y jeta, ingurgitant la nourriture sans même la mâcher. Il aurait fini avant qu'elle ne rentre dans la chambre, mais elle pouvait y aller en courant et fermer la porte avant. Elle se rattraperait plus tard pour l'avoir ignoré. Maman avait une bombe sexy dans son lit, et elle voulait en profiter encore. Peut-être pourrait-elle convaincre Ty de rester un jour de plus. Vingt-quatre heures de débauche, une excellente façon de passer un week-end.

Ravie de cette perspective, elle pénétra dans la pièce.

— Je pensais que...

Ty était à moitié habillé lorsqu'elle entra.

Ses projets naissants s'écroulèrent, et elle essaya de ne pas laisser transparaître sa déception. C'était pour cela qu'il avait signé. Une nuit. Il lui avait donné ce qu'elle avait demandé. Mais le voir boutonner sa chemise de smoking, manifestement en train de se préparer à partir, lui faisait mal.

— Tu pars si tôt ?

Il commença à enfiler ses chaussures, ses doigts agiles nouant rapidement les lacets avec grande efficacité.

— Je dois rentrer.

Il battait en retraite.

Il n'y avait pas d'autre mot pour décrire la situation.

Que s'était-il passé entre le Ty endormi et nu qu'elle avait laissé dans son lit, prêt pour un autre round, et maintenant ? Peut-être avait-il reçu un appel à propos de quelque chose qui s'était passé chez lui ?

— Tout va bien ?

— Tout va bien. Il faut juste que j'y aille.

Ses paroles étaient professionnelles, terre à terre, comme s'ils n'avaient pas passé les douze dernières heures à explorer chaque parcelle de leur intimité.

Il ne ménageait pas ses sentiments. Les sentiments qui étaient censés être exclus pendant ce petit intermède. Et elle s'était abstenue d'en ressentir. C'était juste la nostalgie et les orgasmes qui occupaient le devant de la scène.

Paisley croisa les bras et essaya de garder un ton léger.

— Au risque d'avoir l'air d'un disque rayé, je ne cherche rien de sérieux ici, Ty. Tu n'as pas à t'enfuir.

Il se leva avec cette grâce silencieuse et fluide que son entraînement lui avait inculquée. Paisley aurait aimé ne pas trouver cela si sexy.

— Je ne cours nulle part. Et tu l'as déjà dit. Pourquoi d'ailleurs ? Je n'ai jamais connu quelqu'un de plus sérieux que toi en matière de relations.

C'était vrai autrefois.

Elle haussa les épaules.

— Cette fille-là n'existe plus depuis longtemps. Après mon deuxième divorce, j'ai décidé que le sérieux et moi, ça faisait deux. Mes attentes ne correspondaient pas à la réalité - ses ex-maris le lui avaient bien fait comprendre, et elle n'était pas disposée à revoir ses exigences à la baisse pour un partenaire à long terme - j'ai donc appris à garder les choses légères, amusantes et brèves. C'est ce qui me convient.

Ça sentait le mensonge à plein nez, mensonge avec lequel elle vivait depuis longtemps. Mais que pouvait-elle lui dire d'autre alors qu'il s'apprêtait à franchir sa porte ? L'idée de le laisser à nouveau sortir de sa vie lui provoquait quelque chose de proche de la panique. Ce n'était pas seulement une question de sexe. Il lui avait manqué. Mais elle avait le sentiment que le dire ne ferait que le faire s'enfuir plus vite.

Ayant l'impression que c'était la seule occasion qu'elle aurait, elle se dirigea vers lui, gardant son ton désinvolte et charmeur.

— J'adorerais poursuivre cette brève liaison avec toi.

N'hésitant pas à user de ruses féminines pour le rallier à sa vision des choses, elle fit glisser ses doigts le long de son bras.

— Je pense que chacun de nous y gagnerait.

Ty hésita. Elle savait qu'il n'était pas insensible à elle, qu'il luttait contre son propre désir, et elle priait pour qu'il succombe.

— Je ne vis pas ici, Pais. J'habite à Eden's Ridge.

A quatre heures de route, ce n'était pas trop loin pour venir de temps en temps en voiture. Ce n'était peut-être pas ce qu'elle voulait, au fond d'elle-même, mais elle pouvait s'en accommoder.

— C'est parfait. Comme ça, on n'est pas l'un sur l'autre, avec des attentes. On peut s'amuser, quand ça nous convient à tous les deux.

Elle avait déjà eu cette conversation, pris ce genre d'accord, et elle ne s'était jamais sentie vide. Mais cela n'avait jamais été avec Ty.

Il la fit se retourner pour qu'elle le regarde, passant ses mains le long de ses bras avant de l'attirer et de pencher sa bouche vers la sienne. Sans un mot, elle reconnut son intention à l'insistance de ses lèvres. Le goût déchirant de cet adieu l'envahit, lui donnant envie de pleurer. Mais elle n'insista pas et ne dit rien lorsqu'il se détacha d'elle.

— La nuit dernière a été incroyable. Je suis content qu'on se soit croisés.

Elle comprit que c'était tout ce qu'elle allait obtenir. Même si son cœur stupide et nostalgique se brisait à nouveau, elle s'efforça de sourire.

— Moi aussi.

— Il faut que j'y aille. Je suis déjà en retard pour quitter mon B&B.

— Bien sûr.

Elle voulait lui demander son numéro. Son e-mail. Quelque chose qui ne signifierait pas la fin de leur histoire. Mais elle le raccompagna à la porte, avec Duke qui l'escortait en sautillant.

Ty frotta les oreilles de Duke et lui fit un signe de la main tandis qu'il descendait rapidement les marches.

Malgré le froid, Paisley se tint sur le porche, le regardant se diriger à grandes enjambées vers son camion. Elle savait que c'était l'issue probable, même lorsqu'elle l'avait invité à la maison la nuit dernière. Ce n'était pas juste de lui en vouloir de s'en tenir au scénario.

Il s'arrêta, une main sur la porte du camion. Paisley retint son souffle.

Retourne-toi. Regarde-moi.

Il lui parla sans se retourner.

— Tu te souviens de notre première année, de ce que tu as dit quand tu essayais de me convaincre d'aller avec toi dans la piscine de la ville, en entrant par effraction, pour un bain de minuit ?

Son cœur se mit à battre la chamade.

— Si je me souviens bien, l'intention était que tu te détendes parce que tu avais besoin de plus de fun dans ta vie.

— Tu avais raison.

Il se retourna alors, réduisit la distance entre eux, reprenant sa bouche dans un baiser frustrant tandis que ses bras l'enlaçaient, comme si son désir de ne pas la laisser partir correspondait au sien.

L'espoir surgit alors en elle, et cette fois, Paisley reprit confiance. Peut-être que ce n'était pas un adieu, après tout.

Alors que Duke commençait à aboyer - en signe d'approbation ou d'agacement - Ty rompit le baiser, posant sa tempe sur la sienne.

— Restons en contact.

Ce n'était pas tout à fait les mots qu'elle voulait entendre, mais c'était plus que ce à quoi elle s'était résignée.

— J'aimerais bien.

Elle lui donna son numéro, jetant un coup d'œil par-dessus son épaule pour s'assurer qu'il l'avait bien enregistré dans son téléphone.

Après avoir tapé un message rapide, il rangea son téléphone dans sa poche et lui adressa un sourire d'excuse.

— Je dois vraiment y aller maintenant.

Se sentant optimiste, Paisley lui fit signe de s'en aller.

— Vas-y, fais ce que tu as à faire. À bientôt.

C'était plus facile de le regarder s'installer dans son pick-up maintenant, sachant que c'était vrai.

Elle resta sous le porche dans sa robe de chambre légère, ne sentant pas du tout le froid tandis qu'il reculait et s'éloignait. Il n'y avait aucun moyen de savoir comment les choses évolueraient. Cela pourrait juste mener à quelques semaines ou quelques mois de baise merveilleux. Ou bien ce serait l'occasion qu'elle attendait depuis ses dix-huit ans de lui montrer que leur histoire n'était pas terminée. Loin de là.

Un guerrier blessé

Après la perte dramatique de son meilleur ami au combat, le Ranger de l'armée Tyson Brooks troque son treillis pour un insigne, allant vivre à Eden's Ridge, Tennessee afin de se refaire une vie et de tenter de survivre dans un monde sans Garrett. Mais protéger et servir les citoyens du Comté de Stone ne lui suffit pas pour surmonter le sentiment de culpabilité de n'avoir pas été à la hauteur.

Un incurable romantique

L'auteure de romance Paisley Parish a passé toute sa vie d'écrivaine à la recherche du parfait héros et à constater que dans la vraie vie elle n'en trouvait pas. Jusqu'à ce qu'elle rencontre par hasard son petit ami du lycée, celui qui l'avait laissée tomber pour s'engager dans l'Armée. L'ancienne flamme s'avère être bien vivante, mais l'homme porte beaucoup plus de cicatrices que le jeune garçon.

Une deuxième chance de sauver leur amour

Quand Paisley devient la cible d'un dangereux harcèlement, la police n'a pas de suspects, rien qui ne puisse la mettre sur une piste et donc aucune façon de la faire se sentir en sécurité. A mesure que le harceleur monte en puissance, elle se tourne vers un homme dont elle sait qu'il peut la protéger. Ty est déterminé à mettre fin à ce harcèlement, même si cela signifie aller vivre avec la femme qui est beaucoup plus que la fille qu'il aimait. Il doit juste se rappeler de protéger son propre cœur dans l'affaire.

1

On voit mon ventre ?

Paisley Parish regarda sa meilleure amie qui se mettait de profil et aplatissait de ses mains le tissu de son sweat sur son ventre rebondi.

— Oui, mais enfin, il y a un mois qu'il se voit.

Emerson grimaça.

— Il y a un mois que j'ai l'air d'avoir grossi ; maintenant j'essaie de comprendre si j'ai l'air enceinte.

Paisley sirotait une tasse de thé avec un petit sourire en coin.

— Je veux dire que les annonces régulières que ton cher, jeune et tendre mari a faites à tout le monde ont bien mis la puce à l'oreille déjà.

Elle n'avait jamais vu quelqu'un d'aussi enthousiaste d'être père que Caleb Romero. Sa fougue et sa dévotion absolue pour son amie étaient dignes d'un roman d'amour. Paisley devait le savoir puisqu'elle en écrivait pour gagner sa vie. Ça lui faisait chaud au cœur.

Emerson leva les yeux au ciel, mais on voyait bien qu'elle l'adorait.

— Il est si fier de sa virilité.

— Et puis tu cries sur tous les toits que cet oiseau rare, pompier et sexy t'appartient.

Emerson rougit tout en souriant aux anges.

— Oui, mais tu l'as vu…

— Ben oui, sourit Paisley en retour, et s'il n'avait pas été amoureux de toi depuis si longtemps, je lui aurais couru après. Malheureusement, il n'a jamais eu d'yeux que pour toi.

Regarder le manège d'Emerson et Caleb pendant des années lui faisait penser que cette longue valse-hésitation de leur intrigue amoureuse aurait pu figurer dans une de ses séries télé préférées. Mais contrairement à un spectacle, Paisley avait la possibilité de faire sortir les personnages lorsqu'ils commençaient à dérailler. En bonne fan des histoires d'amour, elle se targuait elle-même d'intervenir seulement quand c'était absolument nécessaire, chose qu'elle avait faite quand Emerson avait complètement perdu la tête, aveuglée par la peur et s'était éloignée de la meilleure chose qui lui soit jamais arrivée. Ils avaient porté un toast à Paisley lors de leur mariage, et elle voulait que Baby Romero porte son nom pour la remercier. Si sa propre vie amoureuse était un véritable gâchis, au moins quelqu'un qu'elle aimait avait une vie amoureuse épanouie.

Emerson s'assit sur l'autre tabouret près du comptoir de sa cuisine avec sa tasse de thé.

— En parlant d'amour et de romantisme, comment s'est passé le mariage de Ivy et Harrison ?

Il suffit de cette phrase pour que Paisley repense à ce gâchis qu'était sa vie et qu'elle essayait vaillamment de ne pas transformer en idée fixe. Elle avait récemment participé au mariage d'une autre amie écrivaine et son monde avait basculé.

— Le mariage était fabuleux.

— Tu avais dit que la réception n'avait pas été une réussite. Est-ce qu'il s'est passé quelque chose ?

Elle avait évité le sujet pendant presque deux semaines et le fait de ne pas en parler devenait gênant. Autant jouer franc jeu.

— On peut dire comme ça, oui.

Elle ne quittait pas le contenu de sa tasse des yeux, comme si elle pouvait trouver des réponses dans la camomille.

— Ty était l'un des garçons d'honneur.

Le bruit sec de la tasse d'Emerson sur le comptoir lui fit faire la grimace.

— Ty ? Le Ty que je connais ? *Ton* Ty ? Ton petit ami du lycée qui a brisé ton cœur en mille morceaux ? Ce Ty-là ?

Paisley retint une grimace. C'était la partie à laquelle elle avait essayé de ne pas penser.

— Celui-là, oui.

Un bon moment après, Emerson reprit sa tasse.

— Eh ben ! Comment ça s'est passé ?

— Bien.

Quel esprit de synthèse... Bravo ! C'est pour ça qu'on te paye aussi bien. Qu'en termes élégants ces choses-là sont dites !

— Bien parce que tout s'est bien passé entre vous à la table du buffet ? Bien parce qu'il est devenu chauve et bedonnant et que tu t'es dit que tu l'avais échappé belle ?

Les lèvres de Paisley se crispèrent encore plus. Eh bien, ce thé était vraiment intéressant. Peut-être que si elle le regardait encore plus intensément, elle pourrait y lire son avenir.

— Pais... accouche.

Emerson utilisait le ton maternel qu'elle avait perfectionné avec sa fille adolescente, Fiona.

— Ok ok - peut-être que si elle le disait vite ça ferait l'effet d'un pansement qu'on arrache – bien, dans ce sens qu'il est devenu sexy en diable, et que le courant passe si bien entre nous encore qu'on pourrait éclairer le métro de Nashville avec, et que je l'ai ramené à la maison avec moi.

Emerson en resta comme deux ronds de flan.

— Tu ne peux pas lancer une bombe comme ça et puis te taire. Continue, je veux des détails !

Elle haussa les épaules avec plus de nonchalance qu'elle n'en ressentait réellement.

— Il y avait un mec glauque qui me draguait et Ty s'est interposé en prétendant être mon cavalier.

— Attend… comme il a fait quand vous vous êtes rencontrés au lycée ?

Il avait fait exactement la même chose lors d'un bal de début d'année en première, consolidant ainsi sa place de premier héros officiel.

— Copié/collé, sauf que cette fois, il n'a pas hésité quand je l'ai embrassé.

Non, le garçon de l'époque s'était figé lorsqu'elle l'avait embrassé pour prouver ses dires, alors que l'homme l'avait attirée contre lui et annulé ses défenses avec un baiser qui était passé en boucle sur son *reel* de la soirée. C'était un *reel* qui n'en finissait plus.

— Un truc de ouf ! ça sort tout droit d'un de tes romans !

On pouvait dire ça, oui. Et c'était bien là le problème.

— Qu'est-ce qui s'est passé après ? demanda Emerson.

Dix-huit années à le désirer et à m'interroger qui m'avaient rendue idiote.

— La gêne s'est dissipée, on a dansé, puis on s'est remémoré plein de choses, et je l'ai invité chez moi - elle haussa les épaules – c'était pas grand-chose.

Son amie souleva un sourcil. Mince, Emerson avait vraiment le regard fixe d'une mère.

— Et tu veux que j'avale ça ? Je sais très bien qu'il t'avait fait souffrir.

Comme Emerson avait été celle qui avait ramassé les morceaux lorsqu'elles s'étaient rencontrées en tant que colocataires lors de leur première année d'université, juste après que Ty ait largué Paisley et soit parti pour le camp d'entraînement, elle savait peut-être mieux que quiconque à quel point Paisley avait été bouleversée. Et c'est cela, plus que tout autre chose, qui l'avait empêchée de s'épancher juste après le mariage. Elle ne voulait pas répondre aux inévitables questions logiques qu'elle n'avait pas voulu se poser.

— C'était il y a longtemps.

Exact, et elle aurait dû être capable de faire comme si de rien était comme elle le prétendait. Mais quand est-ce que quelque chose avec Ty Brooks avait été décontracté ?

Comme le silence s'éternisait, confirmant que Paisley n'allait pas aborder cette question d'elle-même, Emerson demanda :

— Est-ce que ça a été aussi bon que dans tes souvenirs ?

Là-dessus Paisley pouvait répondre.

— Non – elle ne put s'empêcher d'émettre un petit gémissement – beaucoup mieux !

Il l'avait prouvé à plusieurs reprises au cours de la nuit, qu'elle aurait voulue sans fin. Ce *reel* en boucle se remit en marche, faisant monter sa température.

— Alors c'était quoi... Rideau de fin ? Rebelote ? Tu reprends là où tu l'avais laissé ?

Excellentes questions pour lesquelles il n'y avait pas de réponses.

Paisley haussa de nouveau les épaules.

— Ce fut une nuit extraordinaire sans prises de tête ni attentes particulières.

La moue de déception d'Emerson faisait écho à la sienne. Mais Paisley n'avait pas l'intention de le reconnaître en dehors de l'intimité de sa propre tête.

— Vous n'allez même pas rester en contact ?

— Il vit à Eden's Ridge maintenant.

— C'est à quatre heures de voiture. J'y suis allée plusieurs fois avec Caleb pour rendre visite à ses sœurs. C'est pas mal.

— Pas vraiment facile pour se fixer des rendez-vous.

Même s'il avait montré l'envie de le faire... chose qu'il n'avait pas faite.

— Tu ne réponds pas à ma question.

— On reste en contact – reconnut Paisley – mais de façon légère. C'est pas du sérieux.

Menteuse, menteuse ton nez s'allonge !

Elle avait eu un état d'esprit léger pendant des années, depuis que son deuxième divorce avait sérieusement ébranlé son sens inné du romantisme, prouvant une fois pour toutes qu'on pouvait apprécier les hommes mais qu'on ne pouvait pas compter sur eux. Elle en avait eu sa dose. Donc, elle avait été d'accord pour être « légère » avec Ty, si c'était tout ce qu'elle pouvait avoir. Et si son cœur stupide et fou avait envie de plus, elle s'en remettrait. De plus, elle avait des choses plus urgentes à traiter que de savoir quand elle allait mettre Ty Brooks dans son lit, et c'était un état de fait triste et déprimant.

Le portable de Paisley se mit à sonner. Le nom de *Joel Fisher* s'afficha à l'écran.

C la faute de Rookie. Tu réfléchis au problème et cette merde se manifeste.

Elle se jeta à l'eau et tapa une réponse : *Détective. Dis-moi que tu as quelque chose.*

— Adjoint Brooks !

Ty essaya de ne pas grimacer tandis que Crystal Blue annonçait sa présence à l'ensemble des invités au dîner. Tout le monde savait pas déjà qui il était. Probablement. Eden's Ridge était une petite ville et le reste du Comté Stone était de petite taille. Il avait grandi dans un endroit très semblable à quelques encablures de la frontière de l'État de Géorgie, donc il comprenait que, même un an après qu'il s'y soit installé, il était encore nouveau et portait encore la marque du dernier arrivé. Ce à quoi il ne s'était pas attendu c'était d'être considéré comme de la « chair fraîche ». La maîtresse de maison enjouée semblait déterminée à le caser, malgré toutes ses protestations sur le fait qu'il n'était pas à la recherche d'une femme. Ni d'un homme. Elle lui en avait présenté quelques-uns aussi.

Elle avait cette lueur dans les yeux quand il s'est approché du comptoir, et il regretta brusquement de ne pas avoir pris un plat à emporter à la Taverne d'Elvira. Denver n'essaierait pas de le caser, avec son sandwich de viande hachée au fromage fondu.

— Crystal, ma commande est prête ? J'ai des affaires à régler à Cummings.

Pourquoi ne pouvait-il pas y avoir un appel pratique du central pour le soutenir dans sa démarche ?

— Presque. Assieds-toi mon poulet.

Elle fit un geste vers la seule place libre du comptoir, juste à côté d'une femme vêtue d'une jupe crayon et d'un chemisier, la tête penchée sur son téléphone, visiblement en train de travailler.

Il eut un mauvais pressentiment en s'asseyant sur le tabouret.

Crystal se mit à essuyer une tache inexistante sur le comptoir.

— Tu as déjà rencontré notre Celeste ?

La femme leva les yeux, des yeux sombres effarouchés comme ceux d'un daim devant les phares.

Ty la comprenait.

— Je ne crois pas.

— Celeste est le directeur de notre Chambre de commerce -

Il opina du chef, comprenant qu'il devait ajouter *quelque chose.*

— Madame.

Crystal rayonna.

— Ils ont de belles manières ces anciens militaires, n'est-ce pas ?

Ty remarqua qu'elle ne s'embarrassait pas de le présenter, lui. Il était sous-entendu que tout le monde le connaissait.

— Heu... oui. Salut !

Une légère rougeur se dessina sous le cuivre fauve de ses joues et elle afficha un sourire gêné qui lui indiqua qu'elle n'était pas plus préparée que lui à cette embuscade.

— Vous aimez tous les deux le sandwich au levain au fromage fondu avec des frites en tire-bouchon, annonça Crystal, se pavanant comme si elle avait négocié la paix dans le monde.

Elle mettait en relation les gens en fonction des préférences alimentaires, maintenant ?

Alors que Ty essayait de trouver une réponse polie, passe-partout, quelqu'un mit un bras autour de ses épaules. Il en reconnut le poids et la sensation avant même que l'autre homme ne commence à parler.

— Je pense que vous arrivez trop tard, Crystal. Ty a été vu en compagnie d'une mystérieuse brune au mariage de Harrison et Ivy. Il se pourrait qu'il ne soit plus sur le marché.

Maudit Sebastian.

Ty avait évité cela pendant deux semaines. Apparemment son heure était venue. Il lança un regard silencieux à l'homme qui l'avait soutenu dans plus de missions qu'il ne pouvait en compter. Il était vraiment dommage que Ty aille devoir le tuer.

— C'est vrai ?

Crystal vibra à la fois de cet affront mais aussi d'intérêt.

Ty pensa à la brune en question, surpris de réaliser à quel point il avait envie de dire oui. Mais ce qu'il avait avec Paisley n'était pas une relation. C'était... eh bien, il ne savait pas ce que c'était. Il n'était pas prêt à la partager avec la classe.

— Et ma commande, Crystal ? Je dois vraiment y aller.

Avec une moue, elle lui tendit le sac. Ty se dirigea vers la sortie aussi dignement qu'il le put.

Sebastian le suivit jusqu'à la porte.

— Alors, qui est-ce ?

La fille pour laquelle autrefois il était prêt à faire n'importe quoi. Y compris la laisser partir si la voie qu'il voulait suivre l'avait brisée, au risque de briser son cœur à lui.

— Juste une passade pendant un mariage.

Le simple fait de le dire lui donnait envie de grimacer. Paisley Parish n'était pas une passade, mais il n'allait pas ouvrir ce filon avec Sebastian.

— Quoi qu'il en soit, nous sommes tous heureux de te voir revenir sur terre. Garrett serait fier que tu recommences à vivre.

Le sentiment familier de honte et de culpabilité l'envahit, comme à chaque fois que quelqu'un mentionnait le meilleur ami qu'il n'avait pas su protéger. Garrett serait tout sauf fier. Il ferait la queue pour botter le cul de Ty pour la passade sans attachement qu'il avait acceptée. Paisley était une fille pour la vie, pas une aventure. Lorsqu'ils s'étaient tous deux préparés à s'engager dans l'armée en vue de rejoindre les Forces spéciales, Garrett avait traité Ty d'idiot pour avoir rompu avec Paisley au lieu de l'épouser comme Garrett l'avait fait avec sa propre petite amie de longue date. Vu de ce côté de la barrière, avec Garrett mort et Bethany veuve, il était difficile de ne pas penser que, sur ce point au moins, il avait pris la bonne décision.

Ty ne savait pas s'il faisait le bon choix en restant en contact avec Paisley. Il n'avait pas prévu de le faire. Mais encore une fois, rien ne s'était déroulé comme il l'avait prévu depuis qu'il l'avait rencontrée au repas de noces. Il s'était laissé porter par la nostalgie, le désir et les braises d'autres sentiments qu'il pensait éteintes et enterrées depuis longtemps. Il avait passé toute sa vie d'adulte à foncer tête baissée dans des situations où d'autres craignaient de s'aventurer, et pourtant, d'une certaine manière, cette situation lui semblait plus dangereuse.

Après avoir perdu Garrett dans l'accomplissement de son devoir et s'être séparé de l'armée, Ty n'était pas en état d'avoir une relation. Il ne vivait plus que pour son travail. C'était la chose qui avait sauvé, peut-être pas son âme, mais au moins sa santé mentale. Cela faisait de lui un pari merdique pour quelqu'un comme elle. Tout ce qu'il avait à lui donner, c'était son corps. Sachant qu'elle méritait bien plus que ça, il avait essayé de s'éloigner d'elle. Encore une fois.

Mais Paisley n'avait pas demandé plus qu'un rapport physique. Et quand le moment venu, il n'avait pas été assez fort pour faire ce qu'il avait fait à dix-huit ans. Il avait été suffisamment égoïste pour la prendre au mot, parce qu'être avec elle était la première chose qu'il avait faite en deux ans qui lui avait fait ressentir autre chose que de la torpeur ou du chagrin. Garrett lui aurait reproché de s'être servi d'elle. Ou lui aurait conseillé d'appeler ce foutu prêtre.

Mais Garrett n'était pas là. Il n'y avait, pour l'instant, que Sebastian, qui se prélassait contre la voiture de police de Ty en souriant.

Merde. Depuis combien de temps était-il là à penser à Paisley ?

— Quoi ?

— Rien. Je pense juste que tu te moques beaucoup de quelque chose qui n'est qu'une aventure pendant un mariage.

Son sourire s'élargit, lui donnant des allures de chat d'Alice au pays des merveilles, à la perspective qu'un autre membre de leur cercle ait été frappé par la baguette magique de l'amour.

— Ne fais pas l'imbécile. Je ne me moque pas.

— Bien sûr que non - Il donna une tape sur l'épaule de Ty - Alors, quand vas-tu la revoir ?

— Qu'est-ce qui te fait penser que je vais la revoir ?

— Le fait que, je ne t'avais pas vu aussi détendu, après que tu te soies fait piéger par Crystal, depuis... je ne sais pas moi, peut-être dix ans. En tout cas, de mémoire récente. Ce serait dommage de ne pas renouveler l'expérience.

Il n'avait pas tort. Et Ty aurait menti s'il avait dit qu'il n'avait pas pensé à elle. Constamment. Ils s'envoyaient des textos. Il s'était retenu de l'appeler, autant pour voir s'il pouvait le faire que pour respecter les conditions qu'il avait acceptées. Mais il aurait préféré être torturé à mort plutôt que de l'admettre devant l'abruti qui se faisait passer pour son ami.

La radio sur son épaule grésilla.

— Adjoint Brooks, ici le central.

En grognant, Ty ouvrit la porte de sa Cruiser du Service du shérif et jeta sa nourriture en tendant la main vers le bouton d'appel.

— Central, ici Brooks. Vas-y, Essie.

— Nous avons une situation particulière au 583 Westinghouse Road.

— Quel genre de situation ?

— Une dispute conjugale probablement. Clyde est parti en renfort.

— J'arrive.

Le sourire de Sebastian avait disparu.

— Fais gaffe hein !

— Comme d'hab.

Il prit place au volant, pendant que Sebastian lui donnait deux petits coups sur la capuche en guise d'aurevoir.

Il mit le gyrophare sur le toit et partit sur le champ pour aller sauver la mise.

2

Paisley comprit dès qu'elle posa son regard sur l'inspecteur Joel Fisher que la journée n'allait pas lui être favorable.

— Vous n'avez pas de bonnes nouvelles.

L'inspecteur Fisher ouvra la bouche en signe de protestation, puis ouvrit largement les mains en faisant une grimace d'excuse.

— Pas moyen de tracer le paquet.

Elle le savait déjà quand elle l'avait contacté, ayant appris plus que le citoyen lambda à l'académie de police qu'elle avait fréquentée huit mois auparavant pour une recherche dans des livres. Dans les services de police grandeur nature il n'y avait pas de miracles médico-légaux comme on en voyait si souvent à la télé. Mais elle n'avait pas su quoi faire d'autre quand elle avait vu le paquet qui l'attendait sous le porche d'entrée.

— Qu'est-ce qu'on fait ? Ça s'aggrave.

— Aucun contact n'a été menaçant, précisa-t-il. Il n'y a pas d'atteinte aux lois en vigueur.

Elle laissa échapper un grognement peu féminin.

— Je vous en prie ! Est-ce que c'est censé me rassurer ?

Disons les choses telles qu'elles sont. Je suis victime de harcèlement. Peut-être que pris isolément, chaque cadeau n'a pas l'air bien grave, mais ensemble ?

Se sentant frissonner à cette idée, elle entoura son torse de ses deux bras.

— Ils sont de plus en plus fréquents, de plus en plus personnels et ils arrivent de plus en plus près de moi. C'était déjà assez difficile quand ils étaient tous envoyés à ma boîte postale. C'est pour ça que je l'ai. Mais celui-ci est arrivé *chez moi*. Cette personne sait où *je vis*.

L'idée même l'effrayait. Elle n'était pas assez délirante pour croire que ses fans ne pourraient pas la trouver s'ils s'en donnaient vraiment le mal. Mais l'idée que quelqu'un puisse essayer ? Qu'ils se croient suffisamment autorisés pour envahir sa vie privée ? Cela la déstabilisait comme jamais auparavant. Cela transformait la profession qu'elle aimait en quelque chose qui augmentait son anxiété et l'empêchait même d'écrire.

Joel passa une main dans ses cheveux couleur de sable, qui devenaient gris au niveau des pattes.

— J'aimerais pouvoir faire plus. Mais la triste vérité, c'est que, même si nous savions qui est derrière tout ça, il n'y a pas un seul délit passible d'arrestation. Sans menace réelle et vérifiable, nous ne pouvons rien faire d'autre que nous documenter pour monter un dossier.

— Alors, je suis censée attendre que ce taré se montre en personne et me piège comme dans un remake de *Misery* ?

À sa décharge, l'inspecteur n'avait pas bronché face à son emportement.

— Je comprends que vous soyez troublée. Mais jusqu'à présent, il n'y a eu aucune demande, aucune menace. Il n'y a aucune raison de penser que cela irait jusqu'à vous mettre en danger physiquement.

— Bien sûr, parce que ma tranquillité d'esprit n'a aucune importance.

Paisley se pinça l'arête du nez. C'était invraisemblable, merde. Quelqu'un se livrait à une sorte de torture psychologique, et les victimes ne pouvaient rien y faire.

— Mlle Parish... Paisley... Il tendit une main hésitante qu'il posa sur son épaule - je vous jure que je ne sous-estime pas vos inquiétudes. J'ai ajouté cet incident au dossier avec tous les autres. Je fais de mon mieux avec ce que j'ai à ma disposition.

Cette assurance lui donna l'impression d'être une conne, même si c'était loin d'être suffisant. Cet homme avait eu la gentillesse de supporter ses questions interminables au nom de la recherche bibliographique, avant même que le harcèlement ne commence. Il méritait toute sa reconnaissance pour sa patience.

Elle lui serra la main en guise de remerciement pour le soutien qu'il lui avait si volontiers offert.

— Je sais. Et je sais aussi que par rapport à d'autres délits plus graves dont vous êtes chargé, ce sont des broutilles. C'est juste que...

Il était inutile de ressasser sa frustration.

— Je sais.

Il lui serra l'épaule et la relâcha, hésitant.

— Écoutez, vous voulez que je passe ? Je peux vous faire des recommandations pour votre système de sécurité. Vous en avez bien un, n'est-ce pas ?

— Bien sûr. C'est gentil de votre part, Joel, mais ce n'est pas nécessaire. Je suis couverte.

— Je m'arrangerai au moins pour augmenter les patrouilles dans votre secteur. Peut-être qu'une présence plus régulière de voitures de police aidera à le dissuader de recommencer.

C'était mieux que rien.

— Je vous remercie, j'apprécie votre aide.

Joel souleva un paquet de son bureau. *Le* paquet.

— Tu veux le ramener chez toi ?

Elle ne le voulait pas. Mais elle avait gardé tous les autres comme une sorte de preuve, même si la présence de tout cela dans la maison la mettait mal à l'aise.

Prenant le paquet avec précaution, elle se leva.

— Je devrais vous laisser tranquille. Vous avez des choses plus importantes à faire.

— Vous faire sentir en sécurité n'est pas une chose négligeable.

— J'apprécie que vous le disiez.

Il aurait tout aussi bien pu s'énerver contre elle ou la traiter d'hystérique. Beaucoup d'autres hommes lui auraient reproché de faire beaucoup de bruit pour rien, mais Joël l'avait prise au sérieux dès le début.

— Vous me pardonnerez si j'espère ne pas vous revoir de sitôt - il afficha un sourire - du moins dans le cadre de mon activité professionnelle.

Ce n'était pas la première fois qu'il faisait allusion à son désir de la revoir en-dehors du travail. Il l'avait carrément invitée à sortir après les cours de l'Académie de police pour les citoyens. Mais elle n'avait pas été disponible à l'époque et maintenant... il y avait Ty. En quelque sorte. Elle se contenta donc de sourire un peu et de faire un petit signe de la main.

— Au revoir, Joel.

— Je vous raccompagne.

Avant qu'elle puisse dire que ce n'était pas nécessaire, le téléphone de son bureau commença à sonner. Il garda un doigt levé. « Fisher. Oui. Oui. Hein-Mmm. » En même temps il attrapa un carnet et se mit à griffonner.

Quand il tourna de nouveau son regard vers elle, un peu honteux, elle le salua rapidement d'une main et montra la porte. Il n'y avait aucune raison de l'escorter jusqu'à sa voiture. Elle n'en était pas au point de ne pas se sentir en sécurité dans le parking du commissariat, et elle ne voulait pas lui donner de faux espoirs. Leur relation devait rester professionnelle, avec peut-être un peu de relation amicale.

Elle pourrait avoir besoin de lui demander de faire des recherches sur un livre.

Sur le chemin du retour, elle continua à jeter des coups d'œil sur la boîte posée sur le siège passager. Cette maudite chose avait gâché ce qui était peut-être le meilleur week-end de sa vie. Elle aurait dû baigner dans une sorte d'extase après une séance magnifique de sexe et d'orgasmes multiples. Mais non. Elle devait s'inquiéter de cette personne, qui ne semblait pas comprendre les limites et trouvait amusant de la harceler.

Alors qu'elle remontait son allée, la boîte sous le bras, elle se demandait si c'était bien de cela qu'il s'agissait. Était-ce malveillant ? S'agissait-il autrement d'une personne qui ne savait pas se comporter en société, qui ne comprenait pas à quel point tout cela était effrayant ?

La vue d'un autre colis placé soigneusement au centre de son paillasson la refroidit.

— Bon sang !

Effrayée, furieuse, Paisley monta les marches en vitesse. Elle enfonça la clé dans la serrure et, jurant ses grands dieux, jeta un regard de chasseur autour d'elle. Ne voyant rien d'anormal, elle ramassa le nouveau paquet et se précipita à l'intérieur.

Dès que la porte fut refermée, son adorable chien se jeta sur elle en jappant joyeusement et en essayant de lui grimper dessus pour lui lécher le visage.

— D'accord, d'accord. Couché, Duke.

Elle réussit à jeter son sac à main et ses deux boîtes sur la table de l'entrée pour pouvoir caresser son toutou enthousiaste. Il roula immédiatement sur le dos, l'invitant à s'intéresser à son long ventre. Habituée à ce geste, elle le frotta de la tête à la queue.

— Tu veux un biscuit ?

Duke se leva d'un bond.

— Allons chercher un biscuit.

Le chien se précipita avant elle, ses pattes glissant sur le plancher alors qu'il courait vers la cuisine et le seau à friandises. Elle attrapa le nouveau paquet et l'emporta avec elle.

Duke renifla le biscuit au beurre de cacahuète avant de s'aplatir devant elle en adoration, sa queue genre batte de baseball balayant le sol. Elle allait pouvoir faire quelque chose maintenant.

En étudiant le dernier colis arrivé, elle s'intéressa à l'emballage en papier brun. Identique au précédent. Mais contrairement à celui-ci, il n'avait pas été expédié et déposé par un service de livraison. Il n'y avait pas d'adresse, juste son nom soigneusement imprimé sur le dessus.

Quelqu'un l'avait apporté en personne. Chez elle.

Prenant son téléphone, elle prit des photos sur toutes les coutures, comme elle l'avait fait pour tous les autres. Pendant quelques secondes, elle envisagea d'appeler Joel pour l'informer des dernières nouvelles et lui demander s'il pouvait essayer de relever des empreintes. Mais elle savait qu'il n'y aurait pas d'autres empreintes que les siennes. Elle n'était même pas sûre que du papier brun puisse faire ressortir des empreintes digitales.

Déchirant le papier avec peut-être plus de violence que nécessaire, elle explora le paquet. Ils n'avaient rien trouvé de spécial dans les autres. Pourquoi celui-ci serait-il différent ?

À l'intérieur, niché dans un simple papier-mouchoir, se trouvait un collier de chien. Les mains tremblantes, elle le souleva. Fabriqué dans un nylon tissé rouge vif, ce collier à boucle était tout à fait inoffensif. En fouillant dans le papier de soie pour voir s'il y avait autre chose, elle entendit un bruit sourd au fond de la boîte. En retirant entièrement le mouchoir, elle découvrit une étiquette métallique au fond de la boîte. Elle commença à l'attraper, mais s'arrêta pour aller chercher une pince à épiler. Elle la souleva par le bord et la retourna pour lire ce qui était gravé dans le métal : GEORDI.

Le sang de Paisley se glaça. Pourquoi quelqu'un lui enverrait-il un collier portant le nom du chien aveugle de l'un de ses livres ? S'agissait-il d'une menace pour Duke ? Elle postait constamment des photos de lui sur les réseaux sociaux, il était donc logique que cette personne le connaisse. Et ils étaient allés *chez elle* pour déposer ça.

Ce n'était pas une accusation en soi. Mais cela semblait trop personnel. S'il s'était agi d'un véritable cadeau de fan, il aurait été accompagné d'une lettre ou d'un mot. Au lieu de cela, il n'y avait que le collier, sans même la carte habituelle imprimée avec *Ton meilleur fan*, la laissant tirer ses propres conclusions quant au message.

Paisley avait une imagination débridée, et son esprit avait imaginé toutes sortes d'horreurs avant même que ses doigts ne se referment sur son téléphone. Inquiète et un peu dégoûtée, elle fit défiler jusqu'au nom qu'elle cherchait et elle l'appela.

TY LUTTAIT contre l'épuisement et l'irritation quand il s'arrêta au début de son allée pour prendre le courrier. La nuit était tombée, et le froid de l'hiver dans l'est du Tennessee mordait la peau exposée de son visage et de ses mains. Ce n'était rien comparé aux hivers de l'Afghanistan et d'autres trous à rats où il avait servi.

Jetant le courrier sur le siège avant, il continua à descendre l'allée de gravier et gara la voiture de patrouille à côté de son pick-up, devant la petite maison en bois qu'il habitait. D'habitude, l'endroit était l'une des locations de vacances de son ami Porter. Il la lui avait proposée lorsque Ty avait accepté le poste d'adjoint du comté de Stone. Reconnaissant d'avoir une décision de moins à prendre, Ty avait sauté sur l'offre. Ce devait être une solution temporaire, jusqu'à ce qu'il s'installe à son poste de travail, qu'il prouve qu'il pouvait se débrouiller dans le civil. Puis, il était resté.

Il aimait la solitude que comportait le fait de vivre si loin de la ville, à plus d'un kilomètre du voisin le plus proche. Et en réalité, il n'avait pas besoin de plus qu'un espace de vie ouvert avec un couchage en mezzanine. Il n'y avait que lui. Il n'avait personne à impressionner. Mais un vague et lancinant sentiment de déception le suivit dans la maison alors qu'il s'affairait à allumer un feu dans le poêle à bois et qu'il se dépouillait de son uniforme au profit d'un jean et d'une chemise en flanelle.

S'arrêtant derrière le canapé, il jeta un coup d'œil autour de lui.

L'endroit semblait vide. Il n'y avait rien de lui ici. Pas de photos, pas de signes de passions ou d'intérêts. S'il emballait ses vêtements et sa collection de livres, tout serait prêt pour les prochains vacanciers qui franchiraient la porte. Aucun signe qu'il ait jamais été ici.

Depuis quand cela le dérangeait-il ?

Prenant une bière, il s'enfonça dans le canapé et commença à parcourir le courrier. Le lot habituel de factures et de prospectus. Et une enveloppe épaisse de couleur crème. Le cachet de la poste de Géorgie lui avait noué l'estomac. Rien de bon ne pouvait venir de chez lui. Il glissa un doigt sous le rabat de l'enveloppe. Le papier cartonné à l'intérieur était épais, comme une invitation à un mariage. Mais ce n'était certainement pas pour un mariage.

Vous êtes cordialement invités à la célébration de la vie de Garrett Michael Reeves.

La vue de Ty se brouilla devant la date du mois prochain tandis que l'invitation lui tombait des doigts.

L'anniversaire de Garrett. Bethany voulait célébrer sa vie le jour de son anniversaire.

Comment Ty pouvait-il célébrer la vie de son meilleur ami alors que tout ce qu'il ressentait était le trou béant qu'il avait laissé derrière lui avec sa mort ? Bon sang, il n'avait même pas été capable de regarder Bethany en face depuis l'enterrement.

En fait, il s'était enfui de la veillée funèbre après que Garrett ait été enterré, parce qu'il ne supportait pas de vivre avec ce sentiment de culpabilité. Comment pouvait-elle penser à l'inviter alors que c'était de sa faute à lui si son mari était mort ?

Attrapant la carte, il bondit hors du canapé et se dirigea vers le coin cuisine. Avec plus de violence que nécessaire, il écrasa la pédale pour ouvrir la poubelle. Mais il ne parvenait pas à faire lâcher prise à ses doigts pour laisser tomber la carte dans la poubelle. Au lieu de cela, il laissa la poubelle se refermer et rangea l'invitation dans un meuble. Loin des yeux.

Mas pas loin de la tête.

Il revint comme dans un rêve vers le canapé, aspira longuement sa bière et attendit que ses mains cessent de trembler.

Lorsque son téléphone sonna, il faillit le laisser tomber sur la messagerie vocale. Mais un seul coup d'œil à l'écran lui remonta le moral.

— Paisley !

Il espérait que sa voix était douce et fraîche au lieu d'être rauque à cause des larmes qu'il préférait dissimuler. Il prit une autre gorgée de sa bière pour enlever le chat dans sa gorge.

— Salut, Galaad !

Ce seul salut fit s'envoler le stress et les années de ses épaules, le renvoyant à une époque où son seul souci dans la vie était de savoir quand il aurait reçu un autre sourire, un autre baiser - et plus encore - de la part de cette femme. Elle était une bouée de sauvetage au milieu d'une tempête dans laquelle il apprenait encore à naviguer.

— Cela me rappelle des souvenirs.

— Des souvenirs nus ? dit-elle en plaisantant.

Il laissa échapper un petit rire.

— Entre autres - mais, bien sûr, il pensait maintenant aux souvenirs de nudité les plus récents et ça le faisait bander.

— C'est à ce moment-là que je te demande ce que tu portes ?

Amusé, excité, il s'enfonça dans le canapé.

— Si je me souviens bien, tu aimais particulièrement les pantalons de survêtement gris et mon tee-shirt de l'université.

Elle émit de petits bruits sexy.

— J'ai toujours aimé te parler pour que tu les enlèves.

— Tu n'as jamais eu à travailler très dur pour cela.

L'endroit qu'il préférait, c'était à ses pieds.

— C'est pour ça que tu as appelé ? Pour me faire enlever mon jean et faire la méchante à distance avec moi ?

Cinq minutes plus tôt, le sexe était la dernière chose à laquelle il aurait pensé, mais le son de sa voix ne faisait que caresser la coquille de son oreille et son cou de haut en bas. Il frissonna en imaginant ses doigts s'aventurer là et plus bas. Ses propres doigts se refermèrent lorsqu'il pensa à se branler pendant qu'elle lui murmurait des choses cochonnes à l'oreille. Que voudrait-il qu'elle fasse en retour ?

— Non, en fait. J'espérais quelque chose d'un peu plus concret.

Aussi séduisante que fut cette suggestion, quelque chose dans son ton de flirt sonnait faux.

Luttant contre sa propre biologie, Ty s'efforça de faire fonctionner les cellules restantes de son cerveau.

— Tu vas bien ?

— Oui, ça va. J'espérais juste que tu serais d'accord pour un peu compagnie et un peu de ce *fun* dont nous avons parlé ce week-end.

Il n'était pas du tout sûr qu'elle aille bien, mais la perspective de l'avoir nue dans son lit pendant plus d'une nuit suffisait à lui faire changer d'humeur.

— Bien sûr que oui.

— Tu es sûr ? Je prendrai Duke. Il n'aime pas rester en pension, alors je voyage rarement sans lui. C'est d'accord ?

Il avait rencontré son chien joyeux et désastreux lorsqu'il était rentré avec elle après le mariage. Il s'était demandé à cette occasion s'il ne devrait pas avoir son propre chiot, mais il se rappela des longues journées de travail que son poste exigeait.

— Bien sûr. Tu sais que j'adore les chiens. Amène-le.

Elle poussa un soupir de soulagement.

— J'ai hâte d'y être. Nous avons tous les deux besoin d'un changement de décor.

Il y avait encore ce ton qui sonnait faux.

Avait-elle été inquiète à l'idée de le lui demander ? Ils étaient encore en train de se demander ce qu'était cette histoire « légère », mais ce n'était sûrement pas ça. Paisley était une femme trop sûre d'elle pour cela. Non, il pensait qu'il s'agissait d'autre chose et se demandait ce qu'elle avait. Et d'ailleurs, est-ce que cela le concernait dans le cadre d'une passade ?

Peu importe. Il lui ferait cracher le morceau à coups d'orgasmes. Et s'il n'y parvenait pas, au moins elle serait bien moins stressée en rentrant chez elle.

Le sourire aux lèvres, il lui dit : « À demain ».

3

Les rêves de Paisley étaient peuplés d'ombres furtives qui l'agitèrent une bonne partie de la nuit. Elle s'était bizarrement levée avec le soleil, et s'était réfugiée dans son bureau pour essayer de travailler. Les échéances ne supportaient aucun harceleur. Mais entre l'anxiété de ce qu'elle pourrait trouver ensuite et son envie de voir Ty, sa concentration était mise à mal.

Elle détestait cela. Elle détestait que cette personne l'ait distraite au point de l'empêcher de se perdre dans les mondes qu'elle construisait. Elle détestait être nerveuse dans sa propre maison. Elle détestait le fait que, aux premières heures du jour, elle ait passé du temps à parcourir des annonces immobilières et ait envisagé de déménager.

Elle aimait son petit bungalow, bon sang ! C'était le *sien*. Elle l'avait acheté directement avec ses droits d'auteur après le deuxième divorce - une grande fierté et la marque de son succès. L'idée que quelqu'un ait abimé son havre de paix la rendait physiquement malade. Peut-être qu'elle exagérait. Peut-être que tout cela n'était qu'une personne maladroite mais bien intentionnée qui, par inadvertance, s'amusait à lui faire perdre la tête. Mais son instinct lui disait que ce n'était pas le cas, et elle se fiait toujours à son instinct.

Renonçant à faire quoi que ce soit de productif, elle chargea la voiture avec son sac de week-end, son ordinateur portable et toutes les affaires de Duke. Elle était partie tôt et avait opté pour la route panoramique. Une petite voix au fond d'elle lui disait qu'elle était paranoïaque en prenant le long chemin autour de la ville et en revenant plusieurs fois sur ses pas avant d'atteindre enfin l'I-40 Est, mais elle l'ignora pour se concentrer sur le dernier livre audio de Lucy Score qu'elle avait acheté pour le voyage.

Le stress commençait à s'estomper à chaque kilomètre l'éloignant de Nashville et à chaque chapitre où le héros grincheux et taciturne tombait, malgré ses meilleures intentions, amoureux de l'héroïne rayonnante. Personne ne fabriquait ce genre de schéma comme Lucy. Et si l'histoire lui laissait espérer une réaction similaire de la part de son propre héros grincheux, eh bien, elle avait quatre heures pour maîtriser son romantisme.

Malgré le chemin détourné et les multiples arrêts pour permettre à Duke de se dégourdir les pattes, elle atteignit Eden's Ridge quelques heures avant que Ty ne quitte son travail. Elle traversa lentement le centre-ville. Il était charmant, composé de quelques rues commerciales, avec des rues transversales menant à des zones résidentielles. Elle aperçut un restaurant, un cinéma à deux salles et une adorable sélection de boutiques aux noms fantaisistes tels que Moonbeams et Sweet Dreams. Pendant un moment, elle envisagea de s'arrêter pour faire une visite à pied avec Duke, mais quelque chose la poussa à continuer à rouler hors de la ville. Ty lui avait dit que sa maison était un peu difficile à trouver. Il valait mieux continuer à rouler et le trouver pendant qu'il faisait encore jour, puis revenir à Eden's Ridge pour voir tout ce qu'il y avait à voir.

Le monde et la plupart des signes de civilisation semblaient disparaître tandis qu'elle suivait les routes sinueuses, naviguant dans les lacets et se frayant un chemin jusqu'à la montagne. Ouais, c'était vraiment un bon plan de trouver cet endroit à la lumière du jour. Sur la banquette arrière, Duke colla son nez à la vitre, haletant d'excitation à mesure que les arbres défilaient.

Lorsqu'elle aperçut le bon numéro sur une boîte aux lettres en haut d'une allée, elle soupira de soulagement. Elle ferait demi-tour et retrouverait le chemin de la ville. Mais en se garant, elle vit le pick-up de Ty et une cruiser du shérif garés devant la petite cabane bien rangée. Est-ce qu'il était chez lui ?

Comme si elle l'avait appelé d'une simple pensée, il sortit sur le porche, vêtu d'un jean déchiré et d'une chemise large de flanelle à carreaux. Ses épais cheveux bruns étaient ébouriffés, comme s'il s'était passé les doigts dedans. Son cœur se souleva et s'emballa en même temps à sa vue. Non pas parce qu'il avait l'air assez bon pour être mangé, ni à cause des orgasmes fantasmés. Ce n'était même pas parce que le grand méchant Ranger devenu flic pouvait la protéger de la menace nébuleuse de son harceleur. Non, son cœur traître n'avait jamais fait cela que pour *cet* homme. Le premier amour qui était miraculeusement revenu dans sa vie.

Mais ils n'en étaient plus là. Ils n'étaient plus ainsi l'un pour l'autre depuis de longues années. Ce genre de relation dépassait largement les limites du *fun* et de la relation insouciante dont ils avaient convenu et les paramètres qu'elle avait fixés plutôt que de le voir s'éloigner à nouveau. Elle prendrait tout ce qu'il lui donnerait et lui en serait reconnaissante. Mais en se glissant hors de la voiture, elle était reconnaissante d'avoir à traiter avec Duke parce qu'elle ne savait pas comment le saluer. Un sourire et un signe de la main ? Une étreinte ? Un baiser ? Elle n'était pas habituée à l'incertitude et cela la mettait mal à l'aise.

— Je suis en avance. Je ne m'attendais pas à ce que tu sois rentré.

— J'ai pris mon après-midi.

Pour nettoyer sa garçonnière ? Parce qu'il était excité de la voir ? Son cœur de pain d'épice se mit à battre la chamade.

Ne sois pas idiote.

Ty descendit les marches tandis qu'elle libérait Duke de son harnais de voyage. Euphorique, le chien courut vers lui en aboyant pour lui dire bonjour avant de s'éloigner en bondissant pour faire pipi et renifler partout.

— Est-ce qu'il va rester près d'ici ?

Les yeux rivés sur le chien plutôt que sur l'homme, Paisley se passa une main dans les cheveux.

— Oui.

Super. Avait-elle oublié comment lui parler ?

— Bien.

Elle eut à peine le temps de sursauter que Ty glissa ses deux mains dans ses cheveux, lui relevant le visage et l'embrassant sans raison. Après un mouvement instinctif de recul, elle fondit contre lui, ses mains s'enroulant autour de ses avant-bras musclés tandis qu'il dévorait sa bouche. Chaque cellule de son corps était attirée par le sien et chaque pensée s'évaporait à l'exception du goût et de la sensation qu'il lui procurait et de l'appel du clairon de son propre cœur pendant que toutes les bonnes intentions de se tenir émotionnellement à distance se réduisaient misérablement en poussière.

Paisley entendit comme dans un brouillard un joyeux aboiement signifiant « ne m'oublie pas ! » juste avant que Duke ne déboule dans leurs jambes.

Ty grogna, l'attirant contre lui pour les stabiliser tous les deux, tout en se servant d'une main pour faire assoir le chien.

— Salut, toi.

— Salut, toi aussi, murmura-t-elle.

Il avait l'air aussi choqué qu'elle par l'intensité de son propre accueil. Au moins, il n'y avait pas qu'elle.

Il se racla la gorge.

— Nous devrions rentrer tes affaires.

— D'accord.

Elle ouvrit le coffre et prit sa valise et la sacoche de son ordinateur portable.

— Tout le reste est à Duke.

Ty haussa les sourcils.

— Les filles comme toi ne sont-elles pas censées voyager comme si elles n'allaient pas rentrer chez elles avant un mois ?

Agacée par cette affirmation manifestement sexiste, elle mit la sacoche de l'ordinateur sur son épaule.

— Toutes les femmes ne font pas leurs bagages en pensant à la fin du monde. Je n'ai pas besoin de grand-chose. Duke, par contre, a une capacité d'attention limitée et se comporte mieux quand il a beaucoup de jouets. J'ai fait ses bagages pour l'occuper pendant que nous nous distrairons nous-mêmes.

Les yeux noisette s'assombrirent.

— C'est noté.

Paisley le suivit dans la maison. Elle ne savait pas trop à quoi elle s'attendait, mais en tous cas pas à ça. C'était petit, bien plus petit qu'elle ne l'avait imaginé. Un escalier raide et étroit, qui ressemblait plus à une échelle, menait à une grande mezzanine ouverte, où elle pouvait à peine distinguer un lit derrière une paroi à mi-hauteur. L'ensemble ne formait qu'une seule grande pièce ouverte, à l'exception de ce qui était probablement une salle de bain sous la mezzanine. Un plafond voûté évitait de se sentir à l'étroit, tout comme les fenêtres qui laissaient entrer la lumière et la vue des arbres.

Ty jeta le lit de camp de Duke sur un espace libre par terre près du poêle à bois et porta les autres sacs vers la cuisine qui occupait un coin de la pièce.

— La salle de bain est derrière cette porte. La chambre est là-haut. Je monterai ta valise quand tu seras prête.

Se débarrassant de tous les accessoires de Duke, il enfonça ses mains dans ses poches arrière, un vieux geste qui indiquait qu'il était plus nerveux qu'il ne voulait le laisser paraître. D'une certaine manière, cela la détendit un peu.

— C'est confortable.

Et c'était le cas, même si c'était plutôt spartiate. Elle ne voyait pas l'empreinte de Ty ici. L'endroit était terriblement ordonné. Probablement un héritage de ses années dans l'armée. Le manque d'affaires était-il le signe qu'il ne s'était pas débarrassé de l'idée qu'il devait être prêt à partir en mission à tout moment ? Ça avait été sa vie de Ranger pendant des années. C'était la raison pour laquelle il l'avait quittée après le lycée, lui brisant le cœur d'un seul coup plutôt qu'à petit feu, après des tentatives pour que ça marche.

Ils s'observèrent de part et d'autre du canapé. Peut-être qu'elle devrait l'embrasser tout de go comme elle l'avait fait au mariage. S'ils passaient à la partie « nue » du week-end, ils seraient probablement tous les deux plus à l'aise, et elle pourrait le reléguer au rang de sex-toy humain. Peut-être.

— Duke pourra-t-il se débrouiller seul ici pendant quelques heures ?

Paisley chassa d'un battement de paupières les visions qu'elle avait de dépouiller brutalement Ty de sa chemise.

— Oui, pourvu que je le nourrisse d'abord et que je lui donne ses jouets. Pourquoi ?

— Je pensais que nous irions en ville pour dîner. Il est encore assez tôt pour que tu puisses faire un petit tour de l'endroit avant que nous n'allions à la taverne. Tu aimes toujours les pizzas ?

— Le ciel est toujours bleu ?

Il se fendit d'un sourire qui la laissa perplexe et déstabilisée. Ce sourire lui avait toujours ramolli les neurones.

Elle ne s'attendait pas à sortir. Franchement, elle s'attendait à ce qu'ils se planquent et s'épuisent l'un l'autre pendant le week-end. Le dîner en ville était... comme un rendez-vous amoureux. C'était le genre de choses que l'on fait dans une relation. Ils étaient tous les deux d'accord sur le fait que ce n'était pas ce qu'ils faisaient. Mais elle était plus que curieuse de savoir à quoi ressemblait sa vie normale ici, et elle n'allait pas rater sa chance de passer plus de temps avec lui - dans son lit ou en-dehors.

～

— Nous pouvons prendre le dîner à emporter.

Ty reporta son attention sur Paisley, retenant une grimace. Il n'était pas un bon cavalier.

— Quoi ? Non, c'est bon.

Un sourcil sombre se leva.

— Tu es sûr ? Parce que tu as l'air excité comme une puce.

Il espérait que cette impression était plus due au fait qu'elle pouvait lire en lui qu'au fait qu'il avait perdu toute capacité à cloisonner les situations comme un civil. Mais elle n'avait pas tort. Son instinct s'était éveillé depuis qu'ils étaient arrivés en ville.

— Désolé d'être si distrait. C'est juste que nous sommes suivis.

Le sang se vida de son visage et ses doigts sur la bouteille de Yuengling blanchirent.

— Quoi ?

Alarmé par sa réaction, Ty tendit la main à travers la table pour extraire délicatement la bière et emmêler ses doigts aux siens.

— Non, rien. Je suis désolé. Je ne voulais pas t'effrayer. Ce n'est pas une sorte d'agent ennemi. C'est juste une flopée de gens qui fourrent leur nez partout. Comme Betsy Schoemaker chez nous.

La vieille Betsy Schoemaker était une fouineuse notoire, qui se faisait un plaisir d'appeler les flics quand elle voyait des couples assez fous pour emprunter le chemin de terre qui traversait sa propriété boisée, comme si c'était un chemin d'amoureux. Paisley et lui n'avaient commis cette erreur qu'une seule fois, et ils s'étaient enfuis avant l'arrivée du policier. Mais cela n'avait pas empêché le lieutenant Petrie de passer chez Ty pour lui faire comprendre la gravité de l'intrusion et lui faire la leçon sur la sexualité sans risque. Aujourd'hui encore, Ty ne savait pas si Betsy avait installé une sorte de caméra sur la route qui avait pris des images de son pick-up ou si elle s'était contentée de camper dehors et de les observer à la jumelle.

Paisley poussa un gros soupir et ses joues reprirent des couleurs.

— Ouf !

Sans prendre la peine de retirer sa main, elle attrapa sa bière avec l'autre et l'inclina pour en avaler une longue gorgée.

— Qu'est-ce que tu imaginais exactement ?

— Ne fais pas attention à moi. Le cerveau de l'écrivain part en vrille dès qu'il est un peu provoqué.

Était-ce vraiment son cerveau d'écrivaine qui s'était affolé ou cela avait-il à voir avec le fait qu'elle était un peu à côté de la plaque depuis qu'il lui avait parlé la veille au soir ?

Elle fit un effort visible pour se détendre, concentrant ses yeux couleur whisky sur lui.

— Alors, pourquoi les commères d'Eden's Ridge te suivent-elles ?

— C'est pas moi, c'est nous qu'elles suivent.

Il avait repéré la première filature en aidant Paisley à sortir de son pick-up à quelques rues du restaurant de Crystal. Jolene Lowrey, célèbre pour son gâteau rouge velours récompensé par un ruban bleu, sortait du Moonbeams and Sweet Dreams. Elle avait pris une photo pas trop subtile d'eux avec son téléphone et, choc des chocs, il y avait eu plusieurs visages pressés contre la fenêtre du restaurant alors qu'ils passaient devant. La femme du révérend Hodgson, Patty, était la suivante, les suivant du regard pendant qu'il faisait visiter vite fait le centre-ville à Paisley. Elle avait bifurqué brusquement vers la quincaillerie lorsqu'il l'avait surprise en train de les regarder. Estelle Murchison n'avait même pas pris la peine de donner le change. Elle s'était presque dévissé la tête en les voyant entrer dans la taverne.

— Nous ? - Paisley marqua une pause en réfléchissant - j'en déduis qu'Eden's Ridge est fait du même bois que Coopers Bend.

— Bingo.

Elle avait toujours été prompte à comprendre ce qu'il voulait dire.

— Alors, les langues s'agitent déjà, se demandant qui je suis et si j'ai retiré du marché l'un des célibataires les plus convoités de la ville.

— C'est tout à fait possible.

— Cela explique le regard noir que notre serveuse m'a jeté quand elle pensait que je ne regardais pas.

Cela lui avait échappé, mais il n'était pas surpris. Trish Morgan n'avait pas fait dans la dentelle l'année dernière pour le draguer.

— Je ne sais pas pourquoi ils continuent à essayer de me caser.

Elle se mit à ricaner.

— Ben... tu es célibataire, beau gosse et nouveau en ville.

Il avait aussi été à terre lorsqu'il avait emménagé ici. Il ne s'en était pas vanté, et avec beaucoup de travail, il avait surmonté le pire, mais il n'était toujours pas ce qu'il considérait comme une personne sociable.

Avec un sourire en coin, il prit sa propre bière.

— Ils oublient que je ne suis pas intéressé.

— Peuh ! Depuis quand cela empêche-t-il une bande d'aspirantes grand-mères d'essayer de te mettre le grapin dessus pour leurs filles ?

— Grand-mères ?

Ty se sentit blêmir. Saisissant plus fermement la main de Paisley, il se pencha en avant et la fixa dans les yeux.

— Aide-moi, Paisley Wan Kenobi, tu es mon seul espoir.

Ses fossettes se creusèrent.

— Le grand méchant Ranger a donc besoin d'être protégé d'une bande de vieilles commères ?

— Exactement. Elles sont terrifiantes.

Il était assez viril pour l'admettre.

Paisley éclata de rire de sa façon caractéristique, ce qui apaisa quelque chose dans sa poitrine. Il n'avait pas réalisé à quel point le son de ce rire lui avait manqué pendant toutes ces années.

— C'est pour cela que nous sommes sortis ce soir ? Pour essayer de mettre un terme aux tentatives de rapprochement ?

Il n'y avait pas pensé du tout. Il était occupé à essayer de savoir comment agir et à se demander comment ils pouvaient bien faire ce truc soi-disant « léger », alors qu'ils avaient été bien plus que ça. L'idée ne lui plaisait pas, peu importe ce qu'il avait accepté lorsqu'ils s'étaient retrouvés à Nashville. Paisley méritait le respect, la décence et simplement... plus que ça. Même s'il ne pouvait pas lui faire de promesses, il pouvait faire mieux que de la traiter comme l'insignifiante aventure pendant un mariage qu'il avait fait croire à Sebastian. Le sentiment de culpabilité dû à ses tergiversations l'avait poussé à proposer un dîner au restaurant.

Et même s'il venait d'apercevoir Marilyn Kincaid, la mère de son patron, et Essie Vaughn, la standardiste du bureau du shérif, installées dans une cabine de l'autre côté du bar, il ne pouvait pas le regretter. Même si les ragots se déchainaient autour du distributeur d'eau lundi, cela en vaudrait la peine. Il ne se souvenait plus de la dernière fois qu'il avait été près de quelqu'un qui l'avait connu avant qu'il ne soit brisé, et il reconnaissait volontiers que ce sentiment était une drogue à part entière.

— Nous sommes sortis parce que je voulais passer du temps avec toi - c'était la vérité, mais cela dépassait largement les limites de la chose insouciante qu'elle avait demandée, et comme il ne voulait pas qu'elle refuse, il allégea son ton - et parce que tu as toujours été pleine de vie. Tu m'avais promis d'en rajouter dans la mienne.

— C'est ce que j'ai fait - elle se pencha en avant, les yeux charbonneux, le sourire diabolique – bon alors, donnons-leur un sujet de conversation.

Avant qu'il ne puisse réduire la distance entre eux, quelqu'un lui tapa sur l'épaule.

Bon sang de bonsoir !

— Si ce n'est pas Mlle Brunette du mariage !

Sebastian mit sa main dans l'espace où ils étaient sur le point de s'embrasser. L'abruti.

— Je m'appelle Sebastian Donnelly, je suis un des copains de l'armée de ce mec. Et vous êtes ?

Après un moment d'hésitation, elle se rassit sur son siège, relâchant la main de Ty.

— Paisley Parish. Vous étiez l'un des autres garçons d'honneur.

— Je l'étais, en effet.

Sebastian semblait heureux qu'elle se souvienne de lui.

Ne luttant pas contre sa mine renfrognée, Ty lui jeta un coup d'œil.

— Que fais-tu ici ?

— Je viens chercher des plats à emporter pour le dîner. Laurel avait des réunions à Knoxville aujourd'hui.

— Alors je suis sûr qu'elle apprécierait que tu te dépêches de le faire.

— Oh, la cuisine n'a pas tout à fait terminé notre commande. J'ai quelques minutes. Sebastian reporta son attention sur Paisley, affichant le sourire amical que sa fiancée semblait trouver charmant.

— Et où notre Ty t'a-t-il caché ?

Ty se hérissa. Il ne la cachait pas. Ils étaient ici, n'est-ce pas ? Mais alors que Sebastian attendait sa réponse comme s'il avait tout le temps du monde, Ty regretta qu'ils ne soient pas restés à l'intérieur.

— Je vis à Nashville - elle jeta un regard interrogateur à Ty, puis à Sebastian - je suis une amie du temps d'Ivy.

Dieu bénisse cette femme consciente du fait qu'il ne voulait pas entrer dans leur passé. Si Sebastian le sentait, on ne pourrait plus se débarrasser de lui.

— Ah ! Puisqu'elle est encore en lune de miel, je suppose que tu dois être en ville pour visiter le spa.

Souriant gentiment, elle leva sa bière.

— Tu as dû échouer aux tactiques d'interrogatoire.

Ty parvint de justesse à retenir un éclat de rire.

— Sebastian est fiancé depuis peu et fait partie de la catégorie dont nous avons parlé plus tôt.

— Ah.

Paisley hocha sagement de la tête.

Sebastian, qui se sentait déjà vaguement insulté, plissa les yeux.

— Qu'est-ce que ça veut dire ?

— Tu n'es pas discret. Quoi qu'il se passe entre Ty et moi, c'est entre Ty et moi, et tu devras attendre qu'il soit prêt à te le dire lui-même.

Sa bouche s'ouvrit et se referma plusieurs fois.

— Eh bien, ça m'apprendra.

— L'espoir fait vivre, marmonna Ty.

Une serveuse arriva en trombe avec un sac à emporter.

— Voici votre commande, Sebastian.

Le salaud avait l'air déçu.

— Merci, Staci - il accepta le sac à contrecœur et retourna à leur table - eh bien, il semble que j'aie de la nourriture à livrer à ma copine - Paisley, ravi de t'avoir rencontrée. J'espère qu'on se reverra un jour.

Elle acquiesça.

— Au plaisir, Sebastian.

Avec un regard significatif vers Ty, il fit un signe de tête et se dirigea vers la porte.

Paisley sirotait sa bière.

— J'ai l'impression qu'il y avait un problème.

— Non, pas de problème.

Il ne voulait pas qu'elle pense qu'il essayait de la cacher à ses amis.

— Ça veut juste dire que c'est moi qui vais subir un interrogatoire plus tard. Il me rend la monnaie de ma pièce pour ce que j'ai fait quand il a rencontré Laurel. De plus, il nous a vus au mariage, ce n'était qu'une question de temps. Je fais confiance aveuglément à Sebastian. Il m'a sauvé la vie assez souvent. Mais concernant les détails de ma vie amoureuse... non. Il est bavard comme une pie.

Elle pinça les lèvres.

— Donc, ce que j'entends, c'est que tu as tout intérêt à ce que je t'occupe et que tu ne sois pas disponible pour faire des commentaires ?

Elle avait l'œil qui frise et ça avait le don de l'énerver.

— Tu sais, je suis parfaitement capable de lui dire d'aller se faire foutre, mais je préfère ta façon de faire.

Paisley sourit à Trish qui arrivait avec un plateau sur une épaule.

— Tu peux emballer notre commande pour qu'on l'emporte ?

Bon sang, il risquait fort de se rappeler toutes les raisons pour lesquelles il avait été amoureux fou de cette femme il y a des années.

Il leva la main.

— L'addition, s'il te plaît.

4

Paisley sentit les regards se poser sur eux lorsqu'ils quittèrent la taverne d'Elvira. Curiosité. Jalousie. Rien qu'elle n'ait pas affronté auparavant, mais à la lumière des récents événements, cela la rendait paranoïaque. Elle était venue à Eden's Ridge - chez Ty - pour échapper à tout cela pendant un petit moment. Il n'y avait aucune raison de croire que son harceleur l'avait suivie jusqu'ici. Ce n'était que de la curiosité typique d'une petite ville. Mais pendant les quelques instants où il avait dit qu'ils étaient suivis, elle avait été légitimement terrifiée à l'idée que c'était l'escalade à laquelle elle s'attendait. C'était dire à quel point cette *personne* avait perturbé son équilibre. Il fallait faire quelque chose, mais pour l'instant, elle allait faire comme Scarlett O'Hara et y penser demain. Elle avait un homme sexy à conquérir.

Par défi - et juste parce qu'elle en avait envie - elle glissa sa main dans la poche arrière de Ty, et la plaqua sur sa fesse. Ça avait toujours été son point fort. Elle perçut le plissement de sa bouche lorsque son bras vint entourer ses épaules, la plaquant contre son flanc. Facile. Confortable. Et si familier qu'elle en avait mal à la gorge. C'était un autre retour en arrière, au lycée et à l'adoration simple qu'ils avaient partagée. Une proposition dangereuse. Les choses n'étaient ni faciles ni simples avec l'un ou l'autre maintenant, et elle ne pouvait pas se permettre de l'oublier.

Déterminée à les ramener à la partie nue et amusante du week-end, Paisley posa sa main sur sa jambe tandis qu'il enclenchait la vitesse du pick-up.

Ty lui jeta un coup d'œil.

— Nous jouons à ce jeu, hein ?

— Si tu te souviens des règles de cette variante particulière du poulet.

Il glissa sa main sur son genou, ses doigts adhérant à l'intérieur de sa cuisse.

— Comme si j'allais oublier.

— Ce n'est pas aussi facile que dans ta vieille fourgonnette avec la banquette.

Sa main remonta d'un centimètre.

— Je pense qu'on va y arriver.

C'était une vraie torture, une lente séduction rapprochée. À chaque kilomètre qui les rapprochait de sa maison, ils se touchaient de plus en plus haut, avec de petits attouchements en cercles et de petits coups de doigts destinés à exciter et à tenter. Sa respiration devint saccadée lorsqu'il fit glisser un doigt en haut de l'intérieur de sa cuisse. Il siffla lorsqu'elle frôla le bord de son érection. Lorsqu'il tourna dans son allée, elle était mouillée et haletante et regrettait de ne pas être en jupe. Il gara son engin et, avec plus de rapidité et d'efficacité qu'elle ne l'avait imaginé, détacha sa ceinture de sécurité pour la hisser sur la console centrale et la mettre à califourchon sur lui.

— Comment diable pouvions-nous tenir le coup en faisant ça tout le temps ?

Paisley lui mordilla la gorge.

— On ne l'a pas toujours fait comme ça. Je me souviens très

bien qu'on a été assez stupides pour s'envoyer en l'air en conduisant quand on était adolescents.

Saisissant ses hanches, il s'enfonça en elle.

— Heureusement qu'on n'a pas eu d'accident...

— Ouais quelle chance !

Fondant sa bouche avec la sienne, elle commença à se balancer.

Ils n'étaient pas assez dénudés, mais elle ne pensait pas que cela allait empêcher un premier orgasme de lui faire frissonner les orteils, ici même, dans la cabine de son pick-up.

Ty le fit, cependant, tout en immobilisant ses hanches de ses mains.

— Merde, ralentis. Je n'ai pas l'intention de revivre ce souvenir particulier du lycée. À l'intérieur. Dans un vrai lit.

Son ton impérieux faisait tressaillir ses parties intimes.

Ils se précipitèrent hors du véhicule, attrapèrent la pizza - miraculeusement toujours dans sa boîte sur le sol - et montèrent en trébuchant les marches du porche et franchirent la porte, où ils furent tous deux confrontés à la réalité de son joyeux chiot déterminé à les accueillir après une éternité d'absence. Frétillant de tout son corps, Duke bondissait fou de joie en aboyant.

— Couché ! ordonna Ty.

Le ton fonctionna également sur Duke qui posa ses fesses sur le sol, en agitant sa queue.

Résignée à ce que le moment fun et à poil attende un peu, Paisley se passa une main sur le visage.

— Protège la pizza. Je vais le promener un peu.

Cela prit plus de temps qu'elle ne l'aurait voulu. Duke dut faire le tour de toute la maison, reniflant chaque arbre et chaque buisson avant de choisir le bon endroit pour faire ses besoins. De retour à l'intérieur, ils durent abondamment jouer au tir à la corde pour dépenser un peu de son énergie débordante. À ce moment-là, son estomac lui rappela que, quoi que la soirée lui réserve, il voulait manger. Ty et elle se tinrent donc devant le comptoir de la cuisine, engloutissant des pizzas froides et se dévorant des yeux de façon langoureuse.

Alors qu'il finissait d'avaler sa deuxième part, son regard glissa vers la mezzanine.

— Tu penses que Duke va semer la panique ?

— Tu veux dire est-ce qu'il va essayer de monter l'escalier ou hurler à la mort au moment crucial ? Je n'en ai aucune idée. Je n'avais pas réalisé qu'il n'y aurait pas de porte normale. Mais c'est un peu comme avec un enfant : il suffit de le distraire. Je pense que tant qu'il s'affaire avec un de ses jouets puzzle, tout ira bien. Pendant un moment, en tout cas.

— Je t'en prie, distrais-le.

Paisley remplit trois des puzzles avec des friandises. C'était bien plus qu'il n'en recevait d'habitude, mais à la guerre comme à la guerre. Pendant qu'elle les posait sur le sol, Duke sautait de l'un à l'autre, submergé par les choix qui s'offraient à lui.

— Dépêche-toi.

Elle s'élança elle-même vers l'escalier, ravie de voir que Ty l'enlaçait de ses bras grands et forts.

— On monte.

Il lui mordit les fesses quand elles arrivèrent au niveau de sa bouche. Elle rit et accéléra le mouvement, se jetant presque sur sa bouche en arrivant en haut. Son sang bouillonnait et elle mourait d'envie de le déshabiller et de se perdre dans la chaleur envoûtante et moite qui enveloppait leurs corps. C'est dans cet esprit qu'elle fit face à l'échelle. Mais alors que Ty atteignait le sommet, il ralentit, regardant vers elle avec une expression féroce de désir dans les yeux. Elle sentit les muscles entre ses cuisses se contracter. Oh oui ! ce regard était tout ce qu'elle voulait.

Mais quelque chose de nouveau surgit lorsqu'il glissa ses mains dans ses cheveux, fouillant son visage. Il cherchait... quoi

? à lire son désir ? Elle éprouvait cela et plus encore, toujours, pour cet homme.

Elle était préparée à la chaleur explosive et au désespoir presque brutal qu'il lui avait montré après le mariage. Mais elle n'était pas prête pour le doux frôlement de sa bouche ou la tendre caresse de ses mains alors qu'il l'attirait vers lui. Instinctivement, elle commença à fondre à son contact avant de se ressaisir et de reculer.

— Ty.

Pouvait-il entendre des questions dans cette seule syllabe ? Qu'est-ce que c'est ? Qu'est-ce que tu fais ?

Il se contenta de la fixer dans les yeux, en écartant ses cheveux de son visage.

— Laisse-moi faire.

Il posa à nouveau ses lèvres sur les siennes, hypnotisant, séduisant. Et tant pis si elle ne comprenait pas tout à fait ce qu'il voulait, ce qu'il demandait. Elle ne pouvait s'empêcher de céder. Elle n'avait jamais pu lui refuser quoi que ce soit.

Il commença à la déshabiller avec beaucoup plus de dextérité qu'il n'en avait à dix-huit ans, tout en se dirigeant avec elle vers le lit. Son cœur battait lentement et fort lorsqu'il l'allongea sur le lit, la suivant pour la couvrir de son corps incroyablement musclé, endurci à la bataille. Elle aurait voulu le toucher, mais il saisit ses doigts et les emmêla avec les siens ; puis il commença une lente flânerie le long de son buste, tétant ici, suçant là, cartographiant chaque centimètre de sa bouche et de ses mains. Ou peut-être suivait-il une très vieille carte, car il s'attardait au pli où sa cuisse rencontrait sa hanche, un endroit qui avait toujours fait flipper Paisley.

— Ty, qu'est-ce que tu fais ?

— Je profite de toi. Je n'y ai pas passé assez de temps la dernière fois.

Après le mariage, il avait surtout voulu la rendre folle à force d'orgasmes, ce dont elle ne s'était pas plainte le moins du monde. Il semblait déterminé à mettre sa patience à l'épreuve cette fois-ci, et Paisley n'était pas du tout sûre d'y survivre.

Ty frotta sa joue barbue contre la peau sensible de l'intérieur de sa cuisse, et elle gémit car elle avait besoin de passer à la vitesse supérieure.

— Chez les Rangers j'ai dû apprendre la patience à la dure. Parfois, nous devions attendre des heures, voire des jours, le bon moment pour exécuter une opération.

Son ton était celui d'une conversation, comme si sa bouche n'était pas à quelques millimètres de la terre promise.

— Où veux-tu en venir ? dit Paisley précipitamment.

— Il y avait beaucoup de temps mort pour réfléchir. J'avais l'habitude de penser à ça.

Il effleura sa fente à travers sa culotte.

— Au sexe ?

S'il te plaît, mon Dieu !

— Au sexe avec toi. Á ce que je ressentais, au bruit que ça faisait, au goût de ton corps.

Se figurer tout cela la rendait incroyablement plus humide, trempant probablement le tissu entre ses cuisses. Elle n'arrivait pas à réfléchir aux implications de ses mots, se concentrant uniquement sur le fait qu'il avait pensé à elle, à cela, au moins aussi souvent qu'elle l'avait fait après leur séparation.

Ty commença à baisser le sous-vêtement.

— Ma mémoire est sacrément bonne.

Il lança le morceau de tissu, et s'installa enfin entre ses cuisses, les écartant pour profiter avidement de la vue.

— Mais il n'y a rien de mieux que voir en vrai.

Et il plongea, léchant et suçant comme si elle était la meilleure chose qu'il ait jamais goûtée.

L'excitation à son comble, Paisley prit ses cheveux à pleines mains, s'imprégnant de la vue de sa tête enfouie entre ses jambes et des gémissements de plaisir qu'il émettait tandis qu'elle gigotait autour de sa langue jusqu'à ce qu'elle soit à bout de souffle et qu'elle vole. Avant même qu'elle n'ait cessé de trembler sous l'effet des ondes de choc, il remonta le long de son corps et prit sa bouche. Le goût de sa propre jouissance fit de nouveau monter la tension.

Elle lui mordit la lèvre.

— Tu n'es pas assez nu.

— À vos ordres, madame !

Le temps qu'il se déshabille et revienne la rejoindre, elle avait retrouvé assez de contrôle musculaire pour se mettre à genoux.

— A toi de jouer.

Elle appuya une main sur son torse, avec l'intention de le repousser et de goûter à ces sillons en V au niveau de sa taille, dont elle fantasmait depuis le mariage. Il avait un corps d'athlète à dix-huit ans, mais ces sillons étaient nouveaux.

— Plus tard - il plaqua sa main contre son cœur et bascula en arrière, l'entraînant avec lui - pour l'instant, je veux te regarder me chevaucher.

Comme si elle pouvait résister à une telle invitation ?

Prenant le préservatif qu'il lui offrait, elle l'enfila, aimant la sensation de l'épaisseur de son membre dans sa main. La sienne. Pour le week-end, au moins, cette chose... enfin... cet homme, était à elle.

Passant une jambe par-dessus ses hanches, elle se mit à califourchon sur lui, les torturant tous les deux en frottant ses plis brillants sur son gland.

— Paisley, - ses yeux étaient un avertissement sombre et excitant - tu as dit que tu voulais profiter de moi. Changer d'avis est permis et tu avais revendiqué une patience magnifique.

— J'avais peut-être tort.

Saisissant ses hanches, il tendit le menton pour prendre un mamelon dans sa bouche. Le mouvement fit glisser les premiers centimètres de sa verge à l'intérieur d'elle.

Elle enfonça ses mains dans ses cheveux en proférant quelques jurons, fit rouler ses hanches jusqu'à la succion de sa bouche, prenant un peu plus de lui à chaque fois. Lorsqu'il tendit la main pour lui pétrir l'autre sein, elle gémit et céda, engloutissant le reste de son membre en une longue et lente descente.

Ils gémissaient tous les deux. Rien n'avait jamais été plus parfait que la façon dont il l'étirait, la remplissait. Elle avait passé des années à essayer de retrouver cette sensation, sans succès. Personne ne l'avait jamais comblée comme lui.

Ty s'empara de ses hanches, l'encourageant à bouger. Elle se pencha en arrière pour le prendre encore plus profondément et s'abandonna à la longue et lente montée.

— Tu as l'air d'une putain de déesse.

C'est ce qu'elle ressentait en observant son visage où elle pouvait lire le plaisir, la férocité. Lorsqu'il serra les dents, essayant manifestement de se retenir, elle plongea vers l'avant, aspirant sa bouche et serrant ses muscles intérieurs pour le pousser au-delà de ses capacités de contrôle. Elle aimait son côté débridé, elle l'aimait désespérément. Sur un grognement, son contrôle s'effondra, et il se jeta sur elle avec force et rapidité, jusqu'à ce que la poussée de sa jouissance ne la fasse basculer derrière lui.

Ty avait mené toutes sortes d'opérations secrètes d'infiltration au cours de sa carrière. On lui avait appris à se déplacer en silence, à entrer et sortir sans se faire repérer. S'il le fallait, il pourrait probablement organiser un cambriolage réussi. Mais il n'était pas du tout sûr de pouvoir casser un œuf sans réveiller la femme qu'il avait laissée endormie dans son lit.

Il le tapa doucement sur le bord du comptoir et leva les yeux. Pas de bruit. Pas de mouvement. Ils s'étaient épuisés l'un l'autre depuis vendredi... peut-être qu'il pourrait réussir ce petit déjeuner au lit après tout.

Reportant son attention sur l'œuf, il chercha la fissure. Rien. Comment faisaient-ils pour donner l'impression que c'était si facile dans ces émissions de cuisine ? Ils diraient probablement quelque chose d'odieux comme « Tout est dans le poignet ». Ce qui était probablement le cas.

En jetant de nombreux coups d'œil furtifs vers le haut, il réussit à casser les œufs et à en extraire les coquilles. En ajoutant du lait et un peu de vanille, il sut qu'il franchissait une limite : le petit-déjeuner au lit ne faisait pas partie du Manuel du sexe insouciant et sans engagement. D'autre part il n'avait pas respecté les règles tout le week-end. Il ne pouvait pas s'en empêcher quand il s'agissait de Paisley.

Toutes ces années, il l'avait exclue de sa vie, sachant qu'il ne pouvait pas conserver sa lumière tout en continuant à travailler dans l'ombre, comme l'exigeait son travail. Il savait aussi qu'en essayant, il aurait fait disparaître le soleil intérieur dans lequel il avait tant aimé baigner. Même s'il l'avait aimée à la folie, s'il l'avait désirée comme aucune autre, il ne pouvait pas se résoudre à lui faire du mal comme ça.

Elle avait changé pendant ces vingt dernières années, ils avaient tous les deux changé. Mais cette lumière était toujours la même, et être auprès d'elle lui rappelait de façon enivrante que tout n'était pas noir dans le monde. Elle ne pouvait pas savoir à quel point il avait besoin de cela et l'appréciait. Il lui rendait donc ces bienfaits en orgasmes et, avec un peu de chance, en pain perdu. Il ne voulait pas penser à ce que cela signifiait ou à ce que cela pouvait entraîner. Il voulait juste profiter d'elle, comme il avait dit.

Duke observait la scène avec beaucoup d'intérêt depuis le lit pour chien que Ty avait traîné jusqu'au bord de la cuisine. Il voulait tellement participer que cela semblait être la meilleure façon pour qu'il reste calme et tranquille. Ty versa une bonne dose de cannelle dans le mélange d'œufs et le fouetta soigneusement. Toujours pas de bruit en provenance de la mezzanine. Versant le mélange dans un plat à four, il attrapa le pain. Au froissement de l'emballage, Duke se redressa faisant tinter ses médailles, les oreilles dressées.

Ty porta un doigt à ses lèvres : « Chut ! ».

Le chien se leva, la queue se balançant comme un métronome.

Toujours à voix basse, il le menaça du doigt : « Non ! ».

Ignorant le pain, Duke se dirigea vers la porte en sautillant sur ses pattes avant, ses griffes cliquetant sur le parquet.

Ty jeta à nouveau un coup d'œil vers la mezzanine.

Duke frétillait de la queue, tout content.

— Nous avons déjà fait une promenade.

Pourquoi se discutait-il avec un chien ? C'était ridicule.

— Ah bon ?

Merde !

Paisley regardait par-dessus la balustrade, sa chevelure bouclée en désordre autour de ses épaules. Elle n'avait pas encore l'air bien réveillée, à en juger par son air vague et ses paupières lourdes.

— J'essayais de te laisser dormir. Nous n'avons pas fait grand-chose de ce genre ce week-end.

Ses lèvres s'étirèrent en un sourire félin qui, comme toujours, lui chauffa le sang.

— Je ne crois pas que tu m'aies entendu me plaindre.

Non. Crier, supplier, rire mais jamais se plaindre.

— J'avais prévu une matinée de farniente avec petit-déjeuner au lit.

Il n'avait pas eu de matinée de farniente depuis une éternité, mais elle lui donnait envie de se faire plaisir.

Son regard se porta sur la cuisine.

— C'est du pain perdu ?

Se déplaçant d'un pied sur l'autre, Ty résista à l'envie de frotter sa nuque, là où elle était chaude.

— Oui.

— Il y a du bacon ?

Un sourire se dessina sur ses lèvres.

— Il peut y en avoir.

— Du café ?

— Je n'ai pas osé mettre la machine en marche pendant que tu dormais. Mais oui.

Elle descendit les escaliers plus vite qu'il ne s'y attendait - mais peut-être avait-il été distrait par l'éclair alléchant des jambes nues.

— Vous, Sir Tyson le Penseur, vous êtes un dieu parmi les hommes.

Elle plaça ses mains sur ses épaules et déposa un baiser bruyant sur ses lèvres.

— Je meurs de faim.

Alors qu'elle aurait voulu se lever et s'éloigner, il l'entoura de ses bras, la maintenant en place.

— Tu portes ma chemise.

Elle lui arrivait à hauteur de la cuisse et lui offrait une vue magnifique sur le sillon entre ses seins dans l'échancrure déboutonnée.

Elle avoua sans la moindre honte.

— C'est vrai. Et je vais te confier un secret : je ne te la rendrai probablement pas.

Cette idée était bien trop séduisante.

— Comme mon maillot de foot au lycée ?

Son visage était soudainement devenu inexpressif, d'où un effet comique.

— J'en appelle au droit de rester silencieuse.

Se détournant, elle s'élança dans la cuisine vers la cafetière.

Il aimait voir l'aisance avec laquelle elle se déplaçait dans sa cuisine à lui, se comportant comme chez elle, sortant les filtres, attrapant le sac de haricots du congélateur. Elle était toujours à l'aise partout. C'était un talent enviable. Il ne se sentait toujours pas à sa place dans le monde civil généralement.

Mais pas avec elle.

La machine à café commença à murmurer et Paisley ouvrit le réfrigérateur, se penchant pour jeter un coup d'œil à l'intérieur, probablement à la recherche de bacon. Avançant sans bruit, Ty l'entoura de ses bras par derrière. Son cri de surprise se transforma en rire lorsqu'il lui mordilla le cou.

— Prends le bacon. Je vais commencer le pain perdu.

La banalité domestique des gestes le frappa alors qu'il faisait glisser le premier morceau de pain dans la poêle chaude. Il n'avait pas imaginé pouvoir faire cela. Mais ils se déplaçaient de façon synchrone, hanche contre hanche, Paisley s'occupant du bacon, versant le café pour eux deux.

Il se surprit à la dévisager lorsqu'elle lui tendit une tasse.

Elle arqua un sourcil.

— Quoi ?

Avant que Ty ne puisse ouvrir la bouche et probablement faire une énorme erreur, son téléphone se mit à sonner.

— Tu regardes le toast ?

— Je ne fais que ça.

Il décrocha le téléphone du chargeur, fronçant les sourcils lorsqu'il vit le nom du shérif sur l'écran.

— Brooks.

— Désolé d'interrompre ton week-end de repos, mais j'appelle tout le monde. Il y a eu une explosion dans le sud du comté.

Le passage en mode travail fut instantané. Ty se dirigea vers l'escalier.

— Que savons-nous ?

Le temps que Xander finisse de l'informer, Ty était habillé et enfilait son ceinturon.

— Je suis en route.

Dans la cuisine, Paisley mettait le dernier pain perdu sur une assiette. Elle lui offrit un sourire triste.

— Tu dois aller travailler.

Il poussa un soupir.

— Ouais.

— Je vais faire mes valises et m'enlever du milieu.

Prenant une tranche de pain perdu, il la passa d'une main à l'autre, comme si cela pouvait l'aider à refroidir plus vite.

— Tu n'as pas besoin de te précipiter. Prend ton temps.

Elle haussa les épaules.

— J'aurais eu besoin de prendre la route dans deux ou trois heures de toute façon. C'est pas grave.

Le temps qu'ils avaient passé ensemble s'était écoulé comme un compte à rebours tout au long du week-end. Finir quelques heures plus tôt n'aurait pas dû être un drame, mais il se rendit compte qu'il ne voulait pas que le week-end se termine.

— Et si tu restais ?

Tant pis, il allait passer pour un idiot.

— Quoi ?

Il aurait dû se contenter de se goinfrer de toasts et dire aurevoir, mais il devait assurer maintenant.

— Je veux dire, tu peux théoriquement travailler n'importe où, n'est-ce pas ? Il y a quelque chose qui t'oblige à rentrer ?

— Non.

Elle fit traîner le mot sur plusieurs syllabes.

— Alors tu pourrais rester quelques jours de plus. Tu pourrais aller au spa pour te faire dorloter.

Peut-être que si ce n'était pas juste pour lui, elle ne trouverait pas ça bizarre.

Paisley l'étudia longuement, les yeux sombres et sérieux.

— Qu'est-ce que c'est, Ty ?

Il n'avait pas de bonne réponse.

— Je ne sais pas, c'est juste que... je ne veux pas que tu t'en ailles tout de suite.

Cet aveu lui donna l'impression d'être exposé et vulnérable. Il détestait cela et aurait voulu pouvoir effacer les dernières minutes et recommencer.

Mais enfin, elle hocha lentement la tête.

— D'accord, je reste. Si tu es sûr que ça ne te dérange pas.

Passant sa main libre derrière sa nuque, il effleura ses lèvres, résistant à l'envie de s'attarder.

— On se verra à mon retour, alors.

Prenant une autre tranche de pain grillé et du bacon, il se dirigea vers la porte.

— Ty ?

Sur le seuil, il s'arrêta, jetant un coup d'œil en arrière.

— Oui ?

— Sois prudent.

— Toujours.

Sentant encore la chaleur de ses lèvres, il partit faire son travail.

5

lors qu'un moteur démarrait à l'extérieur, Paisley se
tenait dans la cuisine, pieds nus, la chemise de Ty sur
le dos, avec encore le fourmillement de son baiser
sur les lèvres, tandis que dans ses oreilles résonnait « On se
verra quand je rentre ». Duke frétillait à la porte. La machine à
café crachotait. Sur le comptoir derrière elle, le petit déjeuner
qu'ils avaient préparé refroidissait. Dans le silence soudain, des
doutes s'insinuèrent comme des fantômes, sapant la joie de
vivre entraînante qui l'avaient portée tout au long de la
matinée.

Elle n'est pas prête à rentrer chez elle. Au-delà de la crainte
de ce qui pouvait l'attendre, elle ne voulait pas quitter Ty et la
petite bulle qu'il avait créée ce week-end. Mais elle s'était
préparée à l'inévitable départ. Dès qu'il avait reçu ce coup de fil,
elle s'était efforcée de fourrer tous les sentiments confus dans
une boîte pour qu'il ne voie pas à quel point elle était déçue
qu'ils perdent leurs dernières heures. À faire semblant, autant
le faire dans les règles de l'art.

Elle n'était pas préparée à ce qu'il lui demande de rester.

Cette demande avait déclenché une alarme sur les remparts

de son cœur. Garder les choses légères et insouciantes avec lui était déjà incroyablement difficile, même avant qu'ils ne soient tous les deux séduits par la nostalgie de ce qu'ils étaient avant. Elle ne se faisait pas d'illusions sur le fait qu'ils avaient fait quelque chose d'autre. Ils continuaient tous les deux à se tourner vers le passé, vers ce qui leur était familier. Il y avait là un certain réconfort. Il semblait qu'ils étaient tous les deux dans une situation où ils avaient besoin de réconfort.

Mais c'était un jeu dangereux. Où était la limite entre le passé et le présent ? Elle aurait dû être facile à voir. Dix-huit ans auraient dû être un écart flagrant. Ils avaient été séparés bien plus longtemps qu'ils n'avaient été ensemble. Mais il était difficile de s'accrocher à la douleur de tout ce temps et de cette distance face à l'homme vivant. L'homme qui avait admis avoir pensé à elle pendant des années après leur séparation.

Autrefois, il avait été tout pour elle.

Elle n'avait jamais pu mettre de côté les « et si ». Pas vraiment. C'était pour cette raison qu'elle avait commencé à écrire des romans d'amour, car cela la réconfortait de penser qu'il reviendrait pour elle. Encore et encore, elle se l'était projeté sur un écran fictif. Puis elle avait écrit sur le fait d'avancer, sur le lâcher-prise. Ces livres l'avaient guérie. Mais une petite partie d'elle-même, probablement ingénue, n'avait jamais cessé d'espérer. Nourrir cet espoir maintenant, c'était comme jouer à la roulette russe avec son cœur. Il l'avait presque détruite une fois. Quelles étaient les chances qu'il fasse autre chose cette fois-ci ?

Ne voulant pas affronter la contemplation de cette situation sans caféine, Paisley se mit en mouvement, versant le café et se servant le pain perdu et le bacon. Elle en prit un peu plus pour elle et pour Duke. Dans son monde, le bacon ne se gaspillait pas. Tout en mordant dans un morceau, elle commença à ouvrir les placards, à la recherche du sirop d'érable. Ah, ah ! le dernier meuble du haut, près du réfrigérateur. Alors qu'elle récupérait la bouteille, une sorte de billet vola en retombant sur le sol.

La ramassant, elle jeta un coup d'œil sur le caractère formel du carton. Une autre invitation à un mariage ?

... avis de décès de Garrett Michael Reeves.

Oh !

Son cœur se serra douloureusement. Garrett Reeves faisait autant partie de ses souvenirs de lycée que Ty. Les deux étaient amis depuis le berceau, et elle se souvenait qu'ils disaient joyeusement qu'ils seraient amis jusqu'à la mort. Même lorsqu'ils s'étaient engagés ensemble dans l'armée, elle ne pensait pas qu'il leur était venu à l'esprit que la fin pouvait survenir beaucoup plus tôt pour l'un d'entre eux ou pour les deux. Elle avait quitté Coopers Bend depuis des années, mais la rumeur de la mort de Garrett au combat était parvenue à ses oreilles. Ty n'avait rien dit à ce sujet, et elle n'avait rien demandé parce que ça l'aurait entraînée trop loin. Elle n'avait pas besoin de demander pour savoir comment il allait. Ils avaient été frères en tout, sauf par le sang. La perte de Garrett l'aurait anéanti.

Le fait que cette invitation aux obsèques ait été rangée dans un placard indiquait qu'il ne voulait pas y penser. Cela montrait bien que le Ty d'aujourd'hui avait de sérieuses blessures dont elle ne savait rien. Quoi qu'il se soit passé, la nostalgie ne cacherait pas ces blessures pour toujours.

Accepter de rester était-il une erreur ?

Portant la nourriture à la table, elle appela la seule personne qui serait vraiment franche avec elle.

Emerson répondit à la troisième sonnerie.

— Salut ! - elle avait l'air essoufflée.

— Je te dérange ?

— Non. Mooch vient de décider d'escalader à nouveau les meubles de la cuisine. Caleb l'a attrapé. Quand rentres-tu à la maison ? Il pourrait jouer avec Duke pour évacuer son trop-plein d'énergie.

— Justement.

Son ton devint immédiatement méfiant.

— Quoi ?

Gagnant du temps, Paisley grignota du bacon, en prélevant un morceau pour Duke, qui était assis près de sa chaise, tremblant d'espoir.

— Ty m'a demandé de rester.

Emerson mit un peu trop de temps à répondre.

— Pour combien de temps ?

— Il n'a pas vraiment précisé - elle s'arrêta de grignoter le bacon - encore quelques jours. Il a été appelé au travail tantôt.

— Tu as accepté.

Ce n'était pas une question. Et pourquoi le serait-elle ? Emerson la connaissait depuis des années.

— Oui.

— C'est une bonne idée ?

Combien de fois avait-elle entendu cette question ? Combien de fois la réponse avait-elle été oui ? Pas aussi souvent que Paisley l'aurait souhaité.

— Franchement, probablement pas.

— Mais tu restes quand même.

— J'ai dit que je resterai.

Elle revoyait sans cesse son visage, ces quelques instants d'espoir non dissimulé avant qu'il ne commence à se refermer, pensant qu'elle dirait non. Et le soulagement quand elle ne l'avait pas fait.

— Paisley, soupira Emerson, les orgasmes sont-ils si bons que ça ?

Elle éclata de rire.

— Eh bien, oui, mais ce n'est pas pour ça. Il est différent. Et il ne l'est pas, en même temps. On était d'accord pour qu'il n'y ait pas de prise de tête mais en fait ça ne marche pas comme ça.

Elle raconta à Emerson le rendez-vous de vendredi soir et le reste du week-end qu'ils avaient passé à parler et à rire. C'était facile d'être avec lui, tant qu'ils n'y pensaient pas trop.

— Tu crois qu'il est en train de se débrouiller pour demander une deuxième chance ?

La question à un million de dollars.

— Je n'en sais rien. Je suis une romantique. Bien sûr, j'ai envie de le penser. Mais je ne sais pas à quel point c'est juste moi qui vois ce que j'ai toujours voulu voir.

Elle gagnait des points en admettant qu'elle n'était pas objective à ce sujet, n'est-ce pas ?

Emerson resta silencieuse pendant de longs moments.

— Il t'a fallu des années pour t'en remettre la première fois.

— Je sais.

Elle ne s'en remettrait pas cette fois-ci. En fait, elle se demandait si elle s'en était jamais remise. Elle avait simplement appris à vivre avec cette douleur de l'avoir perdu ; douleur qui lui permettait de savoir qu'elle était toujours en vie.

— Nous savons toutes les deux que tu n'es pas en train de me demandes pas mon avis. Tu as déjà pris ta décision.

— Je suppose que j'avais juste besoin d'en parler. D'entendre tout ça dit à voix haute. Je ne sais pas ce qu'il veut. Je ne sais pas si ça va s'arrêter. Peut-être qu'il décidera qu'il en a assez de moi. Ou peut-être qu'on a tous les deux besoin de tourner la page et de se dire au revoir à notre rythme et pas à celui de l'Oncle Sam. Mais je ne pense pas pouvoir m'en aller... en tous cas pas sans donner une chance à nous deux. Parce que sinon je me poserais toujours des questions, et j'en ai marre de me poser des questions.

— J'espère que ça va marcher pour toi, Pais. Je l'espère vraiment. Mais je vais faire un stock de glaces au cas où.

～

IL FALLUT une heure et demie pour trouver le lieu de l'explosion. Il fallut deux heures de plus pour retrouver les coupables. Aucune loi n'avait été enfreinte - il n'y avait malheureusement pas de loi contre la stupidité - mais lorsque Xander eut fini de faire craindre le pire aux idiots qui avaient pensé qu'il serait amusant de faire exploser un gros appareil électroménager, il était déjà près de trois heures.

Alors que la porte du bureau du shérif se refermait derrière les frères Duffy, Ty s'appuya contre un bureau.

— Tu penses qu'ils vont apprendre la leçon ?

— Il y a de fortes chances que non. Et s'ils ne le font pas, l'un d'entre eux ou les deux atterriront en prison ou direct au cimetière. J'espère que la visite de l'agent Slattery de l'ATF[1] demain leur fera suffisamment peur pour qu'ils se tiennent tranquilles. Pour un temps au moins.

— On verra bien. Tu as besoin de moi pour autre chose ?

Ty était prêt à rentrer chez Paisley. Le fait de savoir qu'elle serait là, à l'attendre, était resté comme un bourdonnement chaleureux à l'arrière de son cerveau pendant qu'il accomplissait son devoir. Il évitait soigneusement d'analyser cela.

— Non, fiche le camp. Désolé d'avoir interrompu ton weekend - les lèvres du shérif se retroussèrent - ma mère m'a dit qu'elle t'avait vu dans les bras d'une brune très séduisante vendredi soir.

Bien sûr qu'elle l'avait vu.

— Pardonne-moi mais je sais que tu as déjà eu la confirmation d'Essie, donc je ne vois pas l'intérêt de faire des commentaires. A demain.

Le rire de Xander le suivit jusqu'à la porte.

Il devait aller faire quelques courses au Garden of Eden avant de rentrer chez lui. Ses placards commençaient à se vider et il se sentait obligé d'offrir à Paisley plus que les repas surgelés qu'il avait l'habitude de manger.

Il reçut un message alors qu'il entrait dans la Cruiser du

shérif, après avoir acheté plus que prévu au marché. S'attendant à recevoir quelque chose de Paisley, il sourit en sortant son téléphone. Le sourire s'évanouit lorsqu'il lut le message de Harrison sur le groupe : **911. Chez Elvira. URGENT.**

L'ancien capitaine et ami proche de Ty ne faisait pas de déclarations dramatiques et inutiles, ce qui signifiait que quelque chose d'important se passait. Sachant qu'il n'obtiendrait pas plus d'informations avant d'arriver sur place, Ty répondit immédiatement : **En route.**

Son cerveau travailla à plein régime pendant le court trajet, se demandant pourquoi ils étaient convoqués. Harrison et Ivy venaient tout juste de rentrer de leur lune de miel aujourd'hui. S'agissait-il d'une autre mort au combat parmi leurs frères militaires ? L'organisation d'une surveillance anti-suicides pour d'autres qui se trouvaient aux États-Unis ? Dans un passé pas si lointain, ses amis l'avaient fait pour lui. C'était Harrison lui-même qui avait empêché Ty de se tirer une balle pour mettre fin au chagrin et à la culpabilité qu'il ne savait pas comment appréhender, alors son ami pouvait lui demander n'importe quoi, il était là.

Porter Ingram sortait de sa camionnette lorsque Ty arriva, et Sebastian déboula quelques instants plus tard. Ils se rassemblèrent devant la porte.

— L'un d'entre vous sait de quoi il s'agit ?

L'air sombre, Sebastian ouvrit la porte.

— Aucune idée.

— Je ne savais même pas qu'il était déjà de retour, ajouta Porter.

Perplexe, Ty suivit ses amis à l'intérieur. Le sentiment de crainte rampante ne fit que s'amplifier lorsqu'il aperçut Harrison assis à une table dans le coin le plus éloigné, une bière à la main, à trois heures de l'après-midi. La teinte verdâtre de son visage ne s'améliora pas lorsqu'il les aperçut.

Ty et Sebastian se laissèrent tomber sur des chaises de part et d'autre de lui, avec Porter de l'autre côté de la table.

— Qu'est-ce qui ne va pas ? demanda Ty.

Harrison s'en prenait à l'étiquette de sa bouteille.

— J'ai traversé des moments difficiles. Tu étais là la plupart du temps. Tu le sais. Mais je ne suis pas prêt pour ça.

— Pour quoi ? - Porter posa ses avant-bras sur la table - Ivy et toi vous êtes disputés déjà ?

Ty n'avait pas pensé que le problème pouvait venir de la nouvelle femme de Harrison. Étant le seul célibataire parmi eux, Ty se dit qu'il ferait mieux de se taire.

— Non, non. Ça baigne de ce côté-là - Harrison se passa une main sur le visage - elle est enceinte.

La bouche de Sebastian se fendit d'un large sourire.

— *Je l'avais dit* ! La tournée est pour vous !

— Aucun de nous n'a pris ce pari, fit remarquer Porter. C'est une sacrée bonne nouvelle à recevoir juste avant que Maggie et moi ne partions pour le Mississippi. Félicitations.

Ty ne savait pas quoi répondre à cette annonce. Il connaissait la vie militaire et les forces de l'ordre, mais le mariage et la famille étaient tellement en-dehors de son champ de compétence que donner son avis aurait été comme sauter d'un avion sans parachute. Mais il ne pouvait pas rester silencieux alors qu'Harrison était assis là, l'air effrayé.

— Qu'est-ce qu'Ivy pense de tout ça ?

Harrison but une gorgée de bière.

— Ben... elle est un peu en train de paniquer. Alors, j'ai dû être cool et concentré et prétendre que je ne pétais pas les plombs. Mais je suis en train de péter les plombs. Je ne suis pas prêt à être père !

Le blanc de ses yeux apparaissait dans la faible lumière, et sa main tenait la bouteille à long col comme une bouée de sauvetage.

Ty sentit le coin de sa bouche se crisper. Maintenant qu'il

savait que la vie de personne n'était en danger, il commençait à entrevoir le côté cocasse de la situation. Cela devait échapper pourtant à Harrison.

— Mec, tu arrives à faire un saut en parachute d'une hauteur de 10.000 mètres. Je pense que tu peux gérer un enfant.

Il tourna des yeux paniqués dans la direction de Ty.

— Mais...mais...et *si c'est une fille* ? Je ne sais pas du tout quoi faire avec une fille.

Porter se rassit sur sa chaise, un sourire béat sur le visage.

— Aime-la, serre-la souvent dans tes bras et ne la laisse pas sortir avant l'âge de trente ans. C'est simple. En tous cas c'est mon plan.

Comme il venait d'accueillir sa propre fille quelques mois auparavant, il était certainement le plus qualifié pour donner des conseils.

— Ivy et toi voulez des enfants ?

Dès que la question sortit de sa bouche, Ty aurait voulu la ravaler. Il était trop tard pour cette discussion. Qu'ils le veuillent ou pas, un bébé était en route.

— Nous en avions vaguement parlé, un jour. Mais ça nous a plu d'être entre nous, vous savez ? Mais... oui, c'est vrai. Je veux dire... c'est le rêve, non ? Quand on était là-bas, dans un trou du cul du monde après l'autre, on pensait à revenir un jour à la maison, avoir une femme et une famille. Au fond, ça ne fait qu'avancer le calendrier de... beaucoup.

Sebastian ricana.

— Je vais vraiment m'amuser à t'imaginer en train de transpirer en changeant des couches.

— Ton heure arrive, mon pote, promit Porter. Quand vas-tu épouser Laurel ?

Sebastian se cala dans sa chaise.

— J'ai des projets. Mais nous devons d'abord régler certaines choses avant de fixer une date. Nous venons de recevoir une réponse concernant une des aides que nous avons demandées. C'est suffisant pour construire un baraquement, pour que nous puissions démarrer un véritable programme de thérapie équine résidentielle et desservir plus de gens.

Alors que tous les trois continuaient à parler des vies qu'ils construisaient avec les femmes qu'ils aimaient, Ty restait silencieux. Ses amis méritaient ce genre de bonheur. Ils avaient vécu l'enfer, et c'était maintenant ils avaient bien le droit de courir après de plus beaux rêves. Il leva une main pour faire signe à la serveuse. Une fois qu'elle eut apporté une bière pour chacun d'entre eux, Ty leva son verre.

— À la paternité imminente de Harrison et à notre dernière compétition.

— Compétition ? demanda Sebastian.

Ty cogna sa bouteille contre les leurs.

— Que le meilleur oncle gagne.

— Ce n'est pas la seule chose à laquelle nous devrions porter un toast, insista Sebastian, notre fils Ty rejoint enfin le monde des vivants. Il est sorti vendredi soir pour un rendez-vous galant. J'ai vu de mes propres yeux qu'il *souriait*.

— Oh, ferme-la.

— Vraiment ? C'est génial, mec. Qui est-ce ? demanda Harrison.

Sebastian continua comme si Ty n'était pas assis là.

— Je voulais te demander si tu la connaissais. Paisley Parish. Elle a dit qu'Ivy était son amie.

— Oh oui, je l'ai rencontrée plusieurs fois. Entreprenante, amusante et drôle. Elle adore rire. Je pense qu'elle sera bien pour toi.

Ty ne s'était jamais imaginé être heureux comme les autres. Il ne méritait pas d'être heureux. Alors qu'est-ce qu'il faisait avec Paisley ? Il n'était pas du genre à se marier et à fonder une famille. Elle n'avait pas demandé cela, mais il n'avait pas vraiment été fidèle à l'attitude sans prise de tête qu'elle avait demandée. Et si, en acceptant cette... chose, il lui donnait des espérances ? Ce serait carrément cruel, et elle était la dernière personne qu'il voulait blesser.

Il lui avait demandé de rester.

Merde.

Il avait fait une énorme erreur.

Ayant besoin d'échapper au bonheur, aux taquineries et à l'attention, il s'éloigna de la table.

— Il faut que j'y aille. Félicitations à toi et Ivy !

— Oh allez, on ne faisait que plaisanter, protesta Sébastien.

Ty jeta quelques billets sur l'addition et secoua la tête. Il devait aller limiter les dégâts.

6

Elle n'avait pas cherché le livre. Elle n'avait pas fouillé délibérément chez Ty sauf pour trouver un bol en bois pour les fruits qui se gâteraient dans ce sac au-dessus du micro-ondes ou le panier qu'elle avait trouvé pour les jolies branches et les pommes de pin qu'elle avait ramassées au cours de sa promenade de l'après-midi. Et, d'accord, elle avait besoin de couvertures supplémentaires qu'elle avait finalement trouvées dans un coffre parce que le poêle à bois s'était éteint et qu'elle ne savait pas comment le rallumer. Mais comment pouvait-elle savoir que sa bibliothèque, telle qu'elle était, se trouvait dans les tiroirs habilement dissimulés sous le canapé ? Et pourquoi n'aurait-elle pas regardé ? Elle était écrivaine, lectrice. Elle aimait les livres. Il avait plusieurs thrillers d'Ivy, quelques ouvrages de science-fiction d'Harrison, un assortiment de livres du genre fantastique qu'elle ne connaissait pas si bien que ça. Et beaucoup des siens.

Le week-end du mariage, il lui avait dit qu'il avait lu et aimé ses livres. Elle avait été complètement mortifiée, non seulement parce qu'il était loin d'être son public cible, mais aussi parce qu'elle avait écrit des versions à peine voilées de lui pendant tout ce temps. Ou de celui qu'elle avait imaginé qu'il deviendrait. S'il s'était reconnu, il ne l'avait pas interpellée, et Paisley avait oublié ce détail.

Elle s'en souvenait maintenant en soulevant l'ouvrage usagé. Les bords étaient tachés, les pages ondulées, comme s'il avait été mouillé à un moment donné. La couverture était un peu effilochée et blanche dans les coins, avec une multitude de plis et de cornes, comme s'il avait été mis dans un sac à dos à la hâte. C'était peut-être le cas. Le dos était froissé à la manière d'un livre adoré qui aurait été lu maintes et maintes fois. Passant un doigt sur son propre nom, elle se demanda pourquoi celui-ci... Il y en avait quelques autres dans la boîte, mais aucun n'avait été lu autant. C'était l'un de ses rares romans de suspense romantique, faisant partie d'une série sur une agence de sécurité privée dirigée par d'anciens militaires. Qu'est-ce qui l'avait poussé à y revenir encore et encore ? Le personnage qui se rachète par un comportement exemplaire ? L'intrigue entre amis et amoureux ? En tournant les pages, elle laissa le livre s'ouvrir. Mais avant de pouvoir prendre connaissance de la scène qu'il avait relue le plus, elle entendit une clé dans la serrure.

Se sentant coupable, elle se dépêcha de remettre le livre en place et de repousser le tiroir sous le canapé, se jetant à nouveau dans le tas de couvertures.

Ty entra, chargé de sacs de provisions. Son regard balaya automatiquement l'intérieur, s'arrêtant sur la coupe de fruits qu'elle avait placée sur le minuscule îlot de cuisine et le panier de branchages posé sur la table basse à côté de son ordinateur portable. Son expression qui s'était déjà renfrognée sembla se durcir davantage.

— Qu'est-ce que c'est que ces branches ?

— Je les ai cueillies en me promenant cet après-midi. Je trouvais que ça sentait bon.

Après avoir émis un grognement, il contourna Duke pour

déposer les courses sur le comptoir de la cuisine. Lorsqu'il commença à décharger la nourriture au lieu de l'embrasser ou de réagir à sa présence, Paisley joignit les doigts ; elle voyait bien la tension autour de ses yeux et de sa bouche, et la raideur dans la position de ses épaules. Était-il préoccupé par son travail ? Ce qui s'était passé devait sortir de l'ordinaire, sinon il n'aurait pas été appelé de façon aussi impérieuse. Ou était-ce autre chose ? Elle détestait ne pas savoir comment agir, quoi dire.

Il coupa court au problème en posant d'abord la question.

— Tu as travaillé ?

— Un peu. Je n'ai pas l'habitude de ce genre de calme, sans personne entre les pattes. Avec beaucoup d'espace pour réfléchir.

Il grogna à nouveau, ne la regardant toujours pas. Quelque chose ne tournait pas rond. C'était le Ty d'aujourd'hui, pas son Ty familier. Peut-être était-ce normal pour lui. Elle n'avait aucune raison de croire que le côté amusant et enjoué qu'elle avait réussi à faire ressortir chez lui pouvait devenir permanent. Quelque chose qui s'apparentait à la personnalité des vacanciers. La façon dont vous vous comportez lorsque vous n'êtes pas dans votre vraie vie. Elle était douloureusement consciente qu'elle ne faisait pas partie de sa vraie vie. Le faire changer d'humeur semblait être une chose à ne pas faire, mais ce qu'il fallait faire lui échappait.

Duke grattait à la porte. Elle se leva pour le laisser sortir. Les ombres à l'extérieur s'allongeaient. Le soleil ne tarderait pas à se coucher complètement.

— Ne t'éloigne pas.

Refermant la porte derrière lui, elle décida de se forcer à parler.

— Comment s'est passé le travail ? Mais peut-être que ça t'ennuie que je pose une question à ce sujet ?

Il haussa les épaules.

— Ce n'est pas confidentiel. Deux idiots ont décidé que c'était une bonne idée de remplir un congélateur avec du Tannerite et de tirer dessus.

— Je ne sais pas ce que ça veut dire, mais je suppose que ce n'est pas bien ?

— Le Tannerite est ce qu'on appelle une cible explosive binaire. Il est utilisé pour l'entraînement aux armes à feu à longue portée. En gros, il s'agit de deux substances qui, lorsqu'elles sont mélangées et frappées par un projectile à haute vitesse, font boum.

Elle avait grandi dans une petite ville du Sud, où il y avait beaucoup de bons vieux garçons qui aimaient chasser et jouer avec des armes. Elle pouvait imaginer le genre de problèmes que ce scénario aurait pu causer.

— Quelqu'un a-t-il été blessé ?

Ty se passa une main sur le visage.

— Non, Dieu merci. Un bosquet d'arbres a empêché les éclats d'obus de les déchiqueter. Ils ont été sacrément chanceux. L'année dernière, un type en Alabama a réussi à se faire exploser la jambe en jouant avec ce truc.

Paisley, horrifiée, mit sa main contre sa bouche. C'était pour cela qu'il avait l'air hors de lui ? Les explosifs lui rappelaient-ils de mauvais souvenirs ? Lui faisaient-ils penser à Garrett ? Elle ne connaissait pas vraiment les détails de la mort de Garrett et ce n'était pas le moment de demander.

— Ont-ils été arrêtés ?

— Ils ont fait peur à leurs voisins sur des kilomètres, le sol a tremblé quand il y a eu l'explosion, mais ils n'ont enfreint aucune loi. Le shérif les a emmenés pour leur parler, et ils recevront la visite de l'ATF demain.

Elle ne savait pas trop quoi faire. Le réconforter ou se retirer ? D'ailleurs, avait-il besoin de réconfort ? Il l'avait à peine regardée depuis qu'il avait franchi la porte. C'était si loin du baiser chaleureux et du « je te verrai quand je rentrerai à la maison » qu'il lui avait dit ce matin, qu'elle se sentait intimidée.

Regrettait-il de lui avoir demandé de rester ? Elle s'en était inquiétée elle-même après son départ. Il était tout à fait compréhensible qu'il regrette son geste impulsif. Et c'était une impulsion, née du plaisir, de l'amusement et de l'attraction indéniable qu'ils ressentaient encore l'un pour l'autre.

Elle avait envie d'une véritable seconde chance avec lui, mais aller trop loin, trop vite, ferait probablement plus de mal que de bien. Peut-être devrait-elle lui offrir une échappatoire. Mais que se passerait-il s'il en profitait ? Et si c'était sa seule chance ? Dégoûtée par son propre manque d'audace, elle décida d'agir avec son cœur. S'il rejetait l'ouverture, au moins elle saurait à quoi s'en tenir.

Elle l'entoura de ses bras par derrière, posa sa joue contre son dos et sentit le contour de son gilet pare-balles. Il couvrait les cicatrices auxquelles ni l'un ni l'autre n'avait fait attention dans leurs moments d'intimité, mais elle en était consciente maintenant, se demandant à quel point elles étaient profondes. Il restait immobile, les deux mains appuyées sur le comptoir.

Elle sentit son cœur flancher, mais elle tint bon. Elle pouvait se dire, du moins à elle-même, qu'elle s'accrocherait toujours à lui.

— Je suis désolée que tu aies passé une sale journée.

Après un long moment, la main de Ty recouvrit la sienne et les nœuds de son estomac se desserrèrent. Mais ensuite, ses doigts se libérèrent des siens et il s'éloigna.

Le cœur serré, Paisley se prépara à l'adieu qu'elle ne voulait pas.

∼

Ty s'éloigna d'elle, se sentant vide et raide alors qu'il se retournait, déterminé à faire ce qu'il fallait. Mais lorsqu'il rencontra ses yeux, il y vit un chagrin à l'état brut avant que ses paupières ne s'abaissent à nouveau. Il la blessait déjà sans même essayer. Se traitant lui-même de tous les noms, il l'attira à lui, ressentant le besoin de lui offrir un peu de réconfort, même si c'était lui le problème. Elle posa ses mains alors sur le devant de sa chemise et il ne put s'empêcher d'enfouir son visage dans ses cheveux. Elle sentait la vanille chaude et le parfum de cèdre entêtant de son gel douche.

Paisley se blottit contre lui, en le serrant. Comment pouvait-il la renvoyer maintenant ? Comment pouvait-il provoquer encore ce regard dans ses yeux ? Il en avait fait des cauchemars pendant des mois après son départ. Il n'avait jamais, jamais oublié le son de ses larmes lorsqu'il avait rompu.

Tu es un lâche. Tu es faible. Tu es un égoïste.

À dix-huit ans, il n'était rien de tout cela. Mais il n'était plus qu'une coquille vide depuis qu'il avait quitté l'armée. Un fantôme qui se contentait de suivre le mouvement. La seule fois où il avait eu l'impression d'avoir une quelconque substance, c'était lorsqu'il touchait cette femme.

Il ouvrit la bouche pour s'excuser, mais ce qu'il en sortit fut : « Ça va mieux maintenant ».

Et c'était le cas. La sensation qu'elle lui procurait le ramenait à la réalité, évacuant une partie de la tension qu'il portait en lui. Il ne savait pas comment s'en débarrasser, alors qu'il devait le faire.

Ils restèrent ainsi un long moment, se respirant l'un l'autre, jusqu'à ce que Duke gratte à la porte. Déposant un baiser sur sa tempe, Ty recula et alla ouvrir au chien.

— Que dirais-tu de nachos pour le dîner ?

On passait franchement du coq à l'âne, mais ils avaient tous les deux besoin d'un peu de normalité.

— C'est jouable - elle fouilla dans les sacs - tu as tout ce qu'il faut pour faire du guacamole ?

— Bien sûr.

Duke entra en caracolant et fit un bond joyeux, essayant d'embrasser le visage de Ty.

— Couché.

Lorsque ses fesses touchèrent le sol, Ty se mit à caresser le chien, remarquant le collier rouge vif.

— Tu changes son collier pour l'accessoiriser ou quoi ?

— Hein ?

— Le collier de Duke. Il est différent de celui de ce matin.

— Je n'ai pas...

Alors que son regard tombait sur le chien, tout le sang s'écoula de son visage. Elle tremblait visiblement en se précipitant vers lui.

Les poils des bras de Ty se hérissèrent.

— Pais ?

— Non.

Le mot sortit dans un murmure tremblant. Il ne s'adressait pas à lui. Elle avait les yeux fixés sur le collier, et avait l'air horrifiée. Elle s'élança vers Duke, tâtonnant pour lui enlever le collier.

— Non, non, non, non, non, non !

— Qu'est-ce qui ne va pas ?

Ses mains palpaient le corps du chien, à la recherche de quoi ? Une blessure ? Il semblait aller bien. Pas de sang ni de plaie visible, mais il gémit, percevant clairement la détresse de sa maîtresse.

— Paisley.

— Il est ici. Il m'a suivi.

Ty se souvint de sa réaction à son affirmation qu'ils étaient suivis à la taverne vendredi soir et il se mit en mode alerte maximum.

— Qui ?

— Je ne sais pas ! Mais il est entré dans ma maison ! Ce collier était dans une boîte, sur une étagère de mon placard, quand je suis partie pour venir ici.

Ce qui signifiait que quelqu'un était entré par effraction pour le prendre et l'avait suivie ou traquée jusqu'ici.

Ty se redressa.

— Reste ici. Verrouille la porte derrière moi.

Il s'élança dans l'allée, mais il n'y avait aucun véhicule sur la route sinueuse. Se retournant pour faire face à la maison, il étudia les bois environnants d'un regard perçant. Quelqu'un les observait-il, restait-il dans les parages pour voir la réaction qu'il avait provoquée ? Il se posait des questions, une foule de questions, en faisant le tour du côté ouest de la propriété, là où il avait entendu Duke aboyer. Il ne savait pas exactement ce qu'il cherchait, et la lumière baissait vite. La route la plus proche se trouvait de l'autre côté de la crête suivante. À moins que leur auteur n'ait marché beaucoup plus loin, c'était l'endroit le plus logique où il avait pu se garer.

Ty courut à travers les bois, cherchant des signes de passage et espérant ardemment ne détruire aucune preuve en chemin. Ne trouvant rien au moment où il atteignait le sommet de la crête, il commença à faire demi-tour. Quiconque avait été ici était probablement parti depuis longtemps.

Le bruit d'un moteur au loin le fit se retourner brusquement, se précipitant à travers les arbres pour atteindre la route en contrebas. Mais lorsqu'il déboucha hors du couvert des arbres, sur la chaussée, il n'y avait personne et rien à voir.

— Merde !

Il faisait nuit noire lorsqu'il revint à la maison. Il déverrouilla la porte, heureux d'avoir encore ses clés sur lui. Paisley s'était réfugiée sur le canapé, entourant de ses bras Duke, affalé sur ses genoux, qui s'affairait à lécher les larmes qui coulaient sur ses joues blanches comme un linge.

— Tu as trouvé quelque chose ?

— Non.

— Nous devrions appeler le vétérinaire. Et s'il avait fait

quelque chose d'horrible à Duke, genre l'empoisonner ou lui donner des os de porc ou...?

Elle s'interrompit, pressant son visage contre la fourrure de son chien, son cerveau tournant manifestement encore autour des possibilités.

Ty avait vu presque toutes les humeurs de cette femme. La joie. L'enthousiasme. L'agacement. La colère. L'énervement. L'excitation. Mais il ne l'avait jamais vue vraiment effrayée, jamais. À la vue de cette peur gravée sur son visage, tous les instincts de protection qu'il possédait se déclenchèrent.

— A-t-il vomi ? Son comportement a-t-il changé ? Quelque chose ?

— Non. Mais...

Ce « mais » contenait toute la terreur du monde, et Ty savait qu'elle ne se calmerait pas tant qu'elle n'en aurait pas le cœur net. Il sortit son téléphone.

— Nous n'avons pas de vétérinaire à Eden's Ridge, mais j'ai un ami qui peut nous aider.

Sebastian avait plus de connaissances sur les animaux que n'importe qui d'autre dans l'entourage de Ty. Sa spécialité était les chevaux, mais pour l'instant, on ne pouvait faire les difficiles, et Duke allait probablement bien. Il s'agissait plutôt de rassurer Paisley. Il envoya un message rapide avec l'essentiel.

La réponse de Sebastian arriva presque immédiatement : « **J'arrive** ». Au bout d'un moment, Ty vit qu'il était en train de taper une autre réponse : « **Est-ce que c'est juste moi que tu veux ou toute l'équipe ?** ».

Il n'en savait rien. Mais bon sang, il allait lui sortir les vers du nez, d'une manière ou d'une autre. Il tapa une réponse : « **Je suis toujours en train d'obtenir les détails** ».

Sebastian répondit : « **Compris. Je suis en route** ».

— Il sera là aussi vite que possible.

Il s'assit sur le bord de la table basse, mit ses bras sur ses genoux et se pencha vers elle.

— Pourquoi ne m'as-tu pas dit que tu étais harcelée ?

Elle se blottit contre le chien.

— Je ne pensais pas qu'il me suivrait. Je suis venue ici pour le fuir.

— Pour une parenthèse sexy, dit-il d'un ton neutre.

Ça lui convenait au départ. Alors pourquoi cela lui semblait-il une telle insulte maintenant ?

Paisley grimaça.

— Ne le dis pas comme ça.

— Comme quoi ?

— Comme si tu n'étais qu'un corps chaud tombé au bon moment. Je voulais te voir.

— Mais tu ne voulais pas me parler de ça.

Elle ne lui faisait pas confiance ?

— Ce n'est pas ton problème. La police de Nashville s'en occupe, dans la mesure du possible. Et jusqu'à présent, rien de ce qui s'est passé ne peut être considéré comme un véritable délit.

À moins de prouver que quelqu'un s'est introduit dans sa maison à Nashville, cet épisode n'en était pas un non plus. Mais au moins, il savait maintenant pourquoi elle avait semblé bizarre. Ce qui lui restait en travers de la gorge c'était qu'elle ne se soit pas confiée à lui et qu'il n'ait pas insisté davantage pour savoir ce qui la tracassait. Il avait senti que quelque chose n'allait pas. S'il avait su que c'était ça, il aurait... Eh bien, il ne savait pas ce qu'il aurait fait. Il ne l'aurait pas laissée seule aujourd'-hui, par exemple.

— Depuis combien de temps ça dure ?

— Des mois. Bien avant qu'on ne tombe l'un sur l'autre de nouveau.

Il ne l'avait pas vue depuis des années, jusqu'à il y a quelques semaines. Il n'avait pas été chargé de la protéger. Pourtant, entendre que quelqu'un l'avait, au minimum, harcelée pendant des mois lui apparaissait comme un nouvel échec.

— Je suis flic, Paisley. Je ne comprends pas pourquoi tu ne m'en as pas parlé dès le début. Peut-être pas après le mariage, mais quand tu as appelé pour venir ici. Il s'est passé quelque chose qui a provoqué ça, n'est-ce pas ? Quelque chose qui t'a effrayée ?

En se remémorant leurs interactions, il s'en rendait compte.

Elle se contenta de hocher la tête, sans parler.

— Tu pensais que j'allais te renvoyer ? La police de Nashville t'a ignorée ?

— Non. Je... - sa gorge fonctionnait mais elle semblait chercher ses mots - je ne te l'ai pas dit parce qu'on en parle quand on est en couple, et ce n'est pas ce que nous avions convenu de faire.

Tout en lui rejetait son explication.

— Oh, arrête ton char ! ça se dit aussi entre amis. Avantages du tango nu ou pas, je suis quand même dans la police, et je vais t'aider à aller au fond des choses. Quel est le nom de l'inspecteur en charge de l'affaire ?

La surprise effaça une partie de la peur. Bon sang, est-ce qu'elle avait si peu d'estime pour lui ? Mais en y réfléchissant, sur quoi devait-elle fonder son opinion ? Il avait accepté de se plier à ce jeu de se fréquenter sans prise de tête. Pourquoi s'attendrait-elle à autre chose ?

Parce que c'est moi, bon sang !

— C'est Joel Fisher. J'ai son numéro dans mon téléphone. Il est plus probable qu'il réponde si tu appelles du mien.

Desserrant sa prise sur Duke, elle saisit le code d'accès de son portable et le lui tendit. Le fait qu'elle ne proteste pas contre son intervention lui en disait long sur son état de choc.

Le détective répondit après deux sonneries.

— Paisley ? Tout va bien ?

Ty n'aimait pas l'utilisation familière de son prénom ni le

ton chaleureux plein d'inquiétude dans la voix de l'autre homme.

— Inspecteur Fisher, c'est l'adjoint Ty Brooks du département du shérif du Comté de Stone. Je suis ici avec Mlle Parish. Nous avons des raisons de croire que quelqu'un s'est introduit dans sa maison à Nashville. J'ai besoin que vous envoyiez une unité pour vérifier les choses.

Après un blanc, Fisher répondit beaucoup plus froidement.

— J'ai envoyé des patrouilles supplémentaires dans le coin. Rien n'a été signalé, mais, bien sûr, je vais leur demander d'y regarder de plus près. Laissez-moi parler à Paisley.

Traduction : Je ne ferai rien tant que je n'aurai pas la confirmation qu'elle va bien et que vous êtes bien celui que vous prétendez être.

Approuvant la prudence de l'homme, Ty lui tendit le téléphone.

— Salut, c'est moi. Non, non, je vais... eh bien, d'accord, je ne vais pas bien. Mais je suis en sécurité - elle marqua une pause et soupira - il y en a eu un autre jeudi quand je suis rentrée du commissariat. Pas d'adresse cette fois. Il a juste été déposé sous le porche - une autre pause - nous venions juste d'avoir une conversation sur le fait que vous ne pouviez rien faire. Je ne voyais pas l'intérêt de vous déranger à nouveau le même jour.

Ty n'était donc pas le seul qu'elle n'avait pas eu envie d'informer. Quelle femme têtue !

— Oui, eh bien, tu as enfin quelque chose d'exploitable. Cette fois il s'agit d'un collier de chien, que j'ai laissé dans un placard de la chambre d'amis quand j'ai quitté la ville. Il y a environ une demi-heure, Duke est revenu après avoir fait ses besoins, avec ce collier autour du cou. Quelqu'un est entré dans ma maison, Joel.

Elle tutoyait l'inspecteur ? Était-ce seulement à cause de

cette affaire ou le connaissait-elle plus personnellement ? Ça rimait à quoi si c'était le cas ?

— Non, je suis en sécurité là où je suis pour le moment. L'adjoint Brooks s'occupe de moi. Mais j'apprécierais vraiment que tu envoies quelqu'un vérifier ma maison et que tu nous rappelles pour nous faire part de tes découvertes. Oui, c'est ça. Oui. Je te remercie. As-tu besoin de parler à nouveau à l'adjoint ?

Paisley lui tendit le téléphone.

— Inspecteur.

— Je ne sais pas ce qu'elle vous a dit sur sa situation, mais celui qui la harcèle vient de franchir une limite importante. Il n'y a rien eu jusqu'à présent qui suggère une menace pure et simple pour sa personne, mais je n'aime pas cette escalade. Faites tout ce qui est nécessaire pour assurer sa sécurité.

Quelle que soit la nature de leur relation, Ty appréciait que l'autre homme prenne la situation au sérieux. Beaucoup de flics ne l'auraient pas fait. Son regard glissa à nouveau vers Paisley. Ses joues avaient repris un peu de couleurs.

— Vous pouvez être sûre que je le ferai. Tenez-nous au courant de vos découvertes.

7

—Je pense que l'on peut dire sans risque que ce bonhomme se porte très bien.

Comme pour le remercier de son diagnostic, Duke se leva pour embrasser Sebastian.

Paisley évacua lentement de l'air, enfin capable d'éliminer une de ses craintes.

— Merci. Je sais que c'était probablement une réaction excessive, mais je... C'est mon bébé. S'il lui arrivait quelque chose, je ne sais pas ce que je ferais.

— Mais bien sûr, ta préoccupation était normale, l'apaisa Laurel en lui serrant l'épaule.

La fiancée de Sebastian était une femme pragmatique qui prenait les choses en main. Paisley ne savait pas vraiment pourquoi elle était ici, mais la présence d'une autre femme était réconfortante.

— C'est un chiot vraiment adorable.

— J'ai toujours aimé le fait qu'il n'ait jamais rencontré d'étranger. Mais maintenant...apparemment, je dois le surveiller de plus près.

Sebastian frottait les oreilles de Duke en fronçant les sourcils.

— Es-tu sûre qu'il ne connait pas le type qui a fait ça ?

C'était une idée encore plus horrible : que quelqu'un qu'elle connaissait puisse être derrière tout cela.

— Je ne suis sûre de rien.

— On finira par en avoir le cœur net, lui assura Ty.

Il était totalement renfermé depuis la conversation avec Joel, mais elle s'apercevait du frémissement qui l'agitait aux mouvements réprimés de son corps. Il était furieux qu'elle l'ait tenu dans l'ignorance et furieux de la situation en général, mais elle devait admettre qu'elle se sentait mieux maintenant qu'il savait. Elle n'avait aucune idée de ce qu'il pourrait faire que le service de police n'avait pas déjà essayé, mais il semblait si terriblement compétent. Ou peut-être était-ce son tempérament insolemment romantique qui le faisait apparaître à ses yeux comme un héros.

Un autre coup retentit.

Sébastien se redressa.

— Ah, ça doit être la cavalerie. Je me suis dit que j'allais leur demander de venir puisque tu as choisi de vivre au fin fond du comté.

— De qui tu parles ? demanda Paisley.

Ty ouvrit la porte, calme, posé et maître de lui.

— Merci d'être venus.

Harrison et Ivy entrèrent.

— Je ne savais pas que vous étiez de retour de votre lune de miel !

— On débarque juste.

Alors que Harrison acceptait le salut enthousiaste de Duke, Ivy s'approcha directement et serra Paisley dans ses bras.

— Ravie de te voir, Pais. Nous n'avons pas eu l'occasion de nous revoir au mariage. Mais je crois que tu avais de quoi t'occuper.

Elle fit un petit sourire en coin et haussa les sourcils d'un air interrogatif.

— Quelque chose comme ça.

Elle savait parfaitement qu'il y aurait une demande plus explicite de détails plus tard.

— Des nouvelles de l'inspecteur ? demanda Harrison.

Elle reporta son attention sur Ty.

— Tu leur en as déjà parlé ?

— Seulement dans les grandes lignes, et c'est tout ce que je sais. Tu vas tout nous dire.

Sans sourciller, il se retourna vers Harrison.

— Pour répondre à ta question, la maison était fermée à clé mais il y a des rayures sur la porte à l'endroit où la serrure a probablement été crochetée. Les alarmes ne se sont pas déclenchées. Je m'occuperai de ces deux points demain, lorsque nous serons à Nashville et que nous rencontrerons l'inspecteur Fisher.

Les hommes hochaient la tête, comme si tout cela était parfaitement logique.

Paisley croisa les bras.

— Pardon ?

Ty haussa les épaules.

— Il n'y a aucune raison d'y aller ce soir. La police métropolitaine surveille ta maison, et nous savons déjà que le coupable est probablement plus proche d'ici que de là-bas.

Elle cligna des yeux, essayant de comprendre.

— Tu retournes à Nashville avec moi ?

— Bien sûr – les coins de sa bouche s'abaissèrent, comme s'il était agacé que cette idée ne lui soit pas venue à l'esprit - je veux voir les choses de mes propres yeux et parler à Fisher de l'affaire en personne. Et il faut que tu prennes un peu plus de vêtements avant qu'on revienne ici.

— Revenir ici, répéta-t-elle, troublée.

— Tu restes avec moi jusqu'à ce que tout soit résolu.

Si Ty remarqua les réactions étonnées des autres à son annonce, il ne le montra pas. Il ne semblait même pas être conscient du niveau d'agacement croissant de la jeune femme.

— Je suis quoi maintenant ?

— C'est la solution la plus logique. Tu peux travailler n'importe où, et je peux mieux te protéger ici. C'est ma ville, mon territoire.

Elle attendait de voir s'il ajoutait « sa femme ». Mais bien sûr, il ne le dit pas. Il était trop occupé à orchestrer sa vie comme une sorte d'opération, comme si elle était un pion sur un échiquier au lieu d'une personne avec des désirs, des envies et des opinions qui lui étaient propres.

— Je ne t'ai rien demandé de tout cela.

Compte tenu du mélange puissant de colère et d'anxiété qui l'animait, Paisley pensait avoir gardé un ton admirablement équilibré.

— Oui, c'est vrai. Et nous en reparlerons plus tard.

Un mal de tête commença à remonter le long de sa nuque alors que la mauvaise humeur la submergeait. Elle marcha brièvement derrière le canapé, lui faisant signe de la main.

— C'est comme avec Keith Rimmer. Tu as juste décidé de t'en occuper sans demander mon avis.

Ty renifla.

— Il ne t'a plus jamais ennuyée.

— Tu lui as cassé le nez !

— Il t'a palpé les fesses. J'étais censé laisser passer ça ?

Sebastian leva la main.

— Euh, vous avez eu des semaines encore plus chargées que je ne le pensais ?

— Le lycée, a lâché Paisley, il l'a fait au lycée.

— Attendez, vous vous connaissez depuis le lycée ? demanda Laurel.

— Nous sommes sortis ensemble pendant presque toute cette période.

Le chœur de « Oh » qui résonna dans la salle amena Paisley à se demander ce que Ty aurait pu dire d'elle sans utiliser son vrai nom. Mais elle le demanderait une autre fois.

— Au cas où cela t'aurait échappé, nous ne sommes plus au lycée, Tyson. Tu n'es pas là pour me protéger.

Il réduisit la distance entre eux si rapidement qu'elle recula d'un pas. Il ne l'avait pas touchée, mais elle sentit la chaleur de sa colère se répandre en vagues. Sa voix était grave, d'une froideur mortelle.

— Si tu penses que je suis capable de m'éloigner à nouveau, tu te trompes lourdement.

Son corps se mit à bouger sous l'effet de la promesse et de la possession que ses paroles sous-entendaient. Mon Dieu, c'était ce qu'elle voulait. Elle le voulait. Mais elle savait qu'elle ne devait pas s'y fier. Après leur rencontre au mariage, il lui avait clairement fait comprendre qu'il n'avait rien à lui offrir.

Ne fais pas de promesses que tu ne peux pas tenir.

Les mots étaient sur le bout de sa langue. Mais cela aurait dévoilé ses pensées, et elle ne savait pas si cette urgence qu'elle ressentait chez lui durerait une fois le danger passé. Ayant besoin de se remettre sur un pied d'égalité, elle creusa pour trouver quelque chose - n'importe quoi - qui ferait tomber un peu cette tension désespérée et vibrante entre eux.

— Tu es beaucoup plus autoritaire que tu ne l'étais à dix-huit ans.

Une pointe d'humour apparut dans ses yeux.

— C'est à cause de l'armée.

Ses lèvres tressaillirent. Elle ne voulait pas le quitter, ni rentrer chez elle. Une situation de proximité forcée n'était pas la meilleure façon d'explorer les choses avec lui, mais c'était une occasion rare à saisir. Elle ne la gâcherait pas.

Bien, puisque tu me le *demandes* si gentiment, je reste.

La posture de Ty se détendit alors qu'il était passé visiblement en état d'alerte maximum.

— Je travaillerai sur le côté autoritaire.

Elle pouvait imaginer d'autres scénarios où ce ne serait pas une si mauvaise chose.

— Oui, on en reparlera plus tard aussi – ne résistant pas à l'envie de le toucher, elle lui tapota la poitrine - en attendant, si tu veux que je te parle, il va falloir que tu me donnes à manger. Je crois qu'on m'a promis des nachos.

— À vos ordres, madame !

Il passa son pouce sur sa joue, et son cœur s'arrêta de battre, même si, par réflexe, elle se retourna pour éviter sa caresse.

Il fouilla ses yeux du regard pendant un autre long moment avant de se détourner, effaçant l'émotion de son visage.

— Vous avez mangé ?

Paisley n'entendit pas vraiment leurs réponses. Elle était trop occupée à essayer de reprendre son souffle. Duke s'approcha en trottinant, se frottant sur ses jambes et fourrant sa tête sur sa main pour attirer son attention. Elle enfouit ses doigts tremblants dans sa fourrure.

Alors que Ty se dirigeait vers la cuisine, Ivy s'approcha en murmurant :

— Lucy, il va falloir que tu nous explique...

— Tu vois, insista Sebastian, il a *souri !*

Laurel lui donna un coup de poing dans les côtes.

— Continue comme ça, Donnelly, et tu perds tes rations pour le dîner, cria Ty depuis la cuisine.

— Je dis les choses comme je les vois.

Comme elle se sentait encore un peu tremblante, Paisley fit le tour et se laissa tomber sur le canapé. Duke s'étala à ses pieds.

— Ok, ce n'est pas que je n'apprécie pas le soutien collectif, mais je ne comprends pas très bien pourquoi vous êtes tous ici.

— Ty a appelé, nous sommes venus, dit simplement Sebastian. C'est ce que font les frères.

— Et parce que, collectivement, nous pouvons apporter beaucoup plus de matière grise que ce qui a probablement été consacré à votre affaire par la police métropolitaine, ajouta Harrison. Je te garantis qu'*eux*, ils n'ont pas fait appel à une profileuse pour étudier ta situation.

— Une profileuse ?

Ivy s'assit, appuyée sur son mari et leva la main d'un air légèrement gêné.

— Je croyais que tu étais diplômée en psychologie.

— Psychologie médico-légale. À l'origine, j'avais l'intention d'entrer au FBI avant de décider que je préférais m'occuper des meurtres sur le papier.

Paisley reste bouche bée.

— Comment ai-je pu passer à côté de ça ?

— Je n'en ai jamais parlé. Beaucoup de choses de notre passé n'ont pas été évoquées.

Elle lança un regard lourd de sens à Ty.

— C'est malin, marmonna Paisley. Et ne crois pas que j'oublierai ça la prochaine fois que j'aurai envie d'écrire un roman policier à suspense.

— C'est noté. Mais pour l'instant, qu'est-ce qu'on fait ?

— Je ne sais pas vraiment par où commencer. C'est difficile de raconter comment ça a démarré.

— Quelle est la première chose qui t'a donné des vibrations bizarres ? - Laurel se fendit d'un sourire ironique – maintenant c'est l'avocat qui parle !

— Il y a eu des colis à ma boîte postale. Les contenus n'étaient pas ouvertement menaçants, mais ça m'a semblé étrange. D'habitude, quand les fans m'envoient des choses - ce qui n'est pas si fréquent - il y a une lettre qui accompagne le colis, qui vante mes livres et me dit pourquoi ils pensent que j'aimerai ce qu'ils m'ont envoyé. C'est adorable, vraiment. Mais ce n'était pas le cas. Il s'agissait de lettres anonymes. Pas d'adresse d'expéditeur, pas de signature. Pas d'explication du tout. Juste cette carte imprimée avec « Votre plus grand fan » écrit dessus. J'ai peut-être lu *Misery* trop souvent. Je me suis dit que j'étais parano après m'être fait agresser. J'imaginais des conspirations qui n'existaient pas.

— Tu t'es fait agresser ? - le chien de garde Ty était de retour, lui tendant une bière - quand ?

Elle but une gorgée pour humidifier sa gorge devenue sèche.

— En juillet dernier. Une agression classique dans un parking par un type cagoulé. Je n'ai pas été blessée, vraiment. J'ai juste eu peur. Il s'est enfui avec mon sac à main. Je l'ai signalé à la police, bien sûr, mais il n'en est rien ressorti. Il n'y avait pas de caméras et aucune piste à suivre.

— Quand est-ce que les paquets ont commencé à arriver ? demanda Harrison.

— Il y a environ quatre mois.

— Qu'est-ce qui t'a décidé à aller voir la police ? demanda Laurel.

— Je ne suis pas allée les voir au début. Je veux dire, qu'est-ce que j'allais leur raconter ?

Quelqu'un m'envoie anonymement des cartes cadeaux Starbucks et mon thé préféré, et ça me fait flipper ? J'avais surtout l'impression que quelque chose n'allait pas. Puis, un jour, je suis tombée sur un de mes contacts de la police au bureau de poste lorsque je suis allée chercher mon courrier. Il y avait un autre paquet. Il a vu mon visage et m'a demandé ce que c'était.

— Fisher, conclut Ty.

— Oui.

Il finit de distribuer des boissons à tout le monde.

— Comment le connaissais-tu exactement ?

Pas l'inspecteur Fisher. Juste un nom de famille. Paisley se demanda s'il reconnaissait la nuance de vert qu'il portait.

— Joel est l'un des instructeurs de l'académie de police citoyenne que j'ai fréquentée l'année dernière.

Ty fronça les sourcils.

— Pourquoi as-tu suivi une académie de police citoyenne ?

— Une recherche pour un livre. Je pensais que cela m'aiderait à établir des liens avec les forces de l'ordre qui me permettraient de leur piquer des trucs pour les besoins de l'intrigue. Et c'est ce qui s'est passé. Je me suis faite aussi un ami dans le laboratoire de criminologie - elle haussa les épaules - quoi qu'il en soit, je lui ai dit que j'avais le cafard, et il m'a dit qu'il ouvrirait un dossier, juste pour être sûr. J'ai vraiment apprécié le fait qu'il ne m'ait pas dit que j'étais folle, lorsque le paquet s'est avéré être une Funko Pop ! Jessica Fletcher, j'ai recommencé à penser que j'étais juste parano.

— L'actrice d'« *Arabesque* » ? demanda Ivy.

— Oui.

— Tu as toujours aimé cette série, murmura Ty.

— C'est toujours le cas. Je regarde les rediffusions quand je n'arrive pas à dormir, d'ailleurs j'ai dû le dire à un certain moment sur les réseaux. Ça a été enrichissant dans un certain sens. Mais il y a eu plus : un par-ci, un par-là, et puis il y a quinze jours, j'ai reçu le premier arrivé directement chez moi par la poste.

— Quelqu'un a déniché ton adresse, observa Sebastian.

— Je ne me sers pas d'un pseudonyme. N'importe qui ayant des capacités moyennes en informatique peut la trouver. Mais personne ne l'a jamais fait auparavant. J'ai halluciné, alors Joel a demandé à Rico – mon copain au laboratoire du crime – d'enquêter mais il n'a trouvé aucune trace qui pouvait l'orienter. Il a dit que comme il n'y avait pas de menaces évidentes et qu'aucune loi n'avait été violée, il ne pouvait pratiquement rien faire. Je suis rentrée chez moi après *cette* conversation et j'en ai trouvé un autre sur le pas de ma porte. Aucune adresse et en plein milieu de mon paillasson. Il contenait le collier que j'ai trouvé sur Duke. Après ça, j'ai décidé qu'il serait prudent de me barrer de la ville.

Ty croisa les bras et lui jeta un regard noir.

— Tu aurais dû me le dire.

— Me faire des reproches ne changera pas le fait que je ne l'ai pas fait, alors arrête.

Ivy plissa les yeux.

— C'est étrange. Comme tu le dis, rien ne semble ouvertement menaçant, mais on dirait que chaque message est devenu un peu plus personnel. Comme si l'expéditeur disait : « Attention, je te connais ». C'est sûr que le passage de la boîte postale à la visite à domicile aurait été inquiétant en soi. Mais c'est une chose énorme que de passer des colis à l'effraction et de te trouver ici. Il y a de la frustration dans l'action. Tu ne t'es manifestement pas comportée comme l'expéditeur le souhaitait ou l'avait prévu. La question est de savoir ce qu'ils veulent.

— Je pense que la question la plus immédiate est de savoir si elle a été suivie directement ou repérée par d'autres moyens.

Paisley sentit le sang se retirer de nouveau de son visage à mesure que les mots de Ty lui entraient dans la tête. Elle n'avait pas eu le temps de réfléchir à ce point.

— Je ne vois pas comment j'aurais pu être suivie directement. Il aurait fallu du temps pour entrer dans la maison et récupérer le collier. Et j'ai passé près d'une heure à faire le tour de la ville avant même de partir, juste au cas où quelqu'un m'observerait.

Il se remit à grogner et Paisley le pointa du doigt en signe d'avertissement.

— Je me suis sentie stupide quand je l'ai fait.

— Il est clair que ton instinct est meilleur que ton cerveau logique. Donne-moi ton téléphone. Je vais vérifier qu'il n'y a pas de logiciel de traçage.

Harrison et Sebastian se levèrent.

— On va fouiller sa voiture.

Paisley se demandait comment sa vie en était arrivée là,

avec trois anciens Rangers hautement qualifiés soudainement en charge de sa sécurité personnelle.

Laurel se leva d'un bond.

— Eh bien, on va quand même faire en sorte que le dîner ne brûle pas. Allez, mesdames. On réfléchira mieux en mangeant.

Ivy se leva également.

— Gardez juste les oignons loin de moi. L'odeur me rend malade.

Paisley s'arrêta de fouiller dans son sac pour trouver les clés de la voiture, et leva les yeux.

— Depuis quand ? Tu es la seule personne que je connaisse qui aime la soupe à l'oignon autant que moi.

Son regard s'arrêta sur le Ginger ale dans la main d'Ivy au lieu de la bière que tout le monde buvait, et elle prit conscience de la situation. Elle n'avait pas pensé de pouvoir sourire après les événements de la nuit.

— Il semblerait que je ne sois pas la seule à devoir « expliquer » des choses.

— C'est discret, mais on peut voir les rayures ici.

Ty s'accroupit, examinant les minuscules traces de crochetage de serrure que Joel Fisher indiquait avec un crayon.

— Ce sont les seuls signes que nous avons ?

L'inspecteur se redressa, croisant les bras.

— Il y a une empreinte partielle de pied près de la clôture arrière, mais avec toute la pluie que nous avons eue il y a deux jours, toute trace est complètement brouillée. On ne peut même pas avoir une bonne estimation de la taille. Il n'y a que les empreintes sur la porte qui sont celles de Mlle Parish. Les officiers ont quadrillé le quartier, mais personne n'a dit avoir vu quoi que ce soit.

— Il y a peut-être quelque chose d'autre à l'intérieur. Vous n'êtes pas entré ?

Grand, avec une carrure trapue et un visage buriné qui témoignait de beaucoup de temps passé à l'extérieur, Fisher secoua la tête. Ty le situait autour de la quarantaine, avec quelques années de plus dues à son métier.

— Je voulais attendre Mlle Parish avec sa clé plutôt que de faire plus de dégâts ou d'effacer des preuves.

— *D'autres* dégâts ? Ont-ils saccagé ma maison ?

La voix de Paisley monta d'une demi-octave.

— Non, non ! Fisher l'apaisa. Nous n'avons rien vu de tel à travers les fenêtres. Mais nous n'avons pas non plus vu la nécessité de forcer la porte.

— Oh ! Eh bien, pouvons-nous entrer maintenant et voir ce qu'il y a à voir ?

Il tendit la main vers le portail qui menait à l'avant du bungalow.

— Après vous.

Ensemble, ils firent le tour et montèrent les marches jusqu'à la porte d'entrée. C'était une expérience bien différente de la dernière fois que Ty était venu ici. Cette nuit-là, la seule chose à laquelle il pensait était le miracle de retrouver Paisley après toutes ces années et de se retrouver dans son lit. Maintenant il était en mode mission.

Une fois qu'elle eut déverrouillé la porte, il posa une main sur son épaule.

— Entrons d'abord et contrôlons l'endroit. Je ne m'attends pas à ce qu'il y ait quelqu'un ici, mais c'est juste pour être sûr.

Fisher se mit en position et Ty ouvrit la porte. Le compte à rebours de l'alarme retentit lorsqu'il se glissa à l'intérieur.

— L'alarme est toujours activée.

Ignorant son ordre, Paisley le contourna et se dirigea vers le panneau sur le mur, tapant un code pour la désactiver.

— S'ils sont entrés par la porte de derrière, pourquoi l'alarme ne s'est-elle pas déclenchée au passage de l'intrus ?

Allaient-ils trouver le collier qu'elle avait reçu exactement là où elle l'avait laissé ? Y avait-il eu un double juste pour l'effrayer ?

Paisley se mordit la lèvre.

— Euh... il n'y a pas de détecteur sur la porte de derrière.

— Comment ça, il n'y a pas de détecteur ? demanda Fisher.

— Eh bien, il y en avait un à l'origine, mais je n'arrêtais pas de l'oublier et de le déclencher involontairement quand je laissais Duke sortir le matin, alors je l'ai désactivé.

Ty la regarda fixement.

— Tu te moques de moi ?

Ses joues rougirent.

— Tu sais que je ne suis pas du matin.

Fisher et lui échangèrent un regard genre « qu'est-ce qu'on a fait au Bon Dieu ?», et Ty classa mentalement cela dans les choses à régler plus tard. En secouant la tête, il reprit son inspection.

Il n'y avait personne dans la maison. Rien n'avait été saccagé.

Fisher rengaina son arme de service.

— Il manque quelque chose ?

— Je ne sais pas. En tous cas, pas à première vue. L'électronique est toujours là.

— Celui qui est entré par effraction n'est pas venu pour l'électronique, fit remarquer Ty. Où avais-tu rangé le collier ?

Elle les conduisit dans une chambre du fond et ouvrit le placard.

— Depuis que j'ai commencé à avoir peur, j'ai tout mis dans ce...

Elle s'interrompit, se leva sur la pointe des pieds et fit glisser ses deux mains le long d'une étagère.

— La boîte a disparu. Tout ce que j'avais encore était là-dedans.

— Et pourtant, rien n'a l'air dérangé, observa Ty. On dirait que quelqu'un savait exactement où elle se trouvait.

Fisher se retourna sur ses talons.

— Avez-vous dit à quelqu'un où vous gardiez vos affaires ?

— Non. Presque personne n'est au courant du problème.

Ty n'aimait pas ça. La nuit dernière, ils n'avaient pas trouvé de mouchard sur son téléphone, sa voiture ou n'importe où dans ses affaires. Mais si l'agresseur était assez proche pour mettre la main sur le chien, il aurait pu l'enlever. C'est ce qu'il aurait fait à sa place.

— Il y a peut-être des caméras. Des mouchards. Quelque chose qui pouvait indiquer à notre criminel où chercher.

— Des caméras !

Paisley croisa les bras sur son torse, ses joues devenant pâles. Elle ne faisait qu'encaisser les coups les uns après les autres.

Ty regrettait d'avoir parlé à voix haute. Il enlaça ses épaules, conscient du regard inquisiteur de Fisher.

— C'est juste une autre piste à vérifier. Pourquoi ne commencerais-tu pas à faire tes valises ?

— Oui, d'accord.

Ils attendirent que Paisley se soit dirigée vers l'entrée.

— Elle retourne à Eden's Ridge ?

Il savait ce que Fisher demandait. Même s'il voulait faire valoir ses droits, il devait d'abord être un flic ici.

— Elle a des amis là-bas. Commençons à fouiller l'endroit.

Une heure et demie plus tard, Fisher revissa le dernier couvercle de la bouche d'aération.

— Rien. J'espère que ça mettra Paisley plus à l'aise.

— Peut-être. Mais si quelqu'un est entré par effraction pour prendre la pièce à conviction, il ne devrait pas être difficile de mettre la main sur le matériel de surveillance.

Il aurait préféré procéder à un contrôle électronique plutôt que manuel, mais il n'avait pas accès à ce genre d'équipement pour l'instant, et selon toute vraisemblance, leur harceleur n'avait pas accès au genre d'équipement qui serait facile à dissimuler.

— Franchement, vous croyez vraiment que c'est ce qui s'est passé ?

— Vous avez une meilleure hypothèse ?

Fisher jeta un coup d'œil vers l'avant de la maison, où Paisley avait disparu, et baissa le ton.

— Je dis juste que c'est terriblement commode que je lui dise que je ne peux rien faire avec ce que j'ai jusqu'à présent, et qu'on passe soudain d'un courrier de merde à la remise d'un paquet en personne, à une prétendue effraction, et à quelqu'un qui la suit. Pourquoi cette escalade ?

— Vous suggérez qu'elle invente tout ça ?

Si ce type pensait ça, il n'était pas étonnant que son dossier n'ait pas avancé.

— Je ne veux pas penser ça. Je ne veux vraiment pas. Je l'aime bien. Elle est adorable. Mais je sais qu'elle est extrêmement frustrée par le manque de progrès, et je dois regarder les faits en face : L'alarme ne s'est pas déclenchée. Les égratignures sur la porte arrière pourraient être dues à un usage habituel. Et Duke n'a pas été blessé, n'est-ce pas ? Tout ce que nous avons, c'est sa parole que le collier venait d'ici.

Se mettant à la place de Paisley, Ty puisa dans le contrôle qu'il avait appris en tant que soldat.

— Elle ne ment pas pour essayer d'inciter la police à agir davantage.

— Comme je l'ai dit, loin de moi cette idée. Mais pensez au rasoir d'Ockham, mon vieux. Ce que vous suggérez ressemble à un tas de trucs de cape et d'épée qui sortent plus d'un livre ou d'un film alors que, jusqu'à présent, toute la situation a ressemblé à un simple cas de fan obsédé.

— L'explication la plus simple n'est pas toujours la bonne. J'étais avec elle quand elle a vu ce collier. Elle était terrifiée à l'idée que quelqu'un ait pu s'emparer de son chien.

— Comment savez-vous qu'elle n'est pas une excellente actrice ?

— Parce que je la connais depuis plus de vingt ans. Elle ne faisait pas semblant. Je ne sais pas ce qui se passe, ni pourquoi, mais je n'écarte aucune possibilité pour l'instant.

— C'est juste. S'il vous plaît, ne pensez pas que je ne prends pas cela au sérieux. Je le fais. Depuis le début. Mais vous devez reconnaître qu'il n'y a pas grand-chose sur quoi s'appuyer.

— Non.

Et s'il s'était agi de n'importe qui d'autre, il aurait pu partager les mêmes inquiétudes. Mais il s'agissait de Paisley.

— Et l'agresseur ?

— Aucun lien, d'après ce que nous savons. Il s'est écoulé des mois avant qu'elle ne commence à recevoir des colis. Et pourquoi un type commencerait-il par s'en prendre à sa personne, puis passerait à quelque chose d'aussi discret que des colis au hasard ? Ça ne colle pas.

Ty hocha la tête en signe d'acquiescement.

— J'apprécierais que vous m'envoyez des copies de votre dossier. Peut-être qu'un regard neuf nous aidera.

— Bien sûr. Je ferai tout ce que je peux pour aider ; et je veillerai à ce que les patrouilles continuent dans la région. Bien que, avec la maudite porte arrière non verrouillée, je ne sais pas à quel point cela sera utile.

Ty en avait fini avec Fisher, il se redressa.

— Je m'en occuperai.

Il boucherait un certain nombre d'autres trous dans sa sécurité avant qu'ils ne quittent la ville.

— C'est une bonne chose. Je me sentirai mieux en sachant qu'elle a une maison correctement sécurisée. J'enverrai ce dossier dès que je serai de retour au poste.

— Merci.

Après le départ de Fisher, Ty partit à la recherche de Paisley. Elle était assise dans son bureau, enlaçant un oreiller et regardant dans le vide.

— Paisley ?

— Et si quelqu'un m'observait depuis tout ce temps, Ty ? Quand je pensais être seule ? As-tu la moindre idée de combien c'est flippant ?

— Nous n'avons trouvé aucune preuve de cela ou de quoi que ce soit d'autre.

Il se sentait déjà assez mal d'avoir évoqué cette possibilité avec elle. Il n'avait pas l'intention de lui faire part de sa théorie selon laquelle quelque chose avait pu être enlevé.

— Ça ne me fait ni chaud ni froid, à ce stade. Ma maison, mon sanctuaire, a été violé. Je ne sais pas comment je vais m'en remettre.

— Avec du temps et des réponses. En attendant, tu seras en sécurité avec moi - il allait s'en assurer - Comment se passent les préparatifs ?

Elle leva un regard tourmenté vers lui.

— J'ai pratiquement terminé. Tout est dans l'entrée.

Ty jeta un coup d'œil derrière lui, s'attendant à voir un gros tas. Mais il n'y avait que quelques cartons et d'autres affaires pour Duke. Essayait-elle de voyager léger, ou s'attendait-elle à ce que cette cohabitation soit de courte durée ? Avec tout ce qui s'était passé ces dernières vingt-quatre heures, elle ne savait probablement pas quoi penser. Lui non plus, putain. Il savait juste qu'il ferait tout ce qu'il fallait pour la garder en sécurité.

— Et si on emballait la nourriture qui va se gâter ? Nous ramènerons ça aussi avec nous. Je vais charger ça dans le pick-up.

Elle se leva de sa chaise sans son habituel élan. Son éclat avait disparu, et elle faisait *peine* à voir. Rien ne devrait jamais obscurcir cette lumière. À part traquer celui qui la harcelait, que pouvait-il bien faire pour lui redonner cette étincelle ? Il ne suffisait pas d'appuyer sur un bouton, il le savait mieux que quiconque, merde.

Elle aurait besoin de temps et de soutien. Il était résolu à lui donner les deux.

8

— Tu es resté silencieux pendant tout le trajet. J'entends tes méninges qui tournent à toute vitesse.

Paisley ne regarda pas Ty alors qu'ils prenaient le dernier virage pour arriver chez lui. Il était resté silencieux depuis qu'ils avaient quitté Nashville, la laissant à ses pensées. Elles étaient plutôt noires d'ailleurs. Épuisée et sur les nerfs, elle était encore en train d'assimiler l'annulation complète de son sentiment de sécurité. Grâce à Ty, sa maison avait été sécurisée, mais même lorsque tout cela serait terminé - un jour ou l'autre - elle ne savait pas si elle pourrait *vivre* à nouveau dans son petit bungalow. Comment surmonter ce sentiment qu'elle ne sera jamais en sécurité ?

— Je ne sais pas quoi dire. Je ne sais même pas ce que tu vas *faire* exactement, alors qu'il n'y a aucune preuve réelle et qu'apparemment Joel pense que j'invente tous ces derniers évènements.

Et bon sang, ça faisait mal. Elle avait cru qu'ils étaient amis.

— Tu l'as entendu, hein ?

— Et j'ai entendu que tu me défendais. Je te remercie.

— Je te soutiens, Pais. J'ai des ressources qu'il n'a pas et certainement plus de motivation pour aller au fond des choses.

— Je suis sûr que tu seras content de retrouver ton espace quand tout sera fini.

— Hé ! - Il se pencha sur le tableau de bord du pick-up et prit sa main dans la sienne – ce n'est *pas* pour ça que je le fais.

Comme il s'était interrompu, elle n'osa pas lui demander quelle était sa raison, alors. S'il s'agissait de pitié, elle ne pensait pas pouvoir la supporter. Elle ne voulait pas penser qu'il pouvait la protéger, elle ne voulait pas commencer à dépendre de lui, sachant très bien où cela menait. C'était une aberration temporaire. Elle représentait un travail pour lui. Plus ou moins.

Alors qu'ils s'engageaient dans l'allée, Duke s'ébroua, enfonçant son nez entre les sièges. Il avait eu une journée bien remplie à la ferme de Sebastian et Laurel et avait fait la sieste sur la banquette arrière. L'entourant de son bras, elle se détendit un peu lorsqu'il se tortilla et donna des coups de tête pour lui montrer son adoration. Elle pouvait toujours compter sur son bébé pour lui remonter le moral. Il était une source inépuisable de joie.

— Déchargeons le pick-up.

Ty en descendit et commença à soulever des cartons de la plate-forme.

Paisley fit sortir Duke à l'arrière, lui mettant une laisse pour qu'il ne parte pas à toute allure dans les bois. Selon toute vraisemblance, il n'y avait personne dehors, mais elle ne voulait pas prendre de risques. Ty en était déjà à son troisième chargement lorsqu'elle ordonna à Duke de rejoindre son coin près du poêle à bois. Il tourna quatre fois sur lui-même et se laissa tomber avec un soupir de satisfaction. Elle aurait seulement voulu se sentir aussi à l'aise ici que son chien. Mais elle ne savait pas où était sa place, ni même si elle était à sa place. Pour l'instant, elle se sentait mal dans sa propre peau, comme si elle avait soudainement été propulsée dans le corps et la vie de quelqu'un d'autre.

Une fois qu'ils eurent tout apporté, elle prit le sac en toile qu'elle avait chargé de vêtements et commença à monter les escaliers.

— Tu n'as pas besoin de faire ça maintenant. La journée a été longue.

— Oui, mais j'ai envie de le faire : on y verra plus clair et après je me reposerai les jambes.

De plus, elle avait besoin de quelque chose pour se distraire de l'impression bizarre qu'elle ressentait à propos de tout cela.

— Il y a de la place dans la commode et dans une partie du placard.

Paisley s'arrêta, le regardant de haut en bas. Avait-il fait de la place pour elle quand elle ne regardait pas ou avait-il simplement peu de choses ?

— Merci.

Déposant le sac sur le lit, elle repéra l'espace qui lui était destiné et commença à ranger ses vêtements, son esprit se remettant à tourner autour des questions qu'elle s'était posées pendant tout le trajet jusqu'à Eden's Ridge.

Lui rendre visite pour le week-end était une chose, mais vivre avec lui pour une durée indéterminée en était une autre. Une véritable cohabitation signifiait qu'il ne fallait pas garder le rapport en surface, ni se cacher l'un de l'autre, surtout dans un endroit aussi petit. Que se passerait-il s'il en avait marre d'elle ? Elle avait déjà des problèmes de limites floues à cause de leur histoire. Pour sa propre santé mentale, il fallait peut-être qu'ils aient une conversation pour clarifier les limites. Elle avait besoin de se rappeler ce qu'il y avait vraiment entre eux. Une chose temporaire. La vraie vie, pas une de ces « bodyguard romances » qu'elle adorait. Elle pouvait gérer ses attentes. Ça faisait des années qu'elle gérait ça.

C'est avec cette idée en tête qu'elle redescendit, revêtant son armure mentale pour ce qu'elle considérait comme une conversation nécessaire.

Ty, de son côté, fouillait dans une boîte. Il se redressa, deux oreillers à la main. Des oreillers brillants et gais qui se trouvaient normalement sur le canapé de son salon. Il les jeta sur le sien, et elle avisa le plaid moelleux provenant de son bureau. En regardant autour d'elle, elle remarqua le mug « Reine de la génialité » rempli de ses stylos préférés, posé sur la table d'appoint où elle travaillait hier, et la tasse à café isotherme qu'Emerson lui avait achetée parce qu'elle oubliait toujours qu'elle avait fait du thé et le laissait refroidir.

Elle n'avait rien emporté de tout cela.

— Qu'est-ce que c'est que tout ça ?

Passant une main sur sa nuque, il haussa les épaules.

— Toute cette situation est difficile pour toi. Je veux que tu te sentes à l'aise ici. Mon appartement n'est pas vraiment... accueillant, alors j'ai emballé quelques affaires que tu utilises tout le temps.

Paisley le regarda fixement, ainsi que l'autre carton d'affaires qui attendait toujours à côté de lui. Elle et son problème avaient envahi sa vie, l'avaient dérangé d'innombrables façons, et en guise de réponse, il avait essayé d'apporter un peu de sa maison à elle dans la sienne.

Quelque chose en elle se brisa : le mur de verre opaque du déni entourant la vérité qu'elle avait fuie. Il n'y aurait pas de gestion des attentes, parce qu'elle était amoureuse de lui. De nouveau... ou peut-être encore. Ty Brooks était son homme. Celui qu'elle cherchait et sur lequel elle écrivait depuis dix-huit ans, attendant simplement qu'il lui revienne. Et maintenant, il était là, faisant cette chose d'une douceur dévastatrice, et elle ne savait même pas où il se situait dans leur rapport.

Elle fondit en larmes.

Le visage flou de Ty entra dans son champ de vision, s'approchant d'elle. Il la serra contre lui, l'entourant de ses bras musclés, forts et habiles, et elle ne pensa plus qu'à s'appuyer sur lui.

— Je suis désolé de ne pas te l'avoir demandé avant. Je pensais que tu serais d'accord. Nous pouvons tout remballer. Tu n'as pas besoin de le regarder.

En d'autres circonstances, la pointe de panique dans sa voix aurait pu la faire sourire. Au lieu de cela, elle sanglota plus fort, pressant son visage contre sa poitrine.

— Non, je ne suis pas fâchée. C'est gentil et c'est une belle attention de ta part.

Il se mit à bercer sa tête du creux de la main.

— Alors pourquoi es-tu contrariée, bébé ?

— Comment diable suis-je censée rester dans le schéma « rapport sans prise de tête », quand tu te comportes comme ça ? demanda-t-elle, hoquetant à travers un autre sanglot.

D'un côté, elle aurait voulu se serrer contre sa poitrine, mais cela aurait voulu dire lâcher sa prise sur sa chemise.

— Comment est-ce que je me comporte ?

— Comme le petit ami doux, attentionné et bienveillant que tu étais - se rendant compte que ses respirations profondes ne l'aidaient pas à se faire comprendre, elle s'efforça de retrouver un peu de calme - Je ne sais pas comment taire mes sentiments, près de toi. J'ai demandé à ce que ce soit sans prise de tête. J'ai accepté que ce soit comme ça. J'essaie de toutes mes forces de ne pas changer les règles, mais tu me rends la tâche terriblement difficile.

La tension de Ty se relâcha lorsqu'il pencha le visage en arrière et releva le menton de la jeune femme. Elle sentit la douceur de sa main lorsqu'il effaça ses larmes avec son pouce.

— On s'est fait des illusions en pensant qu'il n'y aurait pas eu de prise tête. Ce n'est pas ce que nous étions, ce n'est pas ce que nous sommes. Il y a quelque chose entre nous, Paisley. Il y a toujours eu quelque chose.

Cela la choqua suffisamment pour endiguer ses larmes. Son cœur battait fort et vite contre ses côtes.

— Qu'est-ce que tu dis ?

Elle avait besoin qu'il lui explique les choses pour ne pas faire un bond dans l'inconnu.

Il prit sa joue dans sa large paume calleuse.

— Je dis qu'il faut changer les règles.

DIRE cela effrayait Ty au plus haut point. Tout son être lui disait qu'il ne méritait pas le cadeau d'avoir une autre chance avec elle. Il n'était pas du tout sûr de pouvoir faire plus, mais il savait sans aucun doute qu'il ne pouvait pas faire moins. Si ce temps passé avec elle lui avait montré quelque chose, c'était qu'il ne pouvait pas être avec elle sans prise de tête. Il ne pouvait pas vivre avec cette femme sans se souvenir de ce qui s'était passé avant.

Elle lui donnait envie de la protéger, d'être celui vers qui elle pouvait se tourner. Il voulait être celui qui lui enlèverait cette peur. De toute son âme meurtrie, il voulait regagner son amour parce qu'elle représentait la couleur, la joie qui lui avait manqué pendant la moitié de sa vie, et il craignait davantage de devoir apprendre à s'en passer à nouveau que de ne pas essayer du tout.

Au cours des dernières semaines, elle avait adopté par intermittence ce comportement inhabituel et réservé, comme si elle se rappelait sans cesse les règles qu'elle avait mentionnées. Et peut-être l'avait-elle fait. Mais toute trace de cette armure émotionnelle avait disparu maintenant.

— Je vais avoir besoin que tu m'expliques tout cela parce que je veux être sûre qu'il n'y ait pas de malentendu.

L'espoir larmoyant et tremblant qui se dessinait sur son visage troubla Ty. Il l'avait déjà tellement blessée. Il était déterminé à ne pas recommencer quoiqu'il arrive. Cela nécessiterait plus d'honnêteté, plus de courage, qu'il n'en avait démontré depuis des années.

Comme il avait besoin de continuer à la toucher, il prit son menton, ses doigts sentant le pouls qui battait dans sa gorge.

— J'ai dû m'éloigner de toi après le lycée parce que je savais que nous ne survivrions pas à mes déplacements incessants, et que je ne serais pas capable de bien faire mon travail parce qu'une partie de moi aurait été à la maison avec toi. J'ai pensé qu'il valait mieux que tu aies la possibilité d'aller de l'avant et de construire la vie que tu voulais. Avec quelqu'un d'autre, qui n'aurait pas toujours été à l'autre bout du monde. Garrett ne m'a jamais laissé oublier à quel point il pensait que j'étais un idiot.

Ty déglutit, pensant qu'il faisait peut-être enfin quelque chose que son frère de cœur approuverait.

— Peut-être que j'avais tort. Peut-être que non. Mais je ne m'attendais pas à ce que tu reviennes dans ma vie. Te croiser à nouveau a été un sacré miracle. J'avais cessé d'espérer cela il y a bien longtemps. Mais le fait est que nous avons une seconde chance - si tu le veux bien - et je ne veux pas la gâcher. Je ne peux pas promettre que tout marchera comme sur des roulettes. Mon métier m'a changé, et j'ai des problèmes qui ne guériront jamais complètement. Mais tu me rappelles qui j'étais, qui *nous* étions, et c'est ce que je veux. Je te veux. Je t'ai toujours voulu.

Le pouls sous ses doigts accéléra.

— Ty.

La voix de Paisley était étouffée, et il réalisa qu'elle pleurait à nouveau.

Avant qu'il ne cède à une nouvelle vague de panique à l'idée d'avoir encore dit ce qu'il ne fallait pas, elle se mit sur la pointe des pieds et l'embrassa.

— Oui - et encore - oui.

Ses mains s'enfoncèrent dans ses cheveux et elle pressa son front contre le sien.

— Oui.

Soulagé et sachant qu'il était plus chanceux qu'il n'avait le droit de l'être, Ty la serra plus fort.

— Tu m'as tellement manqué - et effleurant sa bouche, il commença à la faire reculer vers le canapé - laisse-moi te montrer.

Il sentit un sourire se dessiner sur ses lèvres lorsqu'elle murmura : « le chien ».

C'est vrai, il n'avait pas l'habitude de vivre avec un chien.

Un rapide coup d'œil lui indiqua que Duke roupillait déjà sur son lit, mais Ty n'avait aucune envie de risquer le coït interrompu même s'il était causé par un chien, alors il changea de direction, l'entraînant vers l'escalier, à la recherche d'un lieu plus normal où s'adonner à un échange de câlins. Elle méritait qu'on soit romantique avec elle, elle méritait tout.

Ils grimpèrent jusqu'à la mezzanine et se consacrèrent l'un à l'autre. Ils s'embrassèrent encore et encore tandis qu'ils se déshabillaient lentement, explorant chaque centimètre de peau nouvellement révélée. Il ne voulait pas de frénésie ni de précipitation. Il voulait lui faire l'amour comme elle le méritait, lentement et minutieusement, pour s'offrir mutuellement un don précieux, celui du temps.

Paisley s'allongea en arrière sur le lit, l'attirant sur elle avec un soupir. Ses cheveux s'étalaient contre l'oreiller, une masse soyeuse de vagues qui ne demandaient qu'à ce qu'il y plonge les doigts. Il se perdit dans son parfum et sa peau, se gorgeant de la sensation de sa nudité. Tout son être s'embrasa et trembla lorsqu'elle le toucha, puis le prenant, le réclamant d'une manière qu'il n'avait jamais voulue avec personne d'autre. De ses mains et de sa bouche, elle apaisait les cicatrices, sans question, ni hésitation dans ses mouvements. Chaque contact était une acceptation de ce qu'il était maintenant, une reconnaissance de tout ce qu'il avait enduré pendant leurs années de séparation.

Il plongea ses yeux dans les siens tout en se glissant en elle et y trouva sa place. Sa vue aurait dû se brouiller et ses yeux se fermer sous l'effet de la passion, mais il rencontra ses mains et les joignit aux siennes, en les pressant contre le matelas.

— Reste avec moi.

— Oui.

Elle se souleva pour se plaquer contre lui. Chaque mouvement sinueux de son corps confirmait sa réponse, une centaine d'affirmations qui boostaient le cœur qu'il avait cru trop abîmé pour battre à nouveau pour quelqu'un d'autre. Il battait pour elle et il la caressait plus profondément, les faisant monter encore et encore, dans une longue et langoureuse ascension qu'il aurait voulu retenir pour toujours.

Puis elle soupira son nom, son corps frissonnant jusqu'au bout et l'entraînant dans la chute glissante d'une jouissance magnifique et sans fin. Il se déversa en elle, laissant aller tous les chagrins d'amour, les pertes et les années de solitude, jusqu'à ce que son âme ternie se sente purifiée et qu'ils soient tous les deux mis à nu.

Ensuite, ils restèrent allongés, emmêlés et épuisés, les cœurs battant la chamade, la peau se refroidissant. Ses doigts caressaient sa nuque à un rythme hypnotique. Il déposa un baiser sur son épaule, absorbant son ronronnement de plaisir, et pour la première fois depuis plus d'années qu'il ne pouvait en compter, il se sentit en paix.

9

— Il n'y a pratiquement rien ici.

Découragée, Paisley laissa tomber sa copie du mince dossier que Joel avait envoyé et se frotta la tête, sentant la migraine arriver.

— Il y en a plus que ce que tu penses ; et tes propres photos et notes nous aideront à éclaircir le vol des emballages originaux.

Ty avait mis la main sur sa nuque et commençait à la masser.

Paisley ne pouvait s'empêcher de se sentir soulagée et son corps automatiquement s'abandonnait à son toucher. Il embrassa sa tempe et elle saisit les regards d'entente de ses amis qui se trouvaient dans le salon de Harrison et Ivy pour cette réunion de débriefing.

La nuit dernière avait tout changé. Ils avaient tous les deux cessé de lutter contre l'attraction qu'ils ressentaient l'un envers l'autre. Elle avait craint qu'il ne soit pas à l'aise par rapport aux autres, mais c'était comme s'il avait appuyé sur un bouton, le faisant passer en mode Petit ami. C'était bizarre et merveilleux, et clairement inhabituel pour lui vu la façon dont tout le monde le dévisageait. C'était « son » Ty, en tous cas, et ils allaient devoir s'y habituer.

Pour une fois, Sebastian se taisait, mais il leva un pouce à son intention lorsque Ty regardait ailleurs. Même si Paisley crispa les lèvres et Ty lui fit un doigt d'honneur et continua à lui masser le cou et les épaules.

— Les enfants, avertit Ivy.

— Dis donc, on dirait que tu t'entraînes à parler comme une mère, dit Paisley en se moquant gentiment.

— Ces trois clowns me donnent beaucoup d'occasions de le faire - elle balaya les trois hommes du regard - quoi qu'il en soit, Ty a raison. Il y a assez d'éléments ici pour nous aider à établir une chronologie. Une fois que nous l'aurons, nous regarderons ce qui se passait dans ta vie à l'époque pour voir si nous pouvons déterminer ce qui a pu déclencher les changements.

Brandissant un marqueur effaçable à sec sur le grand tableau blanc, dont Paisley savait qu'elle l'utilisait pour élaborer la trame de ses livres, Ivy se mit à prendre des notes. Ensemble, elles reconstituèrent lentement et minutieusement toute l'affaire, avec des notes sur chaque contact. Lorsqu'elles eurent terminé, il était facile de voir la progression.

Ty ajouta le dernier contact à un plan numérique sur son ordinateur.

— Il y avait des cachets postaux différents sur chacun d'eux. Chacun se trouve à une heure maximum de route de Nashville, il est donc probable que la personne qui envoie les messages vit ou travaille dans ce rayon ou à proximité.

Ivy étudia le tableau.

— Tout est resté relativement aléatoire jusqu'à il y a un peu plus de deux semaines. C'est alors que les choses sont devenues plus directes. Que s'est-il passé il y a deux semaines et demie ?

Paisley réfléchit.

— Rien d'inhabituel, à part votre mariage. Mais je ne vois pas ce que cela a à voir avec quoi que ce soit.

— Pas seulement le mariage, dit Ty, il y a moi. Tu as quitté la réception avec moi.

Et elle l'avait ramené chez elle.

— Le premier paquet envoyé directement à ton domicile est arrivé le lundi suivant, poursuivit Ivy. Le premier sans billet, comme si ce n'était pas réfléchi, mais réactionnel.

— Comme si quelqu'un était jaloux ? ajouta Harrison.

— Il semble raisonnable de penser que la personne derrière tout cela, si elle ne s'avère pas finalement être un homme, est probablement intéressée, ajouta Laurel. Ty représenterait une menace dans ce cas.

Paisley fronça les sourcils.

— J'ai du mal à imaginer qu'un homme puisse faire le reste du travail.

— L'autre jour, quand tu as vu le collier, tu as dit « il ». Il m'a suivi. Pourquoi ?

— Ce n'était pas un choix conscient de pronom. Je suppose que je n'ai pas tendance à considérer les femmes comme une menace. Et nous avons pensé, avant cela, qu'il s'agissait probablement d'un fan. Ou... c'est ce que j'ai pensé. L'inspecteur Fisher a suivi cette théorie.

— Tu as des fans masculins, fit remarquer Ty.

Elle pensa aux exemplaires bien usés de ses livres chez lui.

— Oui, je suppose que c'est le cas. Bien que ce ne soit certainement pas la majorité.

— Tu devrais jeter un coup d'œil à notre liste d'invités et au registre du mariage, suggéra Harrison. Tout le monde n'a pas signé, et nous ne pouvons pas prendre en compte tous les accompagnants, mais peut-être que tu reconnaîtras le nom de quelqu'un.

— Nous devrions aussi croiser ces noms avec ceux qui figurent sur sa liste de diffusion et ceux qui la suivent sur les réseaux sociaux, ajouta Ivy.

Elles se répartirent collectivement la tâche et commencèrent à passer tout cela au peigne fin. Paisley commença par le livre d'or apporté par Harrison. Après toutes ces années passées à Nashville, elle reconnut beaucoup de noms, mais aucun avec lequel elle ait un lien particulier. Laurel sélectionna quatre femmes qui étaient certainement abonnées à la newsletter de Paisley, et Ivy en trouva deux autres qui la suivaient sûrement sur les réseaux sociaux. Aucune ne semblait pouvoir être son harceleur.

— Et les photos ? demanda Sebastian. Ce photographe était partout, il prenait des photos de tout le monde. Peut-être que Paisley verra quelqu'un qu'elle reconnaîtra.

— Nous venons de récupérer la galerie d'épreuves.

Harrison récupéra un petit MacBook au design épuré et se connecta au site web du photographe.

Paisley fit défiler la galerie en ligne, ressentant un mélange doux-amer de plaisir et de nostalgie en regardant le déroulement du grand jour d'Ivy et Harrison. Ils avaient l'air si merveilleusement heureux et si parfaits ensemble. Ils *étaient* merveilleusement heureux et parfaits ensemble, construisant la vie et l'avenir qu'ils voulaient.

Elle était encore trop effrayée pour se laisser aller à rêver de cela. Cela faisait tant d'années qu'elle ne s'était pas autorisée à vouloir un tel avenir. Après toutes les déceptions et tous les échecs, il lui avait semblé plus sûr de ranger ses désirs au placard et de profiter de ce qui se présentait à elle. Et elle appréciait vraiment le bonheur enivrant d'une nouvelle relation. Mais cela faisait longtemps qu'elle n'avait pas pu se lancer à corps perdu dans une histoire d'amour. Peut-être parce qu'elle était plus meurtrie qu'elle ne voulait l'admettre par toutes les tentatives délibérées de tomber amoureuse. L'amour n'était pas une chose que l'on pouvait forcer, comme un bulbe de fleur en hiver.

En voyant son propre visage sur l'écran, tourné vers celui de Ty pendant qu'ils dansaient, elle ne put s'empêcher de penser que l'amour fleurissait là où il était planté... et que le sien avait été planté pour cet homme alors qu'ils n'avaient que seize ans.

— Et ce type ? demanda Ty.

Tirée de ses pensées, Paisley regarda vers l'endroit qu'il désignait. En bordure de la photo, l'homme qui l'avait draguée à la réception regardait fixement dans leur direction.

— Il a l'air assez fou pour t'arracher les ongles. Mais je ne l'avais jamais rencontré avant cette nuit-là. Je n'ai même jamais su son nom. Il était trop occupé à me faire des avances, et tu as galamment volé à mon secours.

— Il draguait pratiquement tout ce qui avait une jupe et se faisait rembarrer à chaque fois. J'ai regardé son petit manège avant qu'il n'arrive à toi.

— Pourquoi es-tu intervenu ? Tu ne savais pas que c'était moi.

— Il t'avait coincée, et je sais reconnaître un prédateur quand j'en vois un.

Ivy se pencha sur le dossier du canapé pour regarder l'écran.

— Oh, c'est Glen Bartlett. C'est un cousin éloigné qui est une véritable plaie pour le genre féminin. Nous ne l'avons pas vraiment invité, mais ma grand-tante l'a quand même fait venir en tant qu'accompagnateur et chauffeur. Je pense qu'elle s'est fait des illusions en pensant qu'il pourrait rencontrer une fille sympa. Elle continue de penser que cela le calmera, mais il n'est pas du genre à être capable d'aimer, et encore moins de changer pour cela.

— Nous l'ajouterons à la liste des personnes à suivre.

Paisley fit défiler le reste des photos. Comme précédemment, elle connaissait un certain nombre de personnes, mais aucune ne semblait être un harceleur possible.

Ty posa l'ordinateur portable sur la table basse.

— Donc, pour que cette théorie tienne, soit un invité

lambda au mariage nous a vus ensemble, soit quelqu'un nous a vus ensemble à un moment donné après.

— Tu crois que j'étais déjà suivie à ce moment-là ?

L'idée fit venir la chair de poule à Paisley.

— C'est possible. Ou il pourrait y avoir quelque chose qui a déclenché le changement, auquel nous n'avons pas encore pensé.

— En repensant à ces derniers mois, y a-t-il eu des moments où tu t'es sentie mal à l'aise ? Tu as eu l'impression qu'on te regardait ou que quelque chose n'allait pas ? demanda Ivy.

— Il y en a eu plein. Mais j'ai pensé que j'étais parano après m'être fait agresser.

— C'est possible. Ou bien tu perçois plus de choses que tu n'en es consciente. Le fait est que la personne qui est derrière tout ça t'observe d'une manière ou d'une autre. Sur les réseaux sociaux... à travers tes livres. Ils ont suffisamment creusé pour découvrir l'adresse de ton domicile. Ils ont pu le faire en consultant des dossiers, ou en te prenant en filature. Tu as fait des apparitions publiques, signé des livres. Ce ne serait pas si difficile que ça de rester dans les parages et de te suivre chez toi.

— Si tu essaies de m'effrayer à mort, tu es en train d'y réussir.

Ty lui serra les épaules.

— Personne ne t'atteindra ici. Et je ne suis pas sûr que ce soit quelqu'un au hasard. Est-ce que Fisher a déjà examiné tes ex ?

Paisley n'était pas très enthousiaste à l'idée de parler de son passé amoureux avec Ty.

— Nous pensions qu'il n'y avait aucune raison de le faire. Je suis restée en bons termes avec la plupart d'entre eux.

Il répondit par un petit bruit évasif.

— Je pense que ça vaut la peine d'y jeter un coup d'œil. Ce

sont des gars qui te connaissent sur un certain plan. Ou qui pensaient te connaître. Tu es douée pour ça.

— Pour quoi ?

— Pour faire croire aux gens qu'ils sont plus proches de toi qu'ils ne le sont. Tu es si chaleureuse et amicale, et tu écoutes vraiment les gens. Ce genre d'attention est... enivrant. Tu te souviens comment c'était au lycée, combien de gens pensaient que tu étais leur meilleure amie.

— Alors maintenant, c'est un problème que je sois gentille avec les gens ?

— Non, pas du tout. Je dis juste que quelqu'un aurait pu mal interpréter ce comportement, peut-être penser que votre relation était plus sérieuse qu'elle ne l'était. Peux-tu faire une liste retraçant l'historique de tes relations ?

— Pourquoi ?

— Ces cadeaux montrent un minimum de connaissance de toi. Il est logique que quelqu'un qui est jaloux de ta relation avec quelqu'un ait joui de ce privilège et veuille le récupérer.

— Alors pourquoi ne pas me le demander ?

— Peut-être que tu as dit non. Ou peut-être que c'était un jeu de longue haleine que j'ai fait capoter. Quoi qu'il en soit, je pense que la liste pourrait être utile.

Paisley voyait bien où il voulait en venir, mais elle n'aimait pas ça.

— Jusqu'à quand suis-je censée remonter ?

— La liste est-elle si longue au total ?

Se raidissant, elle s'éloigna, détestant la rougeur qu'elle sentait sur ses joues. Elle était monogame en série depuis des années. Elle n'en avait pas honte, bon sang.

— J'aime sortir avec des gens, et j'en ai profité pas mal.

— Je pense que nous pourrions tous avoir besoin de casser la croûte, annonça Laurel. Les garçons, ça vous dirait de donner un coup de main en cuisine ?

Ce n'était qu'un prétexte pour les laisser un peu en tête à

tête, mais alors que tous les autres sortaient, Paisley bénit Laurel pour son geste. Elle se leva et se dirigea à grands pas vers le tableau et le fixa sans le voir. Elle sentait le regard de Ty sur elle.

— Je n'ai pas été un moine au cours des dix-huit dernières années. Je ne m'attends pas à ce que tu l'aies été non plus.

— Je n'ai pas couché avec tous.

— D'accord. Même si tu l'avais fait, ça aurait été ton droit. C'est ta vie, ton corps. Nous n'étions pas ensemble à l'époque. Je ne te juge pas. J'essaie juste de commencer par quelque chose. Si ça peut t'aider, pour l'instant, limite-toi à ceux avec qui tu as rompu.

Cette liste était plus courte et plus facile à produire. Elle l'écrivit, en ajoutant des notes quand elle le pouvait sur la durée de chaque relation, et la remit à son interlocuteur.

— Il ne s'agit probablement pas de toutes les relations. Je ne me souviens pas de tous les hommes avec qui j'ai eu un rendez-vous et qui ont disparu au bout d'une seconde. S'il nous en faut plus, je peux appeler Emerson et faire le point avec elle.

— Emerson ?

— C'est ma meilleure amie depuis l'université. Elle a été dans les parages pendant la plus grande partie de ma carrière amoureuse.

— Je peux probablement aider moi aussi à boucher quelques trous, ajouta Ivy, en revenant avec des boissons. Au moins pour les deux dernières années, ce qui serait probablement le plus pertinent.

Les autres la suivirent avec des bols et des plateaux de nourriture. Il y avait un plateau végan, des chips, du pop-corn et quelqu'un avait préparé une planche de charcuterie.

— C'est très bien.

Ty s'assit à nouveau, étudiant la liste.

Paisley commença à remplir une assiette. Peut-être que si elle s'empiffrait, elle ne parlerait pas à tort et à travers. Objectivement, elle comprenait pourquoi il poursuivait cette ligne d'enquête. Mais elle n'était pas obligée d'aimer ça.

— C'est toi qui avais mis fin à tes deux mariages ?

— Oui.

— Qu'est-ce qui s'est passé ? Infidélité ? Des problèmes d'argent ?

— Non, pas du tout.

— Et alors ?

— Je ne vois pas en quoi c'est important.

— Parce que j'essaie de trouver un mobile.

— Aucun de mes ex-maris n'est derrière tout ça.

— Tu n'en sais rien. Nous allons enquêter, et ce faisant, j'ai besoin de savoir pourquoi tu as rompu.

Paisley posa son assiette et traversa la pièce jusqu'à la baie vitrée, en regardant la montagne. Elle *détestait* que ses relations soient examinées au microscope.

— Est-ce qu'ils étaient violents ?

La voix de Ty était calme et il parlait juste derrière elle.

— Non, ce sont tous les deux de braves types.

— Alors quoi ?

— Ils n'étaient pas toi, murmura-t-elle.

— Quoi ?

Exaspérée, embarrassée, et sachant qu'il finirait par le découvrir, elle se retourna contre lui.

— Ce n'était pas toi, d'accord ? Toutes les relations que j'ai eues au cours des dix-huit dernières années se sont terminées pour la même raison. Parce que j'ai essayé de trouver un autre toi et que j'ai échoué. Tu m'as gâchée pour tous les hommes quand nous avions dix-huit ans. Félicitations.

Ty la regarda un instant avant que ses lèvres ne commencent à se contracter.

— Tyson Gregory Brooks, ne t'avise pas de *sourire*. Ce n'est pas censé booster ton ego.

— Elle l'a appelé par son deuxième prénom, chuchota

Sebastian.

— Chut ! dit Laurel à voix basse.

La grimace se transforma en un véritable sourire.

— Si tu dis que ce n'est pas ton ego qui a besoin d'être caressé dans le sens du poil maintenant, je jure devant Dieu que je vais te frapper.

Ils ignorèrent tous les deux le concert de rires étouffés.

— Hé, c'est toi qui as l'esprit mal tourné.

— J'écris des romans d'amour pour vivre. *Bien sûr* que mon esprit y pense. Mais cette histoire n'est pas une blague.

Il redevint sérieux, mais la douceur de ses yeux remplaça l'humour lorsqu'il lui dit tendrement :

— Est-ce que ça t'aide de savoir que je les déteste tous par principe pour avoir eu du bon temps avec toi que je n'ai pas eu ?

— Peut-être. Un peu.

— Et le fait qu'il n'y ait jamais eu personne d'autre de sérieux pour moi que toi ?

C'était au tour de Paisley de ciller.

— Jamais ?

— J'étais marié à mon travail, et je n'avais pas la force de me mettre en avant pour essayer. Donc, je dirais que nous nous sommes mutuellement gâchés.

Quelqu'un derrière eux renifla.

— C'est vraiment la déclaration la plus ador...

— Tu pleures ? demanda Harrison à sa femme.

— Les hormones de grossesse. J'ai le droit. Tais-toi et passe-moi les pop-corn.

ILS SE RÉPARTIRENT LE TRAVAIL. En tant que flic résident disposant d'une autorité réelle pour demander des alibis, Ty s'occupa de téléphoner aux gars dont ils avaient les coordonnées, tandis que tous les autres travaillaient à la recherche des autres personnes figurant sur la liste de Paisley. Pour des raisons de confidentialité, il s'était caché dans le bureau de Harrison. Décidant d'en finir d'abord avec les ex-maris, il passe en revue les brefs dossiers rédigés par Paisley.

Époux biffé numéro 1 : Brian Chesney

Ty sourit en entendant le qualificatif de son ex-mari.

Chesney était le petit ami de l'université qu'elle avait épousé juste après l'obtention de son diplôme. D'après les notes de Paisley, ils avaient tenu trois ans et divorcé à vingt-cinq ans. Il vivait maintenant à Memphis avec sa seconde femme et leurs deux enfants. Compte tenu des cachets postaux de toutes les lettres et de tous les colis, il était peu probable qu'il soit lié à l'affaire, mais Ty voulait faire preuve de diligence et l'appeler.

Une femme répondit au téléphone.

— Allô ?

— Je cherche Brian Chesney.

En bruit de fond, Ty entendait des rires d'enfants.

— Un moment.

Quelques instants plus tard, un homme décrocha.

— Allô ?

— Brian Chesney ?

— Oui.

La voix était amicale, disponible.

— C'est l'adjoint Ty Brooks du département du shérif du Comté de Stone. J'ai quelques questions à vous poser.

Le ton de Chesney devint sérieux.

— De quoi s'agit-il ?

— De votre ex-femme, Paisley Parish.

— Attendez une seconde.

Brian s'excusa pour le bruit ambiant et se rendit dans un endroit plus calme.

— Qu'est-il arrivé à Paisley ? Est-ce qu'elle va bien ?

Ty remarqua le ton de protection dans la demande.

— Elle va bien. Elle a juste quelques problèmes. Pouvez-vous me dire où vous étiez le week-end du 16 janvier ?

— Bien sûr. Mon beau-père a eu une crise cardiaque il y a trois semaines. Il a subi un double pontage. Ce samedi-là, nous étions tous dans la salle d'attente du Baptist Memorial Hospital de Memphis. J'ai une demi-douzaine de personnes qui peuvent le confirmer. Qu'est-ce que vous me reprochez ?

— Elle est harcelée.

— Merde. Je savais que ça arriverait un jour.

Cela piqua la curiosité de Ty.

— Qu'est-ce qui vous fait dire ça ?

— Elle est trop gentille. Je ne sais pas si vous avez passé beaucoup de temps avec elle dans le cadre de l'enquête, mais en temps normal, elle a une personnalité chaleureuse et magnétique. Passez cinq minutes avec elle dans un bon jour et vous vous sentez comme... Je ne sais pas. Comme dans la chanson *Walking on Sunshine*.

Ty étouffa un rire.

— Oui, elle a toujours été comme ça.

Il y eut une pause.

— Comment vous avez dit que vous vous appelez ?

— Ty Brooks.

— *Ce* Ty Brooks ?

Il leva les sourcils.

— J'hésite à vous répondre, mais probablement, oui.

— Hm.

Il y avait toute une gamme de sous-entendus dans cette seule syllabe. Ty se demanda ce qu'elle avait dit de lui.

— C'est elle qui vous a apporté ce problème ?

— C'est plutôt lui qui est venu à nous. Je suis en train d'enquêter.

Chesney sembla y réfléchir.

— Écoutez, nous sommes divorcés depuis longtemps. Nous sommes toujours amis. Elle envoie des cadeaux d'anniversaire à mes enfants chaque année. Je ne veux rien d'autre que le meilleur pour elle. Si c'est vous, tant mieux. Mais pour l'amour de Dieu, ne foutez pas tout en l'air cette fois-ci !

Une bénédiction et un avertissement dans la même phrase. Ne sachant pas trop quoi faire de cela, Ty se départit un peu de son professionnalisme.

— J'essaie de ne pas le faire. Merci pour votre coopération.

— Si je peux faire quoi que ce soit d'autre pour vous aider, faites-le moi savoir.

Ty raccrocha et fixa son téléphone pendant une longue minute. Il n'avait pas prévu que le type reconnaisse son nom, sache qui il était. C'était... bizarre. Mais peut-être pas. C'était assez normal de parler du lycée à l'université. Elle avait été bien plus proche du chagrin d'amour lorsqu'elle avait rencontré Brian. Néanmoins, Ty se sentait un peu paranoïaque tout en vérifiant les notes sur l'époux biffé numéro 2.

Clint Mercer vivait à Franklin, dans le Tennessee. Contrairement au numéro 1, il était suffisamment près pour avoir déposé les lettres et les paquets dans la ville. Ils s'étaient mariés alors qu'elle n'avait pas encore trente ans et cela n'avait duré qu'un an. Il semblait peu probable que ce type réapparaisse cinq ans plus tard, mais des choses plus étranges encore s'étaient produites.

Personne n'ayant répondu à l'appel de Ty, il laissa un message vocal et continua à parcourir la liste. Il avait éliminé trois autres noms lorsque Mercer le rappela.

— Je pense que tu as un mauvais numéro, mec. Je n'ai jamais approché le comté de Stone... en fait, je ne suis pas sûr d'y être jamais allé.

— Vous étiez marié à Paisley Parish ?

L'attitude affable disparut.

— Oui. Elle va bien ?

Intéressant de constater que la première question qu'avaient posé les deux ex était de savoir si elle allait bien.

— Elle va bien. Je dois vérifier vos allées et venues dans le cadre d'une enquête.

Il donna les dates.

— Je n'étais même pas dans le pays. J'étais en mission en Belarus. Mon patron peut le confirmer, et j'ai les enregistrements des vols.

— Que faites-vous ?

— Je suis photojournaliste. Vous m'avez pris en train de faire une pause entre deux reportages. Je reprends l'avion demain. Que se passe-t-il avec Paisley ? A-t-elle des ennuis ?

— On peut dire ça comme ça. Comment décririez-vous votre relation avec votre ex-femme ?

— Brève et intense. Nous nous sommes rencontrés alors qu'elle faisait des recherches pour un livre. Je lui ai dit qu'il n'y avait pas de meilleure façon d'apprendre que sur le terrain. Je l'ai emmenée avec moi en Grèce. On a fait une fugue amoureuse puis on est revenus aux États-Unis.

Ça correspondait. La fugue semblait tout à fait dans la nature de Paisley. Elle avait dû adorer l'impulsivité et le romantisme de la chose.

— Elle a voyagé avec moi dans le cadre de mon travail pendant un certain temps, mais ce n'était pas propice à son travail, et elle ne supportait pas bien la séparation lorsque j'étais en mission de longue durée.

— Quand vous dites qu'elle ne supportait pas bien la séparation...

Mercer soupira.

— Elle m'a accusé de faire passer le travail avant elle. Ce qui était exact. Ça ne lui plaisait pas, alors nous nous sommes séparés à l'amiable au bout d'un an environ.

Cela confirmait ce que Ty soupçonnait depuis longtemps et lui permettait de se sentir un peu mieux d'avoir rompu avec elle avant de s'engager dans l'armée. Les mutations les auraient fait rompre.

— Vous êtes restés en contact ?

Ce n'était pas leur homme, mais Ty voulait savoir.

— Bien sûr. Je la vois quand je rentre à la maison si nous sommes tous les deux libres, et nous restons en contact sur les réseaux.

Ty se demanda si ces « séances de rattrapage » prévoyaient un déshabillage. Ce type avait-il inspiré l'attitude insouciante qu'elle avait adoptée à l'égard des relations amoureuses ces dernières années ? Il secoua la tête et se dit que cela n'avait pas d'importance. Elle sortait avec lui maintenant.

— Merci pour votre aide. Si j'ai besoin d'autre chose, je vous le ferai savoir.

— Avant de partir... êtes-vous le Ty qu'elle a connu au lycée ?

Sans blague ? Encore ?

— Oui.

— Votre nom est celui qu'elle appelle dans son sommeil. Si vos chemins se croisent enfin à nouveau, il me semble que vous devriez le savoir.

Ty s'assit et réfléchit à cela pendant un long moment après avoir raccroché. De quoi rêvait-elle, des années après leur séparation au point de l'appeler ? Faisait-elle des cauchemars ? Il ne savait pas pourquoi cela le dérangeait, si ce n'est que d'une certaine façon, elle avait eu besoin de lui, et qu'il n'avait pas été là pour elle. Il avait fait passer son devoir envers son pays, envers ses hommes, envers Garrett avant tout le reste. Il ne pouvait pas le regretter. Il avait sauvé des vies, évité des désastres d'innombrables fois. Le travail qu'il avait fait valait son pesant d'or.

Mais ce travail était fini à présent. C'était le devoir de quelqu'un d'autre ; et pour la première fois il n'avait absolument rien à mettre avant Paisley. Il était ici pour elle, et il le ferait tout ce qui était en son pouvoir pour combler ces années de séparation.

10

— J'apprécie que vous me laissiez m'installer ici aujourd'hui. Ty est probablement trop prudent, mais je suis encore inquiète à l'idée d'être seule.

Ivy ferma la porte derrière Paisley et se pencha pour frotter les oreilles de Duke.

— Ce n'est pas un problème. Quel meilleur endroit pour traîner et écrire qu'une maison avec deux autres écrivains ? Et puis, maintenant, je peux poser toutes mes questions indiscrètes.

— Je savais que cet interrogatoire allait arriver - une partie d'elle s'en réjouissait. Elle avait ses propres questions, et elle ne pensait pas pouvoir les poser à Ty - au moins, offre-moi du café d'abord.

Ivy se dirigea vers la cuisine.

— Je profiterai de l'arôme de ton café.

— Je croyais que les femmes enceintes pouvaient boire une tasse par jour ?

— Le docteur dit oui. Le bébé dit : Ha ha ha ha ! Non ! Je pense m'acheter une bougie parfumée à l'expresso.

— Ça me rendrait encore plus triste. Où est Harrison ?

— Déjà dans la grotte d'écriture. - Ivy sortit deux tasses et fit un geste vers la cafetière avant d'allumer la bouilloire pour elle-même - il est encore très matinal après tout ce temps passé dans l'armée. Quand je refais surface, il a généralement fait son jogging, pris son petit-déjeuner et sa première dose de caféine.

Reconnaissante de ne pas avoir eu à attendre que le café infuse, Paisley se versa une tasse.

— Ty était du matin même avant l'armée. Je suis absolument sûre que cela veut dire qu'il vient d'une autre planète. Mais il utilise ces heures pour moi, alors je ne peux pas vraiment me plaindre.

— *Vraiment ?*

Paisley rit.

— Ce n'est pas ce que je voulais dire. Quoique.

Elle ne pouvait certainement pas dire non à un début de matinée sexy, même si cela signifiait qu'elle serait en manque d'une sieste à deux heures ; elle ajouta :

— Il m'accompagnait à l'école à l'époque, et il m'apportait toujours du café dans une tasse thermique. Et le lundi, il s'arrêtait pour acheter des beignets pour que la matinée soit moins nulle.

— C'est vraiment sympa. Je dois dire que j'ai du mal à imaginer Ty au lycée. La version de lui que j'ai connue m'a toujours semblée... froide et taciturne.

— Il était moins sérieux, mais toujours un peu silencieux jusqu'à ce qu'on le fasse sortir de sa coquille, ce pour quoi j'étais vraiment douée - Paisley but une gorgée, souriant autant au souvenir qu'à la délicieuse dose de caféine - il avait un côté chevalier servant, même à l'époque. C'est comme ça qu'on s'est rencontrés, en fait. J'étais la nouvelle à l'école cette année-là. Mes parents avaient l'habitude de me jeter à l'eau pour que je me fasse des amis, alors je me suis retrouvée seule à la soirée dansante, très mal à l'aise. Un imbécile a commencé à me draguer, et Ty lui a foutu un coup de poing, prétendant être mon petit ami. Alors, j'ai fait ce que n'importe quelle fille qui n'a pas froid aux yeux ferait dans cette situation.

— Tu as joué le jeu.

— Je l'ai embrassé. A ce moment-là, nous avons tous les deux oublié l'imbécile. C'est un sacré miracle qu'on ne se soit pas pris des coups nous aussi parce qu'on aurait dit un diable !

— Wow. Qu'est-il arrivé à ce connard ?

— Je ne sais pas. Je n'ai pu voir personne d'autre après ça parce que je venais d'être frappée par la foudre. Les cheveux de Ty fumaient littéralement, ce qui m'a fait comprendre que je n'étais pas seule. Je lui ai dit qu'il était mon héros et c'est à peu près tout. Nous sommes restés ensemble après cela, logiquement. À l'époque, je pensais que nous le serions toujours. C'était mon premier amour et je ne pouvais pas imaginer être avec quelqu'un d'autre. J'étais tombée sur le bon du premier coup.

Ivy la rejoignit au comptoir avec une tasse de thé.

— Je commence à comprendre comment tu as commencé à écrire des romans d'amour.

— C'était une bonne source d'inspiration, oui.

Mais ce n'est pas resté ainsi.

— Après avoir obtenu notre diplôme, je pensais que nous avions tout l'été devant nous avant d'aller à l'université. Garrett et Bethany se sont fiancés, ce qui n'a surpris personne. Ils étaient ensemble depuis la quatrième année. Un soir, Ty est venu me chercher et m'a emmenée à notre endroit près de la rivière. Il y a eu ce pique-nique romantique et Ty a commencé à parler de l'avenir et de l'amour qu'il ressentait pour moi.

Ne serait-ce qu'en évoquant ce souvenir, le cœur de Paisley se mit à vibrer d'impatience.

— À tout moment, je m'attendais à ce qu'il mette un genou à terre et me demande en mariage. Au lieu de cela, il me dit que Garrett et lui s'étaient engagés et qu'ils visaient les Forces spéciales. J'ai cru que j'avais mal entendu. Nous partions pour l'université dans deux mois. Mais de quoi parlait-il ? Il a fait tous ces discours à propos du devoir. Je n'ai pas compris. Dans mon monde, il n'y avait rien de plus important que l'amour. Il s'est avéré que cela faisait des mois qu'ils en discutaient, et il ne m'en avait pas dit un mot.

— Aïe ! Tout ce romantisme était censé adoucir le choc ?

— Il a voulu me faire comprendre que s'il avait pris la décision de mettre fin à notre relation, ce n'était pas parce qu'il ne tenait pas à moi, ce qui n'était pas du tout l'impression que j'avais à ce moment-là. Et il voulait me convaincre de rester ensemble jusqu'à ce qu'il soit temps pour lui de partir, en profitant au maximum du temps qu'il nous restait.

— Ça a été la fin, ou vous avez eu votre été ?

— J'ai tenu bon. J'ai fait tout ce qui était en mon pouvoir pour le faire changer d'avis. Mais à la fin, rien ne l'a empêché de monter dans ce bus.

— Ça a dû être terrible qu'il choisisse l'armée plutôt que toi.

— Ce fut dévastateur. Mais ce n'est pas l'armée qu'il préféra à moi, c'est Garrett. C'était le seul que Ty aimait plus que moi. Et je comprends. Ils étaient frères depuis l'enfance. Rien n'était plus important pour lui que d'assurer les arrières de Garrett. Ce qui ne veut pas dire qu'il n'avait pas le sentiment d'avoir un devoir envers son pays, mais je ne pense pas que cela aurait été assez fort pour qu'il s'engage de lui-même.

— En as-tu voulu à Garrett pour cela ?

— Non. Il n'a pas forcé Ty à choisir.

— Il aurait pu choisir d'essayer de faire en sorte que ça marche.

— On n'y serait pas arrivés. Ty l'a compris avant moi. Il a pris la bonne décision pour nous dans les circonstances de l'époque. J'aurais fait une mauvaise épouse de militaire. Ce qui est beaucoup plus facile à dire avec le recul. Mais cela n'a pas rendu moins pénible ou plus facile le fait de le laisser partir. Je me suis sentie en deuil pendant très, très longtemps.

— Et c'est ainsi qu'il est devenu ton archétype de héros.

Paisley leva sa tasse pour porter un toast.

— Je l'ai eu d'un seul coup !

— Cela explique beaucoup de choses sur ton travail.

— J'aime mon histoire d'amour de la deuxième chance.

— C'est ce que tu as, apparemment. Comment est-ce arrivé ?

— Dans un moment de conjonction astrale que je n'aurais pas pu mieux planifier moi-même, il y avait ton idiot de cousin à ta réception, et Ty s'est introduit avec exactement le même stratagème, prétendant être mon petit ami.

Le menton entre les mains, les yeux verts pétillants, Ivy sourit.

— Tu l'as embrassé de nouveau ?

— Affirmatif.

— Et il semble que ce soit la fin de tout cela. De nouveau.

— Peut-être.

— Vous faites des étincelles quand vous êtes dans une pièce ensemble. Pourquoi ce manque de confiance ?

— On a commencé par faire ce truc léger, sans prise de tête.

Ivy renifla.

— Il n'y a rien de léger dans la façon dont cet homme te regarde.

— Je sais. Mais cette situation de harcèlement l'a poussé à s'occuper de moi alors que je ne sais pas s'il était prêt à être poussé. J'ai terriblement peur que ce soit le Syndrome de la vitesse.

— C'est quoi ça maintenant ?

— Comme quand tu as peur, lorsque le bus freine en pleine vitesse, que tout le monde tombe comme un jeu de quilles ? répondit Harrison en entrant dans la cuisine et en se dirigeant directement vers la cafetière.

— Oui, exactement. Et s'il te plaît, met au courant ta femme sur l'un des meilleurs rôles de Keanu Reeves.

— Ce n'est pas sa faute. Elle était toute petite quand le film est sorti.

Paisley grimaça.

— J'oublie toujours que tu es tellement plus jeune que moi.

— Je pense que je comprends assez bien le concept. Tu penses que lorsque la menace qui pèse sur toi aura disparu, il hésitera.

— C'est ce qui me fait peur. Toute cette situation, combinée à notre histoire, a précipité les choses entre nous. Et je ne suis pas convaincue que ce soit une bonne chose.

Harrison et Ivy échangèrent un de ces regards de gens mariés qui indiquaient à Paisley qu'il s'agissait d'un sujet dont ils avaient déjà discuté.

— J'ai une autre théorie, dit Ivy.

— Je t'en prie, éclaire ma chandelle.

— Sais-tu qu'avant ces derniers jours, je n'avais jamais vu Ty sourire ?

Elle avait entendu les plaisanteries mais n'en avait pas pensé grand-chose.

— Ce n'était pas seulement Sebastian qui se moquait de lui ?

— Non. Je ne l'ai rencontré que lorsqu'il avait déjà quitté le service, après la mort de Garrett. Il l'a pris extrêmement mal, comme on pouvait s'y attendre.

— Ils étaient frères, dans tous les sens du terme, a murmuré Paisley. J'ai toujours des amis là-bas, alors je savais que Garrett était mort, mais je n'ai rien demandé à Ty à ce sujet. J'ai un peu peur de le faire. C'était si dur que ça ?

Harrison s'appuya sur le comptoir avec une nouvelle tasse de café.

— Dépression, syndrome de stress post-traumatique, surveillance du suicide. Il m'a fichu un sacré coquard quand je l'ai empêché de se tirer une balle.

Elle mit la main devant sa bouche, sentant déjà les larmes

commencer à couler à l'idée. Tant de douleur et de chagrin. Quelles que soient les circonstances, il s'en voulait parce que protéger Garrett était la seule raison pour laquelle il s'était engagé. C'est ce qu'il avait voulu dire en parlant de blessures qui ne guériraient jamais.

— Il s'est coupé de tout et de presque tout le monde. L'intégrer dans les forces de l'ordre a aidé. Cela lui a donné un nouveau but et l'a sauvé du gouffre. Mais il n'a pas vraiment vécu. Tout, sauf le travail, a été temporaire. Tu as vu son appartement. Il pourrait déménager demain et on ne saurait même pas qu'il a vécu là.

Ivy reprit le fil de la conversation.

— Mais tu es entrée sous sa garde. Et sachant ce que je sais maintenant, je pense que tu es peut-être la seule à pouvoir le sortir de cette inertie.

— Moi ? Pourquoi ?

— Il y a toute cette période de transition quand on sort du service militaire, expliqua Harrison, où on essaye de comprendre comment diable réintégrer le monde civil. Nous sommes tous passés par là, à un moment ou à un autre, en nous demandant où était notre place. Les Rangers en particulier, sont habitués à faire partie d'une équipe soudée, à savoir qu'on couvre les arrières de ces hommes. Sans ce soutien, il est facile de se sentir à la dérive, même si l'on a choisi de partir. Comme Garrett et Ty étaient unis bien avant qu'ils ne s'engagent, sa situation a été mille fois pire.

— Sans son meilleur ami comme point de référence, Ty est complètement désorienté. Cela a aidé qu'il déménage ici pour être près de Harrison et Sebastian, mais ce n'est pas la même chose. Toi, par contre, tu faisais partie de sa vie avant l'armée. Sans doute la plus grande partie, à part Garrett. Ta seule présence lui rappelle qui il est. Cette histoire, ces habitudes que vous avez mis en place il y a des années, quand il était encore heureux, lui rappellent qu'il *peut* encore l'être. Je ne peux pas vous dire à quel point je suis heureuse que ses sentiments pour vous soient assez forts pour surmonter la culpabilité du survivant et l'idée qu'il ne mérite pas de l'être.

Pourquoi cette idée m'a-t-elle semblé être une pression étouffante ?

— Je ne sais même pas quoi répondre à ça.

Harrison l'étudiait.

— Pour ce que ça vaut, Garrett n'a jamais cessé de lui reprocher de t'avoir laissée partir. Chaque fois qu'on rentrait au pays, il essayait de convaincre Ty de te retrouver. Ty insistait sur le fait que tu étais mieux sans lui. Il ne prononçait jamais ton nom, sinon j'aurais fait le rapprochement quand je t'ai rencontrée.

Qu'aurait-elle fait s'il était revenu vers elle de son propre chef, et non par hasard ? Paisley l'ignorait. Pendant des années, elle s'était fait un film de ça. Dans certains cas, elle avait laissé la douleur l'emporter et l'avait repoussé, mais sachant ce qu'elle avait ressenti lorsqu'elle l'avait vu dans cette salle de réception (comme si le monde s'était arrêté de tourner le jour où il était monté dans ce bus pour l'entraînement de base puis s'était remis en marche) selon toute probabilité, elle se serait jetée volontiers dans ses bras et dans n'importe quelle relation qu'il lui aurait offerte. Exactement comme elle l'avait fait maintenant. Mais si cela avait été avant qu'il ne réapparaisse, elle aurait pu le perdre à nouveau à cause de la mort de Garrett. Ou pire, par la mort au combat, comme il avait toujours craint.

Mais malgré le soutien enthousiaste d'Ivy et d'Harrison à sa relation avec Ty, elle ne savait pas comment lui faire confiance. Pas avec le même abandon aveugle qu'à l'adolescence. Ils avaient tous les deux beaucoup plus de bagages, et elle avait peur des fantômes qui s'y cachaient. Car, malgré son romantisme inhérent, elle savait qu'en dehors des livres, l'amour n'avait pas toujours raison de tout.

— J'APPRÉCIE VOTRE COOPÉRATION.

Les mots étaient devenus routiniers pour Ty au cours des derniers jours.

— Pas de problème. J'espère que vous toucherez bientôt le fond du problème. Passez le bonjour à Paisley.

— Je le ferai.

Ty raccrocha au nez de Dustin Phelps, un entraîneur de baseball de l'université qui vivait maintenant au Texas.

C'était fini. Il avait officiellement éliminé toutes les personnes figurant sur la liste de Paisley, et il n'était pas plus près de découvrir qui la harcelait qu'il ne l'avait été lorsqu'il avait commencé. La théorie qui lui avait semblé si prometteuse au début ne tenait pas la route, et il n'y avait pas eu d'autres incidents depuis leur retour à Eden's Ridge. Ce qui n'était pas vraiment surprenant. Son harceleur devait avoir un travail dans la région de Nashville, ce qui l'empêchait de se rendre à quatre heures de route. Cela ne signifiait pas que c'était fini.

Après avoir envoyé un message rapide à Paisley pour lui faire savoir qu'il était sur le chemin du retour, il retourna les détails dans sa tête, à la recherche d'un nouvel angle d'attaque. Il ne pouvait se défaire de l'idée qu'il s'agissait de quelqu'un qui la connaissait pour de vrai d'une manière ou d'une autre. Il y avait des cadeaux envoyés qui n'auraient pas pu être imaginés en se basant sur ses comptes des réseaux sociaux ou les lettres d'information qu'elle avait envoyées. Quelqu'un la connaissait d'une manière ou d'une autre. La question était de savoir qui et d'où ? Paisley était une créature sociale. Elle connaissait des tas de gens dans des tas d'endroits, et cela n'excluait pas une sorte de lien secondaire entre le harceleur et quelqu'un qui la *connaissait* bien et qui aurait pu, par inadvertance, donner plus d'informations sur elle qu'ils ne l'avaient réalisé. Rien de tout cela ne réduisait le champ de l'enquête. Il avait besoin d'un autre fil à tirer.

Il remarqua qu'elle avait laissé les lumières allumées. Ce n'était pas quelque chose qu'il remarquait habituellement, mais il se rendit compte qu'il appréciait la façon dont cette petite chose rendait la cabane chaleureuse et accueillante au milieu de l'air froid de l'hiver. Plus accueillante. Le fait qu'elle soit ici lui donnait l'impression d'être plus un foyer qu'un simple endroit où il avait posé ses fesses depuis plus d'un an. Qu'est-ce que ça changerait de faire ça pour de vrai ? De partager une maison, une vie, avec elle ? Ce n'était pas un fantasme qu'il s'était permis d'entretenir pendant ce qui lui semblait être une éternité. Mais en entrant dans la maison, en voyant toutes les petites touches qu'elle avait ajoutées, tous les signes de cohabitation et son gentil chien tout fou, il était difficile de ne pas y penser.

Une voiture s'arrêta à l'extérieur. Une minute plus tard, Paisley déboula sur le pas de la porte, les sacs dans les mains, Duke sur les talons.

— Je prépare le dîner.

Comme il pensait encore à ce fantasme, Ty s'approcha d'elle, l'enlaça avec les sacs et approcha ses lèvres des siennes. Elle s'adoucit, se penchant vers lui dans ce moment d'abandon qu'il désirait. Certaines de ces arêtes vives avec lesquelles il avait vécu si longtemps s'aplanirent un peu.

— Bonjour.

— Bonjour à toi aussi.

Ils se sourirent un moment avant que Ty ne se souvienne des courses. Il les lui enleva des mains et les porta jusqu'à la cuisine.

— Comment s'est passée ta journée ?

— Plus productive. Le livre commence enfin à prendre de l'ampleur. Et j'ai passé un peu de temps cet après-midi à aider

Harrison à réfléchir à une campagne sur les réseaux sociaux pour sa prochaine publication. Et toi ?

— Moins amusant. Entre les patrouilles et les appels, j'ai fini de poursuivre le dernier de tes ex.

— Oh ?

Il entendit la tension instantanée dans sa voix et se referma intérieurement.

— Une impasse. Tu es apparemment la seule femme dans l'histoire à finir en bons termes avec tous tes ex. Même ceux que tu avais perdus de vue étaient incroyablement élogieux à ton égard et préoccupés par la situation.

Elle avait toujours été décrite comme chaleureuse et amusante. Tous lui avaient souhaité bonne chance et lui avaient proposé de l'aider s'ils le pouvaient.

— En gros, tu as le bonjour de tous.

Elle soupira.

— Je ne peux pas dire que cela ne me fait pas sentir mieux. J'aime à penser que je sais assez bien juger les gens. Je ne suis jamais sortie avec quelqu'un qui ne me semblait pas être une bonne personne.

— Bon, alors disons que ton dossier ne présente aucun danger mais mon enquête est au point mort.

— Je sais que cela signifie que nous allons devoir fouiller dans d'autres domaines de ma vie, mais pouvons-nous en rester là pour la nuit ? J'aimerais préparer le dîner pour nous et juste... nous détendre.

— On peut faire ça - repoussant les pensées qui tournaient en rond depuis des jours, il la regarda décharger les courses - Qu'est-ce qu'on mange ?

— Du poulet grillé à la crapaudine et des légumes rôtis.

— Tu inventes tout ça. C'est une sorte de blague cochonne d'auteur de romance, c'est ça ?

Son sourire jaillit.

— Je suis tout à fait capable de faire une blague salace sur n'importe quoi, mais là je te jure que ça existe ! Cherche sur Google tu verras. C'est juste le nom d'une technique qui consiste à couper la colonne vertébrale d'un poulet entier et à l'aplatir pour qu'il cuise plus vite. Cela rend le poulet rôti plus facile à préparer pour un dîner en semaine.

— Ah d'accord...

Elle lui tendit une bouteille de vin.

— Tiens, rends-toi utile et ouvre-la.

— À vos ordres, madame.

Il déboucha le vin et leur servit un verre à tous les deux pendant qu'elle allumait le four pour le préchauffer et commençait à préparer les légumes. Elle continuait à parler de choses banales, de choses de tous les jours. La normalité. C'était à la fois surréaliste et merveilleux, et Ty se laissa bercer par cette sensation, profitant d'elle. Puis elle chercha de l'huile d'olive dans l'armoire, et quelque chose de blanc voltigea sur le sol, détruisant sa fantaisie domestique comme le crissement d'un disque.

Pendant un instant, il fut paralysé, ne sachant pas s'il devait s'élancer vers l'invitation - ce qui en ferait tout un plat - ou l'ignorer. Son cœur battait fort dans sa gorge, à la fois apeuré et convaincu du besoin d'agir contre une menace qu'il n'arrivait pas à formuler.

Paisley ramassa le carton et le mit de côté, revenant aux légumes avec l'huile.

— Tu aimes les panais, n'est-ce pas ?

Il expira lentement, contrôlant son souffle, s'efforçant d'être calme.

— Je ne sais pas si j'en ai déjà mangé. Ce ne sont pas tout simplement des carottes blanches ?

— Non. Elles sont douces lorsqu'elles sont rôties, mais un peu plus piquantes. Je les aime pour changer un peu, et elles seront divines avec le jus du poulet.

Ty se glissa derrière elle, déposant un baiser à la jonction de son cou et de son épaule pour la distraire pendant qu'il attrapait l'invitation.

— Tu dois vraiment donner une réponse à Bethany, même si c'est pour refuser.

Sa main se figea et le monde se rétrécit. Le temps resta en suspens avant qu'il ne retrouve sa voix.

— Tu l'as déjà lue ?

— Oui.

Pourquoi cette réponse facile le mettait-elle si mal à l'aise ? Elle l'avait probablement trouvée en cuisinant quelque chose d'autre depuis qu'elle était ici.

— Pourquoi n'as-tu rien dit ?

— Je ne pensais pas que j'étais chez moi.

— Et maintenant, c'est le cas ?

Il s'éloigna d'elle, sachant que sa voix était trop dure, trop tranchante, mais il n'avait pas pu s'en empêcher. Elle avait braqué les projecteurs sur sa plus grande blessure, et ça lui donnait envie de se lâcher. Cette merde devait rester dans l'obscurité.

Paisley se retourna, la gaité facile ayant disparu de son visage.

— Tu as fait en sorte que je me sente chez moi quand tu as changé les règles. Tu l'as dit toi-même, « nous n'allons pas toujours vivre sur le mode léger ». Cette relation va au-delà de la chambre à coucher, mon preux chevalier. Tu viens de passer ces derniers jours à passer ma vie au peigne fin, mais je ne sais pas grand-chose de la tienne.

Il y avait du vrai dans ce qu'elle disait. Et Ty était prêt à lui dire presque tout. Tout sauf ça.

Elle posa une main hésitante sur son bras.

— Je sais que c'est une de ces choses dont tu as dit qu'elles ne guériraient jamais. Je ne veux pas te faire rouvrir une plaie, mais si nous voulons y arriver cette fois, j'ai besoin de plus que ces morceaux de toi que tu sélectionnes soigneusement.

— Ce n'est pas ce que je fais.

Cela donnait l'impression d'être voulu et qu'il s'agissait d'elle. Il ne parlait de ça à personne.

— Nous avons eu chacun une vie ces dix-huit dernières années. Tu ne peux pas expurger toute la tienne.

Mon Dieu, il y avait des jours où il aurait aimé pouvoir le faire. Ce ne serait pas plus agréable d'effacer les souvenirs qui le hantaient ? Alors même qu'il y pensait, la culpabilité remontait, lui nouant gorge. Effacer les souvenirs reviendrait à effacer Garrett. Les souvenirs étaient la seule chose qui lui restait. Et elle voulait qu'il ressorte cette merde pour discuter ?

— Tu ne sais pas ce que tu demandes.

— Je pense que si. Je ne suis pas là pour te forcer à revivre le traumatisme. Je n'ai pas besoin de connaître tous les détails. Mais je ne suis pas un étranger ou un psy bien intentionné. Je connaissais Garrett. Je sais ce qu'il représentait pour toi. Et je sais que sa mort te ronge. Tu t'es égaré en suivant mon affaire, en me suivant. Mais je le vois derrière tout ça, et j'ai peur que si nous ne reconnaissons pas qu'il y a un fantôme entre nous, ça va s'envenimer jusqu'à ce qu'il devienne une chose à laquelle nous ne pourrons pas survivre.

Il ne savait pas comment reconnaître ce fantôme sans retomber dans les ténèbres. Il avait fallu les forceps pour s'en sortir, il ne pouvait pas courir à nouveau ce danger, au risque qui plus est de l'entraîner dans sa chute.

Elle s'approcha de lui et prit sa joue dans sa main.

— Je ne veux pas te perdre parce que nous ne pouvons pas nous parler. Le fait que tu aies cru que tu ne pouvais pas le faire ne s'est pas bien terminé pour nous auparavant.

Ty ferma les yeux devant l'ancienne douleur qui perçait dans sa voix. Il n'avait pas su comment lui parler de son choix de s'engager dans l'armée. Et il s'était en grande partie retenu parce qu'elle aurait eu le pouvoir de le faire changer d'avis. Mais il savait que son silence l'avait blessée presque autant que la rupture. Parce qu'elle avait cru qu'ils avaient presque tout partagé. Pourquoi cela aurait-il changé pour elle ?

Ty ouvrit les yeux et se rendit compte de l'expression de désir sincère sur son visage. Elle voulait si désespérément qu'il lui fasse confiance, qu'il lui donne cette partie de lui-même. Il voyait également l'attente sous-jacente qu'il ne le ferait pas, et dans ce doute, il reconnaissait les prémices de leur destruction. Elle avait besoin de plus que de la surface. Il le savait déjà, n'est-ce pas ? C'est pour cela qu'il avait essayé – tant bien que mal - de résister au chant des sirènes de ce qu'elle lui offrait. Mais il avait pensé qu'ils auraient plus de temps.

Ce n'était pas la première fois qu'il se trompait sur ce point. Le temps est une denrée précieuse et inconstante. Apparemment, le leur était écoulé.

Elle ne pouvait pas comprendre qu'en lui demandant d'ouvrir cette plaie, il détruirait complètement l'image de héros qu'elle se faisait de lui. Mais il ne méritait pas qu'elle continue à le regarder comme ça. Ce n'était pas ce qu'il était, et elle devait savoir dans quel pétrin elle s'engageait avant qu'ils n'aillent plus loin. Il s'était promis de bien se comporter avec elle. Peut-être que ce serait mieux pour elle de cette façon.

Il aurait préféré refaire l'école des Rangers avec un bras attaché dans le dos plutôt que de parler de toute cette merde. Il ne savait pas comment gérer son chagrin autrement qu'en l'ignorant ou en le canalisant vers autre chose. Il avait renoncé à essayer de le noyer après qu'Harrison l'ait empêché de choisir la voie de la lâcheté. Le fuir, le cacher sous le lit comme un cadavre, n'était qu'un pas de plus sur le chemin de la lâcheté. Il était peut-être un raté, mais il n'était pas un lâche.

— Nous étions dans un convoi - les mots étaient comme des rasoirs dans sa gorge - Peu importe où et pourquoi. C'était une partie typique du travail. Une journée typique. Un mois était passé depuis le début de notre mission, et nous nous installions dans le rythme de croisière, tel qu'il était. Garrett était enthousiaste. Il venait d'avoir un appel vidéo avec Bethany, ce qui le gonflait toujours à bloc, mais là, c'était plus que d'habitude. Je lui ai finalement demandé ce qui se passait, et il m'a dit qu'il était temps pour lui de penser à quitter l'armée. Ce n'est pas comme si nous n'en avions pas parlé auparavant, lorsque les choses allaient vraiment mal. Au contraire, nous avions tous les deux décidé de faire nos vingt ans d'engagement d'abord ; donc cette décision est tombée comme un cheveu sur la soupe.

Comme ses jambes n'étaient pas tout à fait stables, Ty s'affaissa contre le comptoir.

— Je lui ai demandé pourquoi il avait changé d'avis. Il se trémoussait sur son siège comme un enfant qui a un secret. Il dit qu'il n'est pas censé le dire, mais à qui diable allait-il se confier à l'autre bout du monde ? Avec le plus grand sourire que j'aie jamais vu, il me dit que Bethany était enceinte. Et là, putain, le monde a explosé.

Il ferma à nouveau les yeux, voyant la poussière et le sang. Merde, le sang.

Les mains de Paisley enveloppèrent les siennes, comme des tentacules le ramenant à l'instant présent. Il voulait la sentir tout entière, s'égarer exactement comme elle l'avait accusé de le faire, mais il avait besoin de s'en sortir, alors il se concentra sur la chaleur de son étreinte et soupira en proie au chagrin qui lui déchirait la poitrine.

— Notre Hummer avait heurté une bombe en bord de route. Nous avions pris feu. La plupart des membres du convoi étaient déjà morts lorsque j'ai réussi à trouver Garrett. Il avait été projeté hors de l'épave, et il avait - Ty déglutit -... sa jambe n'était plus là.

Paisley fit un petit bruit étouffé, mais ne dit rien.

— J'ai réussi à le mettre à l'abri, à lui faire un garrot. Je ne sais pas combien de temps il a fallu pour que les renforts arrivent. J'ai eu l'impression que ça durait des années. Et pendant tout ce temps, je riposte aux tirs ennemis, je hurle des jurons et je lui crie de continuer à s'accrocher. Puis l'hélicoptère s'est posé, et j'ai pensé : Dieu merci. Le médecin de bord a commencé à s'occuper de lui à la seconde où nous avons décollé, et l'infirmier m'a poussé vers le bas pour soigner un éclat d'obus dans mon épaule que je n'avais même pas remarqué. Puis il est parti. Pas de derniers mots. Rien du tout. Juste... envolé.

Ty revoyait encore le bras inerte de Garrett glisser de la civière avant que les médicaments ne l'assomment.

— J'avais juré de le protéger, et j'ai échoué.

— Tu as fait tout ce que tu pouvais. Ce n'est pas toi qui avais posé cette bombe artisanale.

C'est ce qu'on lui avait dit, encore et encore. Dans ses bons jours, il y croyait un peu.

— Non. Mais c'était moi qui devais être sur ce siège. C'est moi qui aurais dû mourir. Il aurait dû pouvoir rentrer chez lui, retrouver sa femme et son enfant, comme je l'avais promis à Bethany le jour de leur mariage.

Sa gorge se serra sur ces mots alors qu'il luttait contre le flot d'émotions.

— Ce n'était pas une promesse raisonnable.

Ty se raidit, commençant à s'éloigner, mais Paisley le retint, l'air déterminé.

— Non, écoute-moi. Vous étiez frères. Il n'y a pas une âme qui vous ait connu tous les deux qui n'ait pas compris cela. Vous étiez tous les deux prêts à risquer votre vie l'un pour l'autre. Et vous l'avez fait, encore et encore. Mais vous n'êtes pas Dieu. Garrett est mort à cause de circonstances indépendantes de ta volonté, pas parce que tu t'es soustrait à ton devoir de le protéger.

Sa gorge brûlait de larmes non versées alors qu'il prononçait la vérité qu'il n'avait dite à personne d'autre.

— Je n'ai pas pu la protéger non plus. Elle a perdu le bébé.

Et le dernier morceau de son meilleur ami était mort avec lui.

— Oh, Ty.

Paisley enlaça sa tête, et il n'y avait pas de pitié dans ses yeux. Il n'y avait pas non plus de déception. Seulement un partage profond de son chagrin avec lequel il ne savait pas comment vivre. Elle se pressa contre lui, l'enveloppant d'une étreinte dont il comprit qu'elle était destinée à chasser ses démons.

— Je ne peux pas l'affronter. Je ne peux pas le faire en sachant qu'elle a tout perdu parce que je n'ai pas pu le protéger.

— D'accord - elle se serra contre lui, déposant un doux baiser sur sa mâchoire - d'accord.

Et après s'en être voulu pendant une éternité, Ty se laissa aller sur elle et pleura.

11

Paisley se réveilla tard, et instinctivement chercha Ty. Mais son côté du lit était vide et froid. L'odeur de café lui indiqua qu'il était déjà debout. Aucun bruit de mouvement ou de tintement de collier de chien ne provenait d'en bas, il avait probablement emmené Duke se promener. S'effondrant sur son oreiller, elle se demanda un instant si elle avait rêvé la nuit dernière.

Pour la première fois depuis qu'elle avait commencé à partager son lit, Ty l'avait réveillée en plein cauchemar, criant le nom de Garrett. C'était sa faute. Lorsqu'elle avait réussi à le faire parler de ça, elle avait pensé qu'il s'en détournerait, qu'il se lèverait et marcherait pour évacuer toute cette adrénaline. Au lieu de cela, il s'était tourné vers elle, se perdant dans son corps, comme s'il pouvait purifier son esprit avec le feu de la passion. Elle se retourna en évoquant ce souvenir, et un nombre suffisant de courbatures prouva qu'au moins, ce n'était pas un rêve. Elle l'avait serré dans ses bras jusqu'à ce qu'ils sombrent tous les deux dans le sommeil.

Où en étaient-ils maintenant ? Le fait qu'il soit déjà debout ce matin n'était-il que son incapacité habituelle à rester au lit ? Ou était-il en train de mettre de la distance entre eux ? Elle aurait bien aimé le savoir. Avant la nuit dernière, elle avait basé la plupart de ses décisions sur ce qu'elle savait du garçon qu'elle avait aimé au-delà du raisonnable. Il y avait encore beaucoup de lui dans l'homme, mais c'était un territoire inconnu, et elle n'avait pas compris comment naviguer entre ce qu'il avait été et ce qu'il était maintenant.

La porte s'ouvrit et les pattes de Duke cliquetèrent sur le parquet en caracolant à l'intérieur. Paisley sortit du lit, attrapa un peignoir avant de descendre l'escalier. Ty était déjà habillé pour sa journée de travail.

Alors qu'elle posait le pied au rez-de-chaussée, son chien s'approcha en bondissant avec un jappement joyeux.

Ty leur jeta un coup d'œil, l'air neutre.

— Il y a du café.

Elle caressa Duke, les mains tremblantes, se sentant nerveuse.

— Merci.

Déjà en mode travail, Ty suspendit la laisse à un crochet.

— Il a fait de l'exercice et a vidé deux bouteilles, il devrait être prêt à partir.

Avant qu'elle ne puisse trouver quoi dire, il bouclait son ceinturon de service.

— J'ai un briefing, donc je dois y aller un peu plus tôt.

— Ah ! D'accord.

C'était nul. Inadéquat. Mais il n'y avait pas matière à discuter, ici. Elle n'avait pas de repères pour agir.

Un froncement de sourcils vint enfin briser la neutralité.

— Je n'aime pas te laisser seule.

Pourtant, il voulait sortir de cette maison, s'éloigner d'elle. C'était clair dans tout son langage corporel.

Luttant pour garder son propre visage neutre, elle enfouit ses mains dans la fourrure de Duke.

— Ça va aller. Je vais juste prendre une douche et aller chez Ivy et Harrison.

En fait rien ne pressait. Bien que ses amis aient été merveilleusement accommodants, cela commençait à ressembler à une obligation et elle voulait un peu de silence et être seule pour réfléchir à l'ambiance glauque de ce livre. Non pas qu'elle ait envie d'y penser maintenant.

La prenant au mot, il acquiesça vivement, vidant le contenu d'une tasse posée sur le comptoir avant de la déposer dans l'évier et de se diriger vers la porte.

— Verrouille la porte et met l'alarme derrière moi.

Elle absorba le rejet inhérent à ce geste et se borna à un laconique « ok ».

Elle allait se retenir jusqu'à ce qu'il parte. Dans quelques instants, il serait à la porte, et elle pourrait se flageller pour avoir tout gâché en le poussant dans ses retranchements.

Ty s'arrêta, une main sur la poignée.

— Je suis désolé. J'essaie de me remettre les idées en place.

— Je suis désolée d'avoir insisté.

— Tu avais raison. Nous ne durerons pas si nous ne sommes pas honnêtes. J'ai juste du mal.

Il hésita, comme s'il allait dire autre chose.

Regarde-moi. Elle voulait qu'il se retourne, qu'il revienne pour la toucher.

Mais il se limita à ouvrir la porte.

— Je te verrai ce soir.

Le loquet se mit en place sans bruit. Comme elle savait qu'il attendait de l'autre côté, elle enclencha le verrou et activa l'alarme. Un bruit de bottes descendant l'escalier et, un instant plus tard, sa voiture de patrouille sortit de l'allée. Puis il disparut.

Elle avait besoin d'un café et d'un peu de temps seule pour se remettre elle-même les idées en place et décider si elle allait laisser ce nœud larmoyant dans sa gorge se dissoudre ou pas. Se versant une tasse dans le mug isotherme que Ty avait si gentiment mit dans ses bagages, elle s'enfonça dans le canapé, tapotant ses genoux en guise d'invitation. Duke se leva d'un bond, adoptant sa position favorite pour les câlins et les grattages de ventre.

Cela s'était passé à la fois mieux et moins bien que ce à quoi elle s'attendait. Elle avait voulu qu'il s'ouvre à elle, mais à quel prix ? Avait-elle compromis cette relation naissante entre eux en essayant de passer en force ? Aurait-elle dû ignorer l'invitation, comme il l'avait fait ? S'en tenir à l'idée d'une soirée tranquille pour se détendre ? Elle avait eu besoin de savoir où il avait la tête. Qu'il baignât jusqu'au cou dans la culpabilité du survivant n'était pas une surprise. S'en vouloir pour Garrett, pour l'enfant à naître de Bethany, était illogique. Mais rien de tout cela n'était une affaire de logique. Ce n'était pas comme ça que les traumatismes fonctionnaient. Et le sien couvait encore sous la cendre.

Elle voulait l'aider. Elle voulait le guérir. Mais malgré la confiance d'Ivy, Paisley ne savait pas si elle en était capable, ni même s'il la laisserait faire.

— Il a dit qu'il luttait. L'admettre doit signifier quelque chose, n'est-ce pas ?

Duke poussa du museau la main qui avait arrêté de caresser sa poitrine.

— Hier soir, ça a fait beaucoup. Évidemment, ça a fait ressurgir des choses. C'est tout à fait logique qu'il ait besoin d'espace après ça. Cela fait longtemps qu'il a ça sur le cœur. Cela ne veut pas dire qu'il va m'exclure complètement.

Elle décida de prendre l'éternuement de plaisir de Duke comme une approbation.

Comme le nœud était encore dans sa gorge, elle s'attarda sur le café et les câlins au chien jusqu'à ce qu'il ait rétréci à un niveau plus gérable.

— C'est l'heure de la douche, mon grand. Ensuite, on ira voir nos copains. D'accord ?

Aux mots « on ira », Duke bondit, prêt à l'action, la queue tournoyant comme une hélice d'hélicoptère.

— Tu dois attendre. Je vais te donner un puzzle pendant que maman prend sa douche.

Paisley l'installa, puis sortit le petit haut-parleur Bluetooth que Ty avait ramené. Une musique agréable et entraînante lui remonterait le moral pour qu'elle n'ait pas à subir un interrogatoire immédiat une fois arrivée chez Ivy. Le temps que sa playlist Pick-Me-Up passe par « Happy » de Pharrell Williams et « I've Got the World on a String » de Michael Bublé, par « Uptown Funk » et par « Don't Stop » de Fleetwood Mac, elle se sentait plus positive. Et bien sûr, lorsque « Bohemian Rhapsody » des Queen retentit, elle dut chanter elle aussi. Pas moyen de faire autrement.

De l'extérieur de la salle de bains, Duke se mit à aboyer.

— On ne te demande pas ton avis sur mes dons de chanteuse, mon bonhomme !

Il se tut et elle termina sa douche dans une relative tranquillité. S'enveloppant d'une serviette, elle sortit de la douche en chassant de la main le nuage de vapeur. L'éclat des couleurs sur l'îlot de la cuisine l'arrêta net. Une profusion de marguerites Gerbera, de tulipes mauves et de lys asiatiques éclatants jaillissait d'un vase placé au centre.

Les larmes lui montèrent à nouveau aux yeux et elle tourna sur elle-même, cherchant Ty. Mais apparemment il avait mené une sorte d'opération secrète pour se faufiler à l'intérieur, livrer ces fleurs et repartir au travail. Il avait probablement pensé qu'elle était déjà partie. S'approchant, elle prit la carte appuyée contre le vase et la glissa hors de la petite enveloppe.

Je ne me suis jamais sentie aussi proche de quelqu'un.

Quel homme adorable ! Il avait compris qu'elle avait besoin

d'être rassurée après leur matinée mouvementée. En parlant d'excuses, il avait frappé un grand coup, là.

Elle commença à l'appeler mais, juste au cas où le briefing qu'il avait mentionné serait en train de se passer, elle préféra lui envoyer un texto.

Paisley : **Tu es un homme adorable et très futé. Merci pour les fleurs !**

Les petits points apparurent pendant qu'il tapait sa réponse. **Quelles fleurs ?**

Levant les yeux au ciel devant sa tentative de jouer les innocents, elle prit une photo et l'envoya.

Le téléphone sonna presque immédiatement. Ty, bien sûr.

Elle sourit en répondant.

— C'était une très belle surprise pour moi quand je suis sortie de la douche.

— Paisley, je ne t'ai pas laissé de fleurs. Je suis dans ce briefing depuis quarante-cinq minutes.

— Quoi ?!

Lentement, elle se détourna des fleurs pour regarder le boitier de l'alarme de l'autre côté de la pièce.

Il n'était pas allumé. Elle *savait* qu'elle l'avait activé.

Des frissons lui coururent sur la peau, elle regarda de tous les côtés, cherchant frénétiquement à voir si quelqu'un était encore là. Mais il n'y avait pas d'autre endroit où se cacher que la mezzanine. Duke semblait imperturbable... mais il avait aboyé.

— Quelqu'un est entré dans la maison. Pendant que j'étais *sous la douche*, dit-elle dans un souffle.

— Je rentre à la maison.

— Dépêche-toi !

— Reste en ligne.

Elle l'entendit parler à quelqu'un d'autre, puis des bruits de pas précipités et le claquement d'une portière de voiture.

Des vêtements. Elle avait besoin de vêtements. Elle n'osait

pas monter au premier, au cas où une sorte de croque-mitaine se cacherait sous le lit, alors elle fouilla dans le linge qui attendait empilé dans le minuscule placard de séchage , en sortit une des nombreuses chemises en flanelle de Ty et un pantalon de jogging qu'elle enfila d'un coup sec.

Il était venu ici. Elle ne pouvait plus penser à cette menace autrement que faite par un mâle. Il était venu ici, dans la maison, alors qu'elle était nue sous la douche. Son chien avait aboyé après lui, et elle l'avait ignoré pendant qu'elle chantait ces chansons stupides.

Et s'il était venu dans la salle de bains ? Et s'il l'avait piégée là, alors qu'elle était la plus vulnérable ? Et s'il avait eu une arme ? Son esprit d'écrivain se mettait à échafauder des scénarios tous plus horribles et terrifiants les uns que les autres. Et si ? Et si ? Et si ?

Duke gémit, percevant clairement sa détresse. Il lui donna un coup de museau dans la main.

— Tu es toujours là ? demanda Ty.

— Oui, oui, je suis là.

— On arrive, d'accord ? On arrive.

Elle attrapa une poêle en fonte sur la rangée de crochets au mur et recula dans un coin avec son chien pour attendre.

EN TANT QUE RANGER, Ty avait près de vingt ans d'entraînement et d'expérience sur la façon de cloisonner et de surmonter la peur pour réussir une mission. Il dut puiser dans tout cela alors qu'il conduisait comme un fou, avec la respiration haletante de Paisley à l'autre bout du fil.

Pourquoi diable avait-il choisi de vivre si loin ? Pourquoi l'avait-il laissée seule ce matin ? Elle n'avait aucune protection. Il savait très bien que Duke ne valait rien comme chien de garde. Il était trop facile d'imaginer quelqu'un la menaçant d'une arme à feu ou d'un couteau sous la gorge, la menaçant pour qu'elle se taise.

Vu que les questions et la multitude de scénarios dangereux l'empêchaient de se concentrer, il les rangea dans un tiroir, avec sa peur. Quelque chose à ressortir une fois qu'elle serait en sécurité et que le périmètre serait sécurisé. Il courut, feux allumés, sirène hurlante, tirant un maximum de la vitesse du moteur de la voiture de patrouille tout en s'accrochant aux virages.

— Toujours avec moi, bébé ?

— Oui.

Elle avait une petite voix, trop calme. Suffisamment basse pour qu'il puisse entendre le halètement agité de Duke.

— J'y suis presque.

— J'entends les sirènes.

Le salaud allait savoir qu'il arrivait, au moins. Il préférait faire fuir la menace plutôt que de risquer que Paisley soit blessée. La partie de son cerveau encore capable d'une pensée rationnelle savait qu'elle était probablement en sécurité. Les fleurs étaient censées l'effrayer, mais il n'y avait toujours pas eu de contact direct. Tout au plus, cet enfoiré se cachait dans les bois pour les observer, peut-être en prenant son pied à les voir trotter comme des fourmis.

Mais la voix de Paisley au téléphone trahissait sa peur, et cela l'emportait sur tout le reste, allumant une partie primitive de son cerveau qui se foutait de tout ce qui n'était pas la rejoindre aussi vite qu'il était humainement possible. Il fit une embardée dans l'allée et s'arrêta en dérapant, sans se soucier d'avoir projeté du gravier sur son propre engin.

L'urgence battait dans son sang, le poussant à sortir de la voiture, à monter les marches, l'arme au poing.

L'entraînement l'empêchait de faire irruption sans couverture. Des années d'habitude le poussèrent à suivre le protocole, à franchir la porte pour vérifier la pièce. C'est cette mémoire musculaire qui l'empêcha de se faire écraser la tête. Il pivota, et quelque chose de lourd et de noir glissa sur son épaule alors qu'il soulevait son arme.

Paisley laissa tomber...était-ce une poêle en fonte ?

— Ty !

Il eut à peine le temps de rengainer son arme qu'elle se jeta sur lui. Absorbant son élan, il l'enlaça étroitement, tout en continuant à inspecter visuellement la pièce, à la recherche de menaces. Ce ne fut que quand il vit qu'il n'y avait pas de feu ennemi qu'il abandonna complètement l'idée qu'il ne s'agissait pas d'un piège.

Dehors, il entendit le reste de ses renforts arriver. Des portières de voitures claquèrent. Xander cria : « En avant toute ! »

Mais Ty se concentra sur Paisley.

Il avait fait irruption parmi d'innombrables civils dans divers pays déchirés par la guerre. Des citoyens ordinaires essayant simplement de survivre, ne sachant jamais quand la violence se manifesterait. Des femmes et des enfants recroque-villés, en proie à une terreur muette, attendant la fin. Ty s'atten-dait à voir quelque chose de ce genre dans ses yeux. Et il y vit de la peur lorsqu'il recula pour scruter son visage pâle. Mais il y avait aussi de la fureur.

Qu'il l'ait laissée seule ? Qu'il ait brisé une autre promesse ? Qu'il n'ait pas été le protecteur qu'il avait proposé d'être ?

Oui, il méritait sa colère pour cela et plus encore. Mais il y aurait du temps pour les récriminations plus tard.

— Tu es blessée ?

Elle fit non rapidement de la tête.

— Je sais que j'aurais déjà dû partir, mais j'ai été prise au dépourvu et je... je ne m'attendais pas à ça.

— Bien sûr que non. Cet enfoiré est de plus en plus sûr de lui.

D'où la question : quelle serait la prochaine étape ?

Xander, Clyde et Leanne sont entrèrent.

— Aucun signe de vie.

Xander fit un signe de tête à Paisley.

— Vous devez être Mlle Parish. Je suis le shérif Kincaid. Voici l'adjoint Parker et l'enquêtrice du comté, Leanne Hammond. Désolé pour le dérangement. Pouvez-vous nous dire exactement ce qui s'est passé ?

Reprenant son souffle, elle s'éloigna de Ty et se rapprocha automatiquement de Duke.

— Ty est parti au travail vers sept heures quinze. J'ai verrouillé la porte et activé l'alarme avant même qu'il ne sorte de l'allée. J'ai passé mes journées avec Ivy et Harrison Wilkes la semaine dernière, alors je m'apprêtais à partir dans cette direction, mais je voulais juste boire mon café tranquillement.

Xander lui adressa un sourire rassurant.

— C'est la meilleure façon d'apprécier un café. Continuez.

Elle leur raconta l'histoire. Lorsqu'elle réalisa que ce n'était pas Ty qui avait envoyé les fleurs et que l'alarme n'était plus activée, elle trembla plus fort, ses doigts se crispant sur le collier du chien. C'était la peur qui s'était transformée à juste titre en colère. Elle ne regardait pas Ty pendant qu'elle parlait, et il sentit la longue main de la culpabilité s'immiscer en lui.

— La porte était-elle fermée à clé quand tu es arrivé ici ? demanda Xander.

Ty croisa les bras pour ne pas céder à l'envie de serrer les poings.

— Non. Elle a failli me décapiter avec la poêle à frire.

Clyde la ramassa par terre, testant son poids.

— Bon choix.

Leanne prit une photo des fleurs.

— Je vais essayer de rejoindre Misty. Voir si elle en a vendu ces deux derniers jours qui correspondraient à cette description.

— Bien - Xander approuva d'un signe de tête - Brooks, allons vérifier ce système d'alarme, voir ce qui s'est passé.

— Est-ce que... est-ce que l'un d'entre vous peut vérifier la mezzanine ? demanda Paisley.

— C'est parti !

Clyde s'éloigna et Ty suivit consciencieusement Xander à l'extérieur.

Il ne fallut que quelques minutes pour trouver la ligne téléphonique coupée.

— Vieux système. Il était déjà ici lorsque Porter l'a acheté. Je pense qu'il va le remplacer maintenant.

Ty grogna. Il aurait dû y penser lui-même. Il aurait dû renforcer sa propre sécurité, comme il l'avait fait pour la maison de Paisley à Nashville. Mais il avait été arrogant, pensant que lui et sa formation auraient fait la différence. Il avait été bien bête.

— Ce n'est pas un système très sophistiqué, mais il indique quand même que nous avons affaire à quelqu'un qui s'y connaît.

— Mais, vous vous en doutiez déjà quand vous avez fouillé sa maison, n'est-ce pas ?

— On restait ouvert à toutes les possibilités. L'inspecteur de la police métropolitaine chargé de l'affaire m'a pris pour un cinglé paranoïaque.

— T'as plus l'air si paranoïaque maintenant. Bon instinct.

Ty n'était pas sûr que l'on puisse faire confiance à son instinct.

— Hé, Brooks ? Tu vas bien ?

— La femme que je suis censé protéger vient de subir une invasion de domicile alors qu'elle était sous la douche. Qu'est-ce que tu en penses ?

Sans se décontenancer, Xander lui donna une tape sur l'épaule.

— Laisse tomber, mec. Ce genre de réflexion te rendra fou, et tu ne lui seras d'aucune utilité dans ces conditions.

Il n'était pas sûr de lui servir à quelque chose, en fait.

— Tu as accès au système que tu as mis en place à Nashville ?

— Oui.

— Vérifie-le. Vois si quelqu'un l'a manipulé.

Mais tous les systèmes semblaient fonctionner normalement. Pas d'enregistrements, pas d'interférences, pas d'alarmes. Ce qui était logique puisque son harceleur était ici et non là-bas.

— Peut-être que Leanne a quelque chose.

De retour à l'intérieur, Paisley sortit de la salle de bain, habillée de ses propres vêtements. Ses yeux rencontrèrent ceux de Ty et ils se fixèrent pendant quelques instants indéchiffrables avant qu'elle ne détourne à nouveau le regard. Un peu de couleur était revenue sur ses joues, mais elle avait encore l'air un peu secouée.

— Misty n'a rien vendu de tel au cours des deux dernières semaines, dit Leanne. Les fleurs ne viennent pas de Moonbeams and Sweet Dreams. On peut essayer de vérifier auprès des fleuristes des villes voisines, mais ça risque de prendre du temps.

— Le harceleur est dans la région de Nashville, dit Paisley. Ils ont pu venir de là, et dans ce cas, vous n'arriverez jamais à retracer l'achat.

Où ils en étaient donc ? Toujours pas de véritable piste à suivre, pas de réponse en vue, avec encore un autre espace qui aurait dû être sûr et qui avait été violé.

Ce salaud se moquait de lui. Ou du moins, c'est ce qu'il ressentait.

Elle n'est pas en sécurité avec toi.

Ne pouvant pas s'isoler dans un endroit éloigné sous surveillance 24h sur 24 – et Ty lui-même reconnaissait que ce n'était pas une solution – il était à court d'idées et commençait à douter de sa capacité d'en trouver une.

— Fais tes valises. On ne reste pas ici.

Un air d'agacement traversa ses traits. Probablement à cause de l'ordre autoritaire. Elle pouvait gérer.

— Où va-t-on ?

— Je ne sais pas encore.

— Il y a de la place à l'hôtel, dit Xander. Il y a pas mal de monde là-bas. Je vais appeler ma femme elle va réserver pour vous.

Ty approuva de la tête. Ça pourrait marcher jusqu'à ce qu'il trouve un meilleur plan.

— Merci beaucoup.

Paisley soupira et s'en alla rassembler ses affaires. Encore une fois.

12

—Veux-tu me dire pourquoi j'ai dû apprendre par ma belle-sœur que Ty et toi aviez emménagé à l'hôtel ?

Paisley se renfrogna à la voix d'Emerson au téléphone, se demandant laquelle des quatre sœurs de Caleb avait vendu la mèche. Soit la femme de Xander, Kennedy, soit Pru, celle qui avait aussi une fille adolescente.

— Bonjour à toi aussi, Em. Comment ça se passe au pays de la grossesse ?

— Ne change pas de sujet. Qu'est-ce qui se passe ?

Probablement Pru.

Se voyant acculée, Paisley s'éloigna du bureau et commença à arpenter les limites de la pièce confortable qui avait commencé à ressembler à une prison au cours des trois derniers jours.

— Ce petit problème de harcèlement s'est peut-être transformé en un problème de harcèlement tout court.

Elle donna à Emerson la version résumée des événements tandis que Duke la suivait dans la pièce comme une ombre fidèle.

— Oh, mon Dieu ! Pourquoi tu ne me l'as pas dit ?

— Je ne voulais pas t'inquiéter.

— C'est grave à quel point ?

— Je veux dire que j'ai été forcée de me déraciner à nouveau. Sans être consultée. Encore une fois - elle soupira - en plus, je suis fatiguée de voir ma vie interrompue. Tout ce chaos n'est pas propice à mon travail. Tes belles-sœurs sont adorables, et l'hôtel est génial, mais j'ai absolument besoin d'un peu d'intimité et d'une vie normale.

Une voix grave s'éleva.

— J'ai un autre frère qui peut aider.

Bien sûr, Caleb était là. Son défilé apparemment sans fin d'anciens frères et sœurs adoptifs était l'exemple même de la générosité à toute épreuve.

— Bonjour, Caleb. Et ce n'est pas nécessaire.

— Tu es sûr d'être en sécurité là-bas ? demanda Emerson. Je veux dire, Ty doit toujours travailler, n'est-ce pas ? Il ne sert pas de garde du corps 24 heures sur 24 ?

— Non, effectivement. Mais je suis aussi en sécurité ici que n'importe où. C'est une maison pleine de gens.

— L'offre tient toujours.

— Merci - elle fit une pause - Caleb est toujours là ?

— Il n'est pas obligé de l'être.

— Compris. Discussion entre filles. Je vais aller faire un tour avec Mooch. Prends soin de toi, Pais. Sois prudente.

— Sûrement.

— Ok, il est parti. Qu'est-ce qu'il y a, bébé ?

— Je m'inquiète pour Ty. Quand ça a commencé, j'avais l'impression qu'on était une équipe, mais depuis cette dernière chose, il a une drôle d'humeur. Nous avons dormi dans le même lit, mais il m'a à peine touchée. Il ne dort pas vraiment et je sens qu'il part en vrille. Il est tout entier dans sa tête et passe de longues heures à chercher... eh bien, je n'ai aucune idée de ce qui l'occupe parce qu'il ne me parle pas. Il me met à l'écart et je ne sais pas quoi faire.

— C'est difficile. Il avait promis que tu serais en sécurité, et puis tu ne l'as pas été. Cela doit perturber l'image qu'il a de lui-même, celle d'un homme alpha protecteur.

— Je ne lui en veux pas pour ça.

— Oui, mais on comprend que c'est ce qu'il pense. Peut-être qu'il a besoin d'un regain de confiance en lui. Quelque chose qui lui rappelle que tu le vois toujours comme un homme capable.

— Peut-être.

Mais Paisley pensait que ce ne serait pas aussi simple.

La porte s'ouvrit, et Ty entra à grands pas, passant droit devant elle pour se rendre dans la salle de bain.

— Il faut que je raccroche. Ty vient de rentrer. Embrasse Fi pour moi.

— Je le ferai. Bonne chance.

Paisley raccrocha et jeta son téléphone sur le lit.

Elle entendit le bruit de la douche. Peut-être pourrait-elle le rejoindre et franchir ce mur qui s'était dressé entre eux. Mais lorsqu'elle tenta d'ouvrir la porte, elle était fermée à clé. Résignée à attendre, elle envisagea de se replonger dans son livre, mais tout ce qu'elle avait écrit ces derniers jours avait été jeté.

Lorsqu'il émergea une demi-heure plus tard, il n'avait pas l'air plus détendu. La tension des derniers jours se lisait sur son visage, dans la ligne crispée de sa mâchoire. Ressentant le besoin de faire quelque chose pour l'apaiser, Paisley traversa la pièce et l'enlaça, sans se soucier du fait que l'eau de la douche trempait sa chemise. Mais il s'éloigna, se dirigeant vers le sac de sport contenant ses vêtements.

Ravalant son orgueil, elle se laissa tomber sur la chaise du bureau.

— Parle-moi, Galaad.

Il tressaillit.

— Ne m'appelle pas comme ça.

— Je t'ai toujours appelé ainsi.

Avec des mouvements rapides et saccadés, il commença à s'habiller.

— Je ne suis pas un chevalier.

Duke gémit et son nez heurta la hanche de Ty. Il l'ignora également.

— Bon, en ce moment tu agis plus comme le Ténébreux, mais Bruce Wayne c'est un peu poussé, et je ne pense pas pouvoir t'appeler Batman sans me marrer.

La tentative d'humour tomba aussi à plat que l'expression de ses yeux noisette.

— Ça t'amuse vraiment de plaisanter maintenant ?

— Quand je pense que tu te rends ridicule, oui - elle savait bien que si elle prenait ça trop au sérieux maintenant, elle allait probablement s'effondrer - c'est un surnom, Ty. Un surnom que j'utilise depuis des années et que tu as toujours aimé.

Un muscle de sa mâchoire se contracta visiblement alors qu'il enfilait une chemise par la tête.

— Je ne suis plus celui que j'étais.

— Si, tu l'es. Tu es toujours mon héros à moi.

— Comment peux-tu honnêtement me regarder dans les yeux et dire ça ?

Un regain de confiance en soi. D'accord, je peux supporter un peu d'embarras si ça peut l'aider à retrouver son assurance.

— Parce que c'est comme ça que je t'ai toujours vu. Chaque premier rôle masculin que j'ai imaginé pour mes livres était une autre incarnation de toi. Des traits différents, des professions différentes, des situations différentes, mais toujours, au fond, l'homme que j'ai toujours vu.

D'un air profondément dégoûté, il secoua la tête.

— Alors tu es aveuglée par ton propre romantisme. Ouvre les yeux, putain, Paisley ! Le monde n'offre pas de happy end. La vie n'est pas un conte de fées, et je ne suis pas comme les héros ridicules de tes livres. Je n'ai pas les réponses. Je ne sais même plus quelles sont les bonnes questions. Je n'ai pas pu sauver Garrett, et je ne te sauverai jamais, alors arrête de me mettre ça sur le dos !

Ses mots flottaient dans l'air entre eux comme un gaz toxique et Paisley ne pouvait pas parler, envahie par une douleur paralysante à mesure qu'ils pénétraient en elle. Le silence s'installait et faisait mal. Tout à coup Ty enfila ses bottes, attrapa ses clés et sortit en claquant la porte derrière lui.

Paisley s'effondra sur le lit, sentant déjà les larmes couler sur ses joues. Duke s'approcha, la queue entre les jambes, et se faufila sous son bras. Pressant son visage dans sa fourrure, elle prit son chien fidèle et doux dans ses bras et pleura.

Rationnellement, elle reconnaissait que Ty s'emportait, se défoulant sur elle son sentiment d'impuissance face à la situation. Mais elle aussi souffrait, bon sang ! Il venait de la faire se sentir comme une écolière idiote, une qui n'avait aucune notion de la réalité. Elle pouvait accepter d'être là pour aider à sa guérison, si guérison il y avait, mais pas s'il voulait rejeter son travail à elle. Jamais, dans aucune de ses nombreuses relations, elle n'avait toléré un manque de respect. Elle n'allait pas commencer maintenant.

Il voulait être libéré de l'attente qu'elle avait qu'il la sauve. L'attente qu'elle n'avait jamais explicitement mise sur lui. Très bien. Elle partirait et le débarrasserait de ce fardeau. Elle s'était enfuie toute sa vie, n'est-ce pas ? Fuir, c'est ce qu'elle savait faire de mieux. Elle avait cru pendant des années qu'on pouvait profiter des hommes, mais qu'il ne fallait pas compter sur eux. Il était la raison même de cette conviction. Quelle avait été bête de croire qu'il avait changé !

Attrapant son téléphone, elle écrivit un message à Emerson. **Parle au frère de Caleb.**

TY REGARDA son quatrième shot de whisky.

C'était une mauvaise idée. Mais, merde, il était plein de mauvaises idées. Comme se remettre avec Paisley, croire qu'il pouvait la protéger, penser qu'il pourrait mériter qu'elle le considère comme un héros.

Des idées foireuses dans tous les domaines.

Oh, et il ne pouvait pas oublier d'ajouter le fait d'être un salaud velléitaire, de crier sur la femme qu'il aimait et de la traiter fondamentalement d'idiote pour avoir pensé qu'il était autre chose que le sac à merde misérable et foutu qu'il était.

Se souvenant de l'expression stupéfaite et navrée sur son visage, il prit le verre et le but cul sec. L'alcool lui brûla le gosier, mais le whisky n'était pas aussi brûlant que la honte. Si ses souvenirs étaient les bons, il lui fallait le reste de la bouteille pour la surmonter. Peut-être plus. Un endroit louche comme The Right Attitude devait probablement diluer ses boissons. Mais où d'autre un homme pouvait-il boire jusqu'à plus soif avec un alcool qui pouvait probablement servir de décapant ? Chez lui ? Non, il n'osait pas y retourner. Pas quand il savait qu'il verrait l'absence de Paisley dans chaque recoin. Il devrait probablement déménager.

Avant qu'il ne puisse lever la main pour faire signe au barman d'en servir un autre, une silhouette familière se glissa sur le tabouret à côté de lui. Harrison regarda la rangée de verres vides.

— Je croyais que tu avais arrêté.

Au lieu de répondre à la question sous-jacente, Ty posa la sienne.

— Comment m'as-tu trouvé ?

— Nous nous sommes séparés. Sebastian s'est rendu chez toi. Porter a pris la taverne. J'ai été l'heureux gagnant.

— Comment avez-vous su qu'il fallait me chercher ?

— Ta, disons... sortie précipitée de l'auberge n'est pas passée inaperçue. Ari a envoyé un message à Ivy.

Ty plissa les yeux qui commençaient à s'assombrir, essayant de mettre un visage sur ce nom. Cheveux noirs. Lycéenne. Elle pensait que Paisley était la chose la plus cool depuis…quelque chose de cool.

— Pourquoi la fille adolescente de Pru et Flynn a-t-elle le numéro d'Ivy ?

— Elles sont devenues copines quand Ivy est restée là-bas l'année dernière. Quoi qu'il en soit, elle a indiqué que Paisley et toi vous étiez disputés, et que tu n'avais pas l'air en forme quand tu es parti. Vu l'état de l'enquête et le fait que tu es plus tendu qu'une corde de guitare depuis des jours, il m'a semblé prudent de vérifier - il jeta à nouveau un coup d'œil sur les lunettes - tu comptes continuer comme ça encore longtemps ?

— Tu comptes m'arrêter ?

— De prendre le volant, absolument, mais si tu veux te faire chier au lieu de t'occuper du problème, c'est à toi de voir.

Il haussa les épaules, comme si cela n'avait aucune importance pour lui.

— C'est une grosse connerie, mais c'est ta vie, telle qu'elle est.

Ty se hérissa et enroula ses doigts autour du verre vide au lieu de le serrer dans son poing. Autrefois il avait asséné des vérités dures à avaler sur Harrison sur et s'était senti comme un connard depuis lors. Même dans cet état, il ne le referait pas.

— J'ai tout foutu en l'air, je savais que j'allais le faire. Je l'ai blessée, comme avant. Sauf que cette fois, ce n'était pas parce que j'avais un noble objectif, mais parce que je suis trop ravagé pour être ce dont elle a besoin et ce qu'elle mérite.

Le barman s'approcha à nouveau, indiquant la bouteille qui lui apporterait l'oubli pour un petit moment, mais à un signe de tête d'Harrison, il se retira à nouveau.

— De quoi penses-tu qu'elle a besoin exactement ?

— De quelqu'un qui puisse être le héros qu'elle a toujours voulu. Quelqu'un qui puisse la garder en sécurité et trouver l'enfoiré qui lui pourrit la vie. Quelqu'un qui ne fait pas de promesses qu'il ne peut pas tenir.

— Hum - Harrison jeta un coup d'œil à sa montre – ça aurait dû être Sebastian qui te surprenne dans cette humeur.

— Qu'est-ce que ça veut dire ?

— Juste qu'il a beaucoup plus d'expérience avec le ramassage de fumier !

— Pardon ?

— C'est de la merde de cheval de première qualité, mon pote. Et c'est peut-être de ma faute. C'est moi qui t'ai dit l'année dernière que tu devais trouver une nouvelle mission. Je ne pensais pas que tu me prendrais autant au pied de la lettre.

— De quoi parles-tu ?

— Trouver une nouvelle mission, ce n'est pas prendre cette mentalité de mission militaire littérale et l'appliquer à tout le reste. Tu as traité la vie comme une putain d'opération. Une opération dont la date d'expiration est imminente. Tu ne t'es pas enraciné, tu n'as noué de liens avec personne d'autre que ceux qui font déjà partie de ton cercle intime. Jusqu'à Paisley. Elle s'est faufilée derrière ton infâme garde parce qu'elle était déjà là. Et c'est la meilleure chose qui aurait pu t'arriver. Ces dernières semaines, je t'ai revu vivant, pas seulement en train de faire les choses. Mais tu l'as transformée en mission, et ce n'est pas comme ça que fonctionne l'amour. C'est une personne. Une personne sacrément géniale. Elle n'est pas avec toi parce qu'elle a besoin ou veut un garde du corps. Elle est avec toi parce qu'elle t'aime. C'est dans chaque regard, chaque mot qu'elle écrit. Ce n'est pas quelque chose que tu dois gagner. C'est un cadeau, et faire comme si c'était autre chose est le comble de la bêtise.

— Il n'avait pas traité la vie comme une mission. Il s'était contenté de survivre, d'exister jusqu'à ce qu'elle revienne dans sa vie. Elle lui avait donné envie d'être ce héros qu'elle prétendait voir. Il avait essayé. Il avait essayé de se montrer à la hauteur de ces attentes. D'être digne de son amour. Et il avait échoué.

— Je ne l'ai pas protégée.

— Tu mènes une opération sans avoir assez d'informations. Parfois, les choses sont foutues d'avance, tu le sais bien. Mais elle va bien. Elle est en sécurité. Et si tu arrêtes tes conneries, tu la garderas ainsi - il posa une main sur l'épaule de Ty - ne la laisse pas tomber parce que tu mélanges tes sentiments sur la mort de Garrett avec cette situation. Tu n'es pas responsable des actions des autres. Tu n'es responsable que des tiennes.

Ses propres actions avaient probablement détruit toutes les chances qu'il avait eues avec Paisley.

— J'ai été un connard.

— Je te le confirme. Tout comme je te confirme qu'elle te pardonnera une fois que tu auras rampé comme il se doit.

Quelque chose enfla dans sa poitrine. Il lui fallut une minute pour le reconnaître pour ce qu'il était. L'espoir.

Harrison avait-il raison ? Avait-il une chance qu'elle lui pardonne, même après tout ce qu'il avait dit, tout l'éloignement et avoir soufflé le chaud et le froid ? Il n'y avait qu'une seule façon de le savoir. Ty sortit son portefeuille et jeta de l'argent sur le bar, mais quand il descendit du tabouret, la salle se mit à tournoyer.

Harrison le retint d'un bras.

— Holà ! Bouge pas, je te tiens.

— Je dois aller m'excuser pour toutes ces choses.

Et peut-être qu'après toutes ces excuses il pourrait la faire monter au ciel. Elle aimait ça. C'était peut-être sa nouvelle mission. Elle semblait beaucoup mieux que celle qu'il avait eue jusqu'à présent.

Harrison commença à le diriger vers la porte, sur le sol en bois plein d'égratignures.

— Je pense que tu dois d'abord te dessouler. Je ne vais pas

laisser Paisley s'occuper de toi dans cet état. Nous allons rentrer chez moi pour que tu puisses dormir.

— On pourra réfléchir à la façon dont je devrais m'excuser.

Il ouvrit la porte.

— Je suis sûr qu'Ivy sera pleine d'idées.

13

Paisley passa du sommeil à l'éveil en un instant, sachant avant même d'atteindre l'autre côté du lit que la présence chaleureuse qui s'y trouvait était Duke et pas Ty.

Il n'était pas revenu après être parti en trombe la nuit dernière.

Elle n'aurait peut-être pas dû s'attendre à ce qu'il le fasse, mais elle avait reçu un bref message de Harrison disant qu'il était en sécurité, et elle avait pensé qu'une fois qu'il aurait eu le temps de se calmer, il se débrouillerait pour s'excuser. Ou, au moins, qu'il serait venu pour monter la garde. C'était lui qui voulait absolument qu'elle ait un garde du corps.

Mais il n'avait pas utilisé ses talents du parfait Ranger pour se faufiler silencieusement dans son lit. Elle ne savait pas comment le prendre. Ils s'étaient rarement disputés quand ils étaient jeunes, et jamais aussi gravement. Il n'y avait pas de précédent pour lui donner une idée de ce qu'elle devait penser ou faire.

Sauf qu'il y en avait peut-être un. Leur plus grande dispute avait été au sujet de son entrée dans l'armée, et il ne s'était pas agi vraiment d'une dispute, mais plutôt d'une décision qu'il avait prise et qu'il lui avait annoncée. C'était une vraie tête de mule quand il le voulait. S'il était vraiment convaincu qu'il n'était pas un héros, qu'il n'en était pas digne, qu'il avait échoué, rien de ce qu'elle pourrait dire ne le ferait changer d'avis. Elle n'avait pas réussi à le convaincre de ne pas la quitter à l'époque. Pourquoi en serait-il autrement aujourd'hui ?

Une nouvelle vague de chagrin lui fit monter les larmes aux yeux, tandis qu'elle se demandait combien de temps il lui faudrait pour dire tout de go que c'était fini entre eux.

Lorsque son téléphone sonna, elle se précipita dessus. Mais ce n'était pas Ty. Bien sûr, ce n'était pas Ty. Il avait laissé son téléphone hier soir quand il était parti en trombe. C'était Caleb.

— Salut ! Désolé d'appeler si tôt, mais j'ai pensé que tu voudrais entendre ça le plus tôt possible. Mon frère, Mateo, est un ancien combattant de MMA. Il possède une salle de sport maintenant et un appartement qu'il garde pour aider les victimes de violences domestiques à échapper à leurs agresseurs. Elle est ouverte en ce moment, et il dit que tu peux y aller quand tu veux.

Paisley réfléchit. Allait-elle vraiment partir ? Dans le feu de l'action, hier soir, elle était sûre de le faire. Maintenant... Pouvait-elle vraiment rester, sachant qu'ils avaient rompu et qu'il n'y avait qu'à attendre le mot de la fin ? Devoir supporter cette terrible et douloureuse distance émotionnelle par rapport à lui, en sachant qu'il n'était encore dans sa vie que parce qu'elle représentait une mission ? Elle ne savait même pas si elle allait avoir ça. Ty lui avait clairement fait comprendre que sa situation était trop difficile pour lui. Mais elle n'avait jamais eu l'intention de l'impliquer dans cette affaire, premièrement. Cela lui donnerait au moins une autre option jusqu'à ce qu'elle trouve quoi faire, et c'était peut-être une bonne idée d'aller chez quelqu'un avec qui elle n'avait aucun lien. Elle serait plus difficile à retrouver de cette façon.

— J'accepte.

— Super, je t'enverrai l'information par message. Quand est-ce que tu penses venir ?

— Dès que je peux tout mettre dans ma voiture.

Il y avait encore des choses à elle chez Ty, mais elle les récupèrerait plus tard. Pour l'instant, elle avait besoin de s'éloigner de lui.

Elle fit ses bagages, rapidement et efficacement. D'un côté, elle regrettait de ne pas passer la matinée lente et détendue avec le petit-déjeuner d'Athena Reynolds Maxwell, la cheffe étoilée qui dirigeait les cuisines de l'auberge Misfit. Mais elle devait agir. Elle avait passé trop de temps suspendue ces dernières semaines, à attendre que quelqu'un d'autre fasse un geste. Elle descendit donc ses affaires et se dirigea vers sa voiture, sans même passer par la salle à manger pour prendre un café. Elle en prendrait un en chemin.

Alors qu'elle récupérait ses dernières affaires, elle envisagea de laisser un mot à Ty. Mais qu'allait-elle dire ? Elle ne lui laissa rien, et ferma la porte. La chambre était à son nom, il n'était donc même pas nécessaire de faire le check-out.

— Viens, Duke.

Il la suivit dans les escaliers et sortit par la porte d'entrée.

— Tu t'en vas ?

La question venait d'Ari Bohannon. La fille de Pru, âgée de seize ans, était lovée dans l'un des nombreux fauteuils de la véranda. Elles avaient noué des liens lors de leur première nuit ici, à l'occasion de l'histoire d'amour de Paisley. La jeune fille lui rappelait elle-même à cet âge. Pleine de gaieté, de foi inébranlable en l'amour. Et pourquoi ne le serait-elle pas ? Elle était entourée de tous côtés d'exemples concrets : ses parents, toutes ses tantes et leurs conjoints. C'était vraiment une source d'inspiration. Paisley avait elle-même fait une blague sur ce qu'il y avait dans l'eau et avait par inadvertance donné naissance à une intrigue-surprise sur une source occulte qui faisait tomber les gens amoureux. Ari et elle en avaient élaboré la moitié l'autre jour, ce qui s'était avéré une merveilleuse distraction. Paisley espérait vraiment que rien ne détruirait le romantisme de la jeune fille. Contrairement à l'opinion de Ty, le monde avait besoin de plus de romantiques.

— Oui.

— Ils ont trouvé le méchant, Ty et Alex ?

— Euh, non. Pas que je sache.

Et cela en disait long sur son état d'esprit, qu'elle s'inquiète moins du harceleur que de Ty en ce moment.

— Tu rentres chez toi ?

La fille parlait-elle de Nashville ou de Ty ? Est-ce que cela avait de l'importance ?

— Je me suis imposée à vous tous assez longtemps.

Ce qui n'était pas vraiment une réponse, elle le savait.

— Tu n'es pas une imposition, tu es une invitée ! On est là pour ça.

Ses lèvres se retroussèrent.

— Tu parles comme une vraie fille d'aubergiste. Mais je dois y aller. Quelqu'un m'attend.

Ouvrant la porte arrière, elle y fourra le lit de Duke et l'arrangea pour le voyage.

La jeune fille avait les sourcils froncés lorsque Paisley se retourna.

— Ça va entre Ty et toi ?

La question la surprit.

— Je sais que ce ne sont pas mes oignons, mais je - Ari serra les lèvres, comme pour retenir ses mots.

Paisley arqua un sourcil et la fille éclata.

— Je n'essayais pas d'écouter aux portes, mais j'ai entendu votre dispute hier soir, puis il est parti et n'est pas revenu, et ça ressemble vraiment au point d'intervention dans une période sombre.

Tiraillée entre l'envie de rire et celle de pleurer, Paisley esquissa un sourire.

— Tu me rappelles comment j'étais à ton âge, c'est fou - elle jeta son sac à main sur le siège avant - malheureusement, la vraie vie ne colle pas aux intrigues des scénarios. Cela ne veut pas dire que l'amour n'en vaut pas la peine, mais parfois le moment est mal choisi. Ou l'autre personne peut avoir une blessure trop grande sur laquelle on n'a aucun pouvoir. Parfois, ils ont besoin d'être réveillés.

Et parfois, l'amour ne suffit pas.

Ari fronça les sourcils.

— Je déclare officiellement qu'il s'agit d'une erreur.

— C'est noté – Paisley ne l'excluait pas, mais elle doutait qu'il y ait une bonne décision à prendre - C'était sympa de te rencontrer Ari. Je reviendrai un jour, et on pourra se voir. Peut-être qu'on pourra encore comploter ensemble.

— J'adorerais ça.

Paisley siffla.

— Allez, Duke. C'est l'heure d'y aller !

Mais le chien ne vint pas immédiatement en bondissant vers la voiture en entendant le mot magique.

— Duke ! Ici, mon garçon.

Toujours pas de cliquetis de médailles ni de claquement de pattes.

— Dans quoi s'est-il fourré ? Je jure devant Dieu que s'il a trouvé quelque chose de mort dans lequel se rouler...

Elle fit le tour de la maison en l'appelant par son nom. Ari la suivit. Mais lorsqu'elles eurent fait le tour du périmètre, pas de Duke à l'horizon. Pas d'aboiement. Aucun signe de son chien bien-aimé. L'inquiétude l'emporta sur l'agacement.

— Où est-il ?

— Ne vous inquiétez pas. On va le retrouver, lui assura Ari. Il a probablement couru après un lapin ou quelque chose comme ça. Je vais chercher d'autres personnes pour nous aider à le chercher.

Pendant qu'elle disparaissait dans la maison, Paisley fit un autre tour, plus large, jusqu'à la lisière des bois qui entouraient la propriété. Pourquoi n'avait-il pas plu ou neigé récemment pour qu'il y ait des empreintes de pattes qui la conduisent à son chien récalcitrant ? Plus concrètement, pourquoi s'était-il éloigné ? Depuis qu'elle l'avait, il n'avait jamais joué la fille de l'air. Pas depuis qu'elle avait cessé d'essayer de le mettre dans une cage. Peut-être était-il trop impressionné par les choses amusantes et intéressantes à renifler qu'ils n'avaient pas chez eux, en ville.

Un son lointain se propagea dans le vent. Était-ce un aboiement ?

— Duke !

Le son se répéta. C'était bien un aboiement.

Était-il coincé quelque part ? S'élançant dans la direction où elle pensait l'avoir entendu, elle cria à nouveau, s'enfonçant dans les bois en corrigeant sa trajectoire. L'aboiement était plus proche cette fois. Elle fut soulagée. Il n'était pas parti, et il n'avait pas l'air en détresse. Il avait juste erré trop loin et était tombé sur quelque chose.

Le son s'interrompit brusquement.

— Duke ?

Rien.

Il y avait des falaises par ici. Des grottes. Merde... même des ours ! Son chien né en ville n'était pas préparé à tout cela. L'anxiété augmentant à nouveau, Paisley courut plus vite, cherchant frénétiquement à apercevoir un éclair de fourrure fauve.

Quelque chose lui attrapa les tibias et elle tomba tête la première dans les feuilles mortes et la terre. Le souffle coupé par l'impact, elle resta un moment allongée, les mains sur des piquants. La respiration sifflante, elle essaya de se retourner et aperçut vaguement un mouvement sur la gauche.

Elle n'eut même pas le temps de pousser un cri que la silhouette en noir était sur elle, lui tirant les bras en arrière et la poussant au sol. L'adrénaline monta en flèche et elle tenta de se libérer de son étreinte, mais le genou dans son dos la maintenait au sol, ses membres s'agitant inutilement. Quelque chose de pointu la frappa à la hanche. Une aiguille ? Qu'est-ce qu'il était en train de lui injecter ?

Même si elle se sentait sombrer dans le noir, Paisley s'efforçait de tourner la tête pour voir son agresseur. Mais tout ce qu'elle put voir, ce fut une trace d'argile incongrue sur le bout de ses grosses chaussures marron foncé, en forme de croix. Puis il n'y eut plus rien du tout.

— Lève-toi !

Une voix coupante traversa le brouillard fallacieux du sommeil. Le son se fraya un chemin jusqu'au cerveau de Ty et lui fit prendre conscience de la douleur. Instinctivement, il lutta pour rester endormi, loin de l'agonie inévitable.

— Lève-toi, bon sang !

— Chéri, qu'est-ce que tu...

Quelque chose le frappa. Quelque chose de solide mais... de mou, indéfinissable. Pas assez fort pour lui faire vraiment mal, mais suffisamment pour l'entraîner vers la pleine conscience.

— S'il n'est pas debout dans les trente prochaines secondes, je le frappe avec mon *taser* au lieu d'un oreiller.

Qu'est-ce qui se passe, bon sang de bon Dieu?

Ty ouvrit les yeux suffisamment pour apercevoir une Ivy furieuse dans l'embrasure de la porte, avant que la lumière du soleil filtrant à travers la fenêtre ne l'oblige à les refermer.

— Je suis réveillé, râla-t-il.

— Harrison, va lui chercher des calmants. Il ne les mérite pas, mais il va en avoir besoin.

Pour quoi faire ? Pour se faire passer un savon ? Comme si elle pouvait rivaliser avec les sergents instructeurs qu'il avait supportés dans l'armée ?

— Qu'est-ce qui te prend, putain ?

— Veux-tu vraiment te prélasser et donner à Paisley une chance de décider de te larguer, ou veux-tu régler ce problème ?

Ty se redressa d'un coup sec et le regretta car la pièce avait l'air de tourner sur un axe instable. Il serra les dents contre la nausée.

— Qu'est-ce que tu entends par partir ? Elle ne peut pas partir.

— Elle le peut et le fera probablement si tu ne limites pas sérieusement les dégâts.

— Putain ! - il sauta du lit, tituba et plaqua une main contre le mur pour se stabiliser - où est mon téléphone ?

Harrison haussa les épaules.

— Il doit être dans ton pick-up au bar ou à l'auberge. Il n'était pas sur toi quand nous sommes rentrés hier soir.

Ty n'arrivait pas à faire fonctionner son cerveau pour savoir s'il avait simplement la gueule de bois ou s'il était encore ivre. Il avait l'impression qu'une pale d'hélicoptère martelait ses tempes et vibrait dans ses oreilles, et ses yeux lui faisaient mal ; mais maintenant qu'il était à la verticale, les choses commençaient à se stabiliser. Il n'était donc plus ivre. Il était puni pour avoir bu autre chose qu'une bière, pour la première fois depuis un an et demi, et avoir choisi un whisky pourri pour le faire.

— Merde. Je ne lui ai même pas envoyé de message pour lui dire où j'étais hier soir.

— Je l'ai fait. Et je t'ai fait une faveur en ne te disant pas que tu avais décidé de prendre une cuite.

— Merci, c'est gentil.

Il n'avait pas besoin d'une nouvelle preuve de sa faiblesse étalée devant elle. Faisant un effort pour se stabiliser, il fit quelques pas vers la porte.

Ivy fronça le nez.

— Peu importe les excuses que tu présenteras, Paisley ne voudra pas te reprendre si tu pues l'alcool et si tu as l'air d'avoir traîné dans les égouts. Prends une douche. Je vais te trouver quelque chose de Harrison pour t'habiller.

Ty plissa les yeux, en espérant désespérément que ce geste ne ferait pas sortir ses yeux de leurs orbites.

— Tu vas m'aider ?

— Eh bien, je ne t'ai pas forcé à te réveiller *juste* pour te crier dessus.

— Merci.

Elle lui montra du doigt la salle de bains.

— Allez ouste !

Comme il avait besoin d'un choc supplémentaire, il régla l'eau sur froid glacial et entra dans la baignoire. C'était un nouveau supplice, mais il resta un moment sous le jet d'eau punitif, essayant de comprendre la situation et de trouver les réponses qui lui avaient échappé au fond d'une bouteille.

Elle avait passé toute la nuit avec les mots durs qu'il avait prononcés et qui résonnaient dans sa tête et... qu'est-ce qu'elle en avait pensé ? Qu'il lui en voulait ? Qu'il était l'ombre d'un homme faible et lâche, incapable de la protéger ? Qu'il n'allait même plus essayer ? Qu'il ne l'aimait pas ?

Rien de tout cela n'était vrai, mais il l'avait dit ou sous-entendu. Bien sûr, elle avait dû vouloir partir. Qu'est-ce qu'il attendait d'elle ? Qu'elle reste assise à l'attendre jusqu'à ce qu'il se prenne par la main pour s'excuser ? En réalité, il n'avait pas réfléchi. Il avait réagi. Et quelque part, au fond de lui, il comprenait que tout ce qu'il avait dit servait à démontrer qu'il avait raison. Qu'il n'en était pas digne. Qu'elle finirait par en avoir marre de ses conneries ou qu'elle serait suffisamment déçue pour s'en aller.

Eh bien, félicitations mon gars : mission accomplie !

Il fallait qu'il la rejoigne. Il ne savait pas ce qu'il dirait quand il le ferait, mais il se jetterait à l'eau, le moment venu.

Quinze minutes après son réveil brutal, il entra dans la cuisine, se sentant pas tout à fait un être humain encore. Harrison lui tendit un grand verre contenant quelque chose qui ressemblait à du vomi.

— J'imagine qu'il vaut mieux que je ne sache pas ce qu'il y a là-dedans ?

— Exactement. Tiens, prends de l'aspirine avec ça.

Résigné au pire, Ty jeta les pilules au fond de sa gorge et engloutit le liquide visqueux. L'horreur indescriptible de la chose lui fit monter les larmes aux yeux. Il posa le verre vide sur le comptoir, avec un haut-le-coeur.

— Y avait-il un œuf cru là-dedans ?

— Je te l'ai dit, vaut mieux pas le savoir.

— Ty.

Au son de sa voix, il se retourna pour voir Ivy debout dans l'embrasure de la porte, le visage pâle, les yeux verts pleins d'effroi.

Le breuvage nocif qu'il venait d'ingurgiter se transforma en plomb dans son estomac.

— Qu'est-ce qu'il y a ?

— Ari vient d'appeler. Duke a disparu et maintenant on ne trouve pas Paisley. Ils étaient en train de les chercher, et Ari est allée chercher d'autres personnes pour l'aider. Quand elle est ressortie, il n'y avait aucun signe d'elle. Elle s'est probablement enfoncée trop profondément dans les bois et ne peut entendre personne l'appeler.

Le sang de Ty ne fit qu'un tour, l'effroi et l'horreur se bousculant dans son corps.

— Tu ne penses pas vraiment que c'est ce qui se passe.

— Et toi ?

— Non.

Le harceleur savait pour le chien. Il avait déjà démontré une fois qu'il pouvait l'approcher. Qu'est-ce que Paisley aimait plus que Duke ? Rien. Elle se ferait couper en petits morceaux pour le ramener. Et Ty s'était éloigné, la laissant seule, croyant bêtement qu'elle serait en sécurité parmi tous les autres clients et le personnel de l'auberge.

La main de Harrison se posa sur son épaule.

— Où que ton cerveau aille maintenant, arrête. Tu n'es pas utile pour elle s'il part en vrille. Bloque-le.

Puisant dans tout son entraînement, il expira longuement, lentement, refoulant la peur et le blâme tout au fond de sa tête. Il aurait le temps de s'en occuper plus tard, quand elle serait en sécurité. Lorsqu'il sentit qu'il arrivait à se maîtriser de nouveau, il hocha la tête.

— Allons-y.

— J'enverrai un message à Sebastian et je serai juste derrière toi, promit Ivy.

Harrison se mit au volant. Pendant tout le trajet, Ty pria pour avoir tort. Il pria pour que Paisley sorte tout à coup de la forêt avec Duke à ses côtés. Mais les gens qui se pressaient devant la maison victorienne de trois étages et la ribambelle de véhicules supplémentaires garés tout le long de l'allée - y compris celle du shérif - mirent rapidement fin à ce fragile espoir.

Repérant son patron au milieu d'une petite foule, Ty se dirigea dans sa direction, Harrison sur ses talons. Xander prit un air sinistre en lui tendant quelque chose.

— Nous avons trouvé ceci.

Automatiquement, Ty le prit, fixant l'étui turquoise vif avec le revêtement en vinyle personnalisé proclamant « *S'il vous plaît, ne dérangez pas l'auteur, sinon elle vous mettra dans un livre et vous tuera* ». Le téléphone portable de Paisley. Sa mâchoire se crispa.

— Où ?

— À environ 800 mètres à l'est. Là - Alex soupira - il y avait des signes de lutte.

La bête que Ty avait enfermée gronda et fit trembler les barreaux de sa cage. Il ferma les yeux et s'autorisa un seul instant à ressentir la rage qu'il éprouvait contre lui-même. Contre celui qui avait pris sa femme.

— Que savons-nous ?

— Elle avait l'intention de partir.

Cela venait d'Ari, qui avait été l'ombre de Paisley depuis son arrivée à l'auberge.

Ty se concentra sur elle, remarquant le mélange de peur et de provocation adolescente dans ses yeux sombres.

— Elle... quoi ?

— Elle avait chargé ses affaires dans sa voiture pour retourner à Nashville parce que tu t'es comporté comme un idiot.

— Ari !

La reproche de Pru fusa, horrifié et tranchant.

— Ça ne nous aide pas, ajouta Alex.

Ty absorba les paroles et le sentiment de culpabilité qu'ils inspiraient. Il l'avait éloignée avant même qu'elle ne soit enlevée. Ivy l'avait supposé, mais la confirmation l'ébranlait quand même.

— Elle n'a pas tort.

Laissant de côté les remords, il se tourna vers la jeune fille.

— A-t-elle dit à quelqu'un qu'elle partait ?

— Elle a dit que quelqu'un l'attendait, mais elle n'a pas dit qui.

Cela faisait moins de vingt-quatre heures. Il sentait au fond de lui qu'elle n'avait pas passé cet appel avant la nuit dernière, ce qui signifiait que le harceleur n'était pas loin à ce moment-là, qu'il attendait. À quelle distance ?

— Tous les hôtes sont là ?

Pru écarquilla les yeux.

— Tu penses que l'un d'entre eux aurait pu l'enlever ?

— Je procède par élimination, expliqua Xander.

Flynn, le mari de Pru, se dirigeait déjà vers la maison.

— Je vais vérifier.

— Avez-vous vu quelqu'un d'autre dehors ce matin ? N'importe qui parmi vous...

Ty jeta un coup d'œil aux autres personnes rassemblées, les incluant dans la question.

— On est en semaine, nous ne sommes donc pas au complet, expliqua Kennedy, trois clients se sont levés et ont pris leur petit déjeuner dans la salle à manger, et nous n'avons pas encore ouvert pour les rendez-vous de la journée au Spa.

Xander l'étudia.

— À quoi tu penses ?

— Ce Duke est le chien le plus amical du monde, et il ne faut pas grand-chose pour l'attirer. Je pense qu'il a servi d'appât.

— Y a-t-il des caméras de sécurité ? demanda Harrison.

— Non, commença Xander, nous n'avons jamais...

Mais Ty courait déjà vers la maison. Il gravit en courant les marches du porche d'entrée et franchit la porte. Il monta les escaliers deux par deux, se précipitant vers leur chambre au troisième étage.

Son sac de voyage était toujours là où il l'avait laissé, ses bottes de travail jetées près de la chaise. Mais toute trace de Paisley et de Duke avait disparu. Son absence le frappa comme un coup de poing, mais il n'avait pas le temps de s'y arrêter. Il se précipita sur son ordinateur portable, alors même que des pas résonnaient dans l'escalier.

— Qu'est-ce que c'est que ce bordel ? demanda Xander dans l'embrasure de la porte.

— J'ai installé des caméras quand on a emménagé.

— Tu es sérieux ?

Ty ne pouvait pas vraiment dire s'il y avait un blâme dans la voix de son patron, qui paraissait choqué.

— Je suis un maudit paranoïaque. Elles ne sont pas fixes.

Il fit revenir la vidéo en arrière, faisant défiler les images jusqu'à environ quarante-cinq minutes auparavant, tandis que Xander et Harrison regardaient par-dessus son épaule.

— Où diable sont-elles installées ? demanda Xander. Je n'ai rien vu dehors.

— Cachées dans l'avant-toit de la maison. Elles sont petites.

— On utilisait toutes sortes d'équipements de surveillance amusants dans l'armée, ajouta Harrison.

— Voilà.

On voyait Duke entrer dans le cadre, la queue en l'air, en train d'examiner le jardin latéral avec son reniflement habituel. Soudain, sa tête se releva, ses oreilles se dressèrent et sa queue se mit à remuer. Il se précipita hors du champ de vision. En changeant de point de vue, Ty pouvait juste distinguer une silhouette, tête baissée, faisant signe au chien depuis l'orée du bois. Il s'accroupit, caressa légèrement le chien, lui offrant clairement des friandises que Duke engloutit sans même les mâcher.

— Allez, enfoiré. Lève-toi et montre-toi, marmonna Ty.

Comme s'il suivait les ordres, le type attacha Duke en laisse et se leva, jetant un dernier regard vers l'avant de la maison et permettant à Ty de voir clairement son visage.

— Oh, putain non !

Des aboiements sourds mais frénétiques ramenèrent Paisley à la réalité.

Duke

Elle tourna la tête vers le son, s'efforçant de voir. Mais il n'y avait que du noir, et le mouvement fit hurler ses muscles. Tout lui faisait mal et son esprit semblait plongé dans le brouillard. Elle essaya d'avaler, mais quelque chose bloquait sa langue. L'étrangeté de la chose la ramena à la conscience.

Ce n'était pas « quelque chose », c'était un bâillon. Et elle ne pouvait pas voir parce qu'on lui avait bandé les yeux. Ses bras et ses pieds étaient immobilisés. Attachée à une chaise ? Le bois craqua lorsqu'elle s'efforça de bouger. Le reste lui revint en un clin d'œil. Les bois. Elle avait été attaquée. Droguée.

Une peur soudaine se fit jour à travers le brouillard de la drogue. Où était-elle ? Depuis combien de temps était-elle dehors ? Où était son kidnappeur ? Elle n'entendait rien à part son pouls et les aboiements continus de Duke. Il était vivant, et il n'était pas loin. C'était déjà quelque chose. S'efforçant de se calmer, elle fit l'inventaire de son corps. Des courbatures dues à la chute, des douleurs à l'endroit où ses bras avaient été tirés en arrière. Mais elle ne sentait aucune blessure majeure ni aucun signe de viol.

Pour l'instant, elle semblait être seule. Il ne faisait aucun doute que cela n'allait pas durer. Quel était le but ultime de son ravisseur ? Tout cela avait commencé par un contact relativement anodin pour en arriver à cette escalade. Qu'est-ce qu'il voulait, merde !? Avait-il l'intention de la garder, comme dans *Misery* ? Était-elle censée devenir une sorte de jouet ?

Fermant les yeux, elle souhaita ardemment voir Ty. Savait-il au moins qu'elle était partie ? S'il le savait, il la cherchait. Quel que soit son état d'esprit, du moment qu'elle était en danger, il n'arrêterait pas d'essayer de la retrouver. Elle n'avait aucun doute là-dessus. Il allait venir la chercher. Elle n'avait qu'à tenir bon jusqu'à ce qu'il le fasse.

Un bruit de charnières rouillées résonna dans l'espace. Un espace qui semblait bien plus grand que ce qu'elle avait imaginé. Paisley réprima un cri lorsque des pas se firent entendre sur le parquet grinçant, se demandant si elle devait faire semblant d'être encore inconsciente. Mais elle ne put s'empêcher de pencher la tête en direction du bruit, essayant de suivre le mouvement de la personne qui tournait autour d'elle. Contrôle de la pièce ? des secours ? Ty ?

Une voix grave, masculine, jura et se précipita vers elle. Paisley tressaillit lorsqu'elle sentit ses mains s'approcher de son visage. Le bandeau glissa.

— C'est bon. Je te tiens.

Elle tourna un regard trouble vers l'homme agenouillé devant sa chaise. Ce n'était pas Ty. C'était Joel Fisher.

Il rangea son arme de service et se déplaça derrière elle pour lui enlever le bâillon. Dès que sa bouche fut libre, elle remua la mâchoire, essayant de retrouver ses sensations.

— Tu vas bien ?

Elle était trop stupéfaite de le voir pour se concentrer sur autre chose.

— Je... qu'est-ce que tu... comment es-tu arrivé là ?

Avec un demi-sourire ironique, il commença à travailler sur les nœuds de ses chevilles.

— Appelle-moi la cavalerie. J'étais déjà en route pour venir ici, alors je me suis joint aux recherches quand tu as disparu.

— Depuis combien de temps ai-je disparu ?

— Depuis ce matin.

Cela faisait donc quelques heures, pas des jours.

— Pourquoi venais-tu par ici ?

Où était-ce *ici* d'ailleurs ? Était-elle encore quelque part à Eden's Ridge ?

— L'adjoint Brooks a appelé pour discuter du transfert de ton service de protection. J'ai cru comprendre que tu avais eu quelques problèmes ici. Nous avons préparé un refuge à Nashville.

Joel fit une pause, les mains posées sur ses genoux, et leva les yeux vers elle avec une expression qu'elle n'arrivait pas à déchiffrer. Une sincérité mêlée à une sorte d'adoration maniaque.

— Je vais te protéger.

Quelque chose dans tout cela sonnait faux. Ty n'aimait pas Joel et n'était pas particulièrement impressionné par lui comme inspecteur. Peut-être était-ce à mettre sur le compte de la jalousie, mais même si Ty renonçait à son propre rôle dans l'affaire, il trouverait quelqu'un qu'il connaissait et en qui il avait confiance pour le lui transmettre.

— Laisse-moi te détacher les mains.

Il se redressa, et le regard de Paisley tomba sur ses pieds et les bottes marron foncé qu'il portait. L'une d'entre elles était maculée de boue sur la pointe. Paisley pencha la tête, louchant sur la forme qu'elle prenait. Une croix.

Oh, mon Dieu !

Un vent de panique l'envahit, mais elle ne dit rien tandis que Joel commençait à lui détacher les poignets. Elle avait besoin d'avoir les mains libres si elle voulait faire quoi que ce soit. Et qu'est-ce qu'elle allait bien pouvoir faire, bon sang ? Remuant ses pieds, essayant de retrouver la sensation de ses orteils et de ses jambes, elle jeta enfin un coup d'œil autour d'elle, à la recherche de quelque chose qu'elle pourrait utiliser comme arme.

Elle se trouvait dans une église. Ou ce qui en avait été une. La plupart des vitres des fenêtres en ogive étaient fissurées ou avaient disparu. Ce qui restait était masqué par une couche de crasse. Quelques vieux bancs en bois étaient alignés en rangs irréguliers jusqu'à l'endroit où elle était assise. La chaire - ou l'endroit où quelqu'un devait se tenir - se trouvait derrière elle. Une grande croix brisée était appuyée contre la plate-forme surélevée de l'estrade. Il n'y avait rien qu'elle puisse prendre pour lancer. Rien qu'elle ne puisse déplacer dans son état actuel, à l'exception de la chaise sur laquelle elle était assise. Et s'il y avait une autre porte que celle par laquelle il était entré, elle ne pouvait pas la voir de sa position.

La pression sur ses bras se relâcha enfin. Paisley poussa un soupir de soulagement et se pencha en avant, se frottant les poignets et les mains. Elle devait gagner du temps. Chaque minute supplémentaire était une minute de plus pour que l'effet des médicaments se dissipe. Et aussi pour que de l'aide réelle puisse être en route.

— Duke. Duke va bien ?

— Il va bien, je crois. Il en a l'air, en tout cas. Je l'ai trouvé dans une cage là-bas derrière.

Quel genre de cage pouvait bien contenir mon petit Houdini ? Elle l'entendait maintenant, le bruit qu'il faisait dans la cage.

— Pourquoi personne ne l'a encore relâché ?

— J'étais plus préoccupé par toi.

Il lui tendit les mains pour qu'elle se lève.

— J'y arrive toute seule. Il faut que je le fasse.

Têtue, elle se leva, vacillant un peu.

— Tu es seul ici ?

— Oui. Nous nous sommes séparés pour te chercher. J'ai suivi une intuition et j'ai atterri ici. Dépêchons-nous. Qui sait quand ce type reviendra.

Se plaçant derrière la chaise pour pouvoir s'appuyer sur le dossier, elle insista :

— Je ne vais nulle part.

Si elle changeait d'endroit, Ty et ses hommes auraient peut-être plus de mal à la retrouver.

La confusion se dessina sur son visage.

— Quoi ? Bien sûr que si. Tu ne peux pas rester ici.

Paisley secoua la tête, essayant frénétiquement de trouver un moyen de s'en sortir. Comment pouvait-elle continuer à le faire patienter ?

— Je ne vais pas fuir éternellement, en regardant toujours par-dessus mon épaule. Je peux servir d'appât. Tu peux appeler des renforts. Il finira bien par revenir me chercher, et vous pourrez tous l'abattre.

Un muscle saillit dans la mâchoire de Joël.

— Impossible. Il faut qu'on y aille.

— Pourquoi ce n'est pas possible, Joel ?

Encore une fois, sa mâchoire se crispa. Il ne s'attendait vraiment pas à ce qu'elle rue dans les brancards.

— Il n'y a pas de signal radio ici. Nous devons nous déplacer pour avoir du réseau.

— Avec la radio que tu ne portes pas ? Ou est-ce parce que tu n'appelleras pas de renforts ? Parce que tu ne veux pas être pris ?

— Qu'est-ce que tu racontes ? Tu as reçu un coup sur la tête ?

— J'ai reconnu tes chaussures quand tu m'as frappée.

Il ferma les yeux et soupira.

— Pourquoi n'as-tu pas fait ce que tu devais faire ?

Saisissant sa chance, elle poussa la chaise vers lui de toutes ses forces, espérant le déséquilibrer. Quelques secondes. Cela n'allait lui faire gagner que quelques secondes. Mais elle s'élança vers la porte, esquivant les bancs et les lattes de bois cassées. Elle se saisit de la poignée et l'ouvrit d'un coup sec. Elle se précipita à l'extérieur, dans la faible lumière du soleil d'hiver. Le temps d'un éclair, elle pensa qu'elle allait s'en sortir. Mais Joel l'attrapa par la taille.

— Laisse-moi partir !

Il la prit à bras-le-corps et la fit pivoter vers l'intérieur.

Mais avant, elle eut le temps d'apercevoir la silhouette de son chien, libre et fonçant dans les bois.

Comme c'était le dernier endroit où Paisley a été vue, l'auberge Misfit avait été transformée en commandement d'intervention. Les équipes de recherche et de sauvetage avaient été déployées, passant les bois au peigne fin, à la recherche d'indices supplémentaires. Ty avait appelé la police de Nashville pour confirmer ce qu'il savait déjà, à savoir que Fisher n'était pas dans les parages. Il avait pris un congé personnel quatre jours auparavant. Ce ne suffisait pas pour l'accuser, mais le rapport de Carissa Knowles, qui avait enseigné à l'académie de police citoyenne avec lui, pesait lourd dans la balance.

— Il l'aimait beaucoup. Tout le monde l'aimait. C'était la belle fille de la classe, et tout le monde s'amusait davantage quand elle était là. Mais Fisher a dépassé les limites. Il flirtait avec elle, même si elle était prise. Il la touchait plus que nécessaire. Elle a bénéficié d'un traitement spécial et d'une attention particulière. Toutes les questions qu'elle lui posait l'excitaient. Comme si elles lui donnaient l'impression d'être important - le grand homme du campus, en quelque sorte. Ce qui était d'autant plus important pour lui qu'il avait vécu un divorce difficile quelques années auparavant. Il l'a mal pris quand il lui a demandé de sortir avec lui et qu'elle l'a repoussé.

— Qu'a-t-il fait ?

— En face d'elle, rien. Mais il boudait, comme un gosse. Malgré tout, il est resté ami en quelque sorte avec elle. À mon avis, il pensait l'attendre jusqu'à ce qu'elle soit à nouveau célibataire. Mais ça n'a pas marché non plus. Pour autant que je sache, elle n'est jamais sortie avec lui.

Cela correspondait à ce que Paisley lui avait dit elle-même.

— Avez-vous connaissance d'antécédents de harcèlement sexuel ou d'autres comportements inappropriés de la part de Fisher à l'égard de quelqu'un d'autre ?

— Il s'est fait taper sur les doigts à quelques reprises, mais il n'a pas été formellement accusé de harcèlement sexuel. Et c'est entièrement dû au fait que beaucoup de nos supérieurs sont faits du même bois.

— Savez-vous quelque chose à propos de son dossier ?

— Je savais qu'elle était venue ici pour quelque chose, mais je ne savais pas exactement quoi. Laissez-moi voir ce qu'il y a dans le système.

Le cliquetis des touches s'entendait en arrière-plan.

— Il n'y a pas de dossier.

— Quoi ?

— Il n'y a rien dans le système après l'agression. S'il enquêtait sur cette affaire, il le faisait officieusement.

Quel meilleur moyen de cacher sa propre implication que de contrôler le flux d'informations vers les autorités ?

— Merci pour votre aide.

— Si je peux faire quoi que ce soit d'autre, n'hésitez pas à me le faire savoir.

Ty raccrocha et transmit la conversation à Ivy.

— Donc, il la rencontre à l'académie de police citoyenne, tombe sous son charme, s'attache à elle, et se fait remballer. Le mois suivant, elle se fait agresser, et vers qui se tourne-t-elle ?

Fisher. Mais elle ne comprend toujours pas la situation. Elle ne passe pas du rapport professionnel au personnel, comme il voudrait. Puis l'envoi de paquets commence. Rien d'important. Juste assez pour l'effrayer. Elle se tourne à nouveau vers son ami. Elle devient de plus en plus agitée et inquiète au fur et à mesure que les choses avancent. Puis tu entres en scène et elle se tourne vers toi plutôt que vers lui. C'est à ce moment-là que l'on assiste au grand saut et à l'escalade. Parce qu'elle ne fait pas ce qu'il avait prévu. Tout ce qu'il a fait depuis avait pour but de l'éloigner de toi.

Les mains de Ty se refermèrent en poings.

— Ouais, eh bien, on peut dire que ça a marché.

Ivy balaya cela du revers de la main, fronçant les sourcils alors qu'elle continuait à examiner le problème dans sa tête.

— Mais pourquoi l'enlever maintenant ? S'il veut être le bon gars, celui vers qui elle se tourne, comment est-ce que ça se concilie avec l'objectif ?

— Quelle importance ? Il l'a prise. Fin de l'histoire.

— Parce que ça nous dit quelque chose sur le danger direct qu'elle court. S'il s'agit de la suite d'un canular élaboré ou si c'est une histoire du genre « si je ne peux pas l'avoir, personne ne l'aura ». Pour info, tout porte à croire qu'il s'agit de la première hypothèse.

— C'est une bonne théorie, mais nous avons besoin de preuves, de pistes. Où diable l'a-t-il emmenée ? L'avis de recherche concernant son véhicule n'a rien donné. On ne sait pas s'il est en route pour Nashville ou s'il se terre ici.

— La police est en train d'envoyer quelqu'un chez lui, rapporta Xander.

— Nous avons besoin de copies de ses comptes et de ses relevés téléphoniques, ajouta Leanne. Je travaille à l'obtention d'un mandat pour cela.

— Pour l'instant, la recherche de propriété ne donne pas grand-chose. A part sa maison à Nashville, rien n'apparaît, intervint Laurel. S'il a un endroit précis où l'emmener, soit ce n'est pas sa maison, soit l'acte de propriété est au nom de quelqu'un d'autre. Tu as dit qu'il était divorcé. Peut-être qu'il y a quelque chose sous le nom de son ex-femme.

Ty fit nerveusement un tour de la pièce.

— Tout cela prend trop de temps.

Il l'avait enlevée depuis près de quatre heures. C'était assez long pour retourner à Nashville ou même quitter carrément l'État.

— C'est tout ce qu'on a, répliqua Xander. Tout le monde en ville est à l'affût de Paisley et Duke. La chaîne téléphonique et les réseaux sociaux de la ville ont été mis à jour. On fait de notre mieux.

Avant qu'il ne puisse exploser et dire que ce n'était pas suffisant, le téléphone portable de Paisley se mit à sonner. Le numéro qui clignotait sur l'écran ne figurait pas dans ses contacts et avait un préfixe local.

Ty le décrocha.

— Allo ?

— Oui, euh, est-ce qu'il vous manque un chien ?

Ses mains se crispèrent sur le téléphone.

— Oui. Qui est à l'appareil ?

— Mel Jackson. Ce sympathique toutou est sorti des bois en courant, près de ma maison. Il a couru jusqu'à moi. J'ai vu qu'il avait un collier et je l'ai attrapé pour qu'il ne puisse plus s'enfuir.

— Pouvez-vous décrire le chien ?

— On dirait une sorte de mélange berger-labrador. Il est plutôt fauve avec du blanc sur le poitrail et du noir sur la queue. Ce numéro était sur son collier.

Un brin de soulagement se fit sentir.

— C'est Duke. Est-il blessé ?

— Il me semble qu'il va bien. Plutôt agité cependant.

• Je viens le chercher. Où êtes-vous ?

Il nota l'adresse et raccrocha.

— Duke vient de se pointer chez Mel Jackson sur Sweet Gum Road.

Xander fronça les sourcils.

— C'est à l'autre bout du Comté.

— Qu'est-ce qu'il y a autour ?

— Pas grand-chose. Quelques terres agricoles. Une forêt. L'ancienne colonie d'Eary.

— Qu'est-ce que c'est ?

— C'était une ville au XIXème siècle. Porter pourrait vous en dire plus que moi sur les raisons de son abandon. Il a toujours été plus passionné d'histoire que moi. Quoi qu'il en soit, ce qui ressemble à des routes est envahi par la végétation depuis des décennies. Je n'y suis pas allé depuis des années, mais la dernière fois que j'y suis allé, il ne restait plus grand-chose de debout. C'était en fait un tas de ruines qui se sont effondrées il y a des années.

— Il y a une église.

Tout le monde se tourna vers Laurel, qui montra à tous son ordinateur portable.

— Elle est sur quelques sites de lieux abandonnés.

— Tu penses qu'il aurait pu l'emmener là-bas ? demanda Leanne.

— Je n'en sais rien. Duke n'aurait pas pu aller aussi loin à pied. Mais comme tu l'as souligné, il serait difficile d'y entrer et d'en sortir avec une personne inconsciente ou récalcitrante. Il est tout aussi possible que Fisher ait jeté le chien dans le coin dans l'espoir de nous distraire pendant qu'il se tirait de là.

Mais l'instinct de Ty lui criait que c'était le tournant dont ils avaient besoin. Il échangea un regard avec Harrison et Sebastian.

— Je vais le chercher.

Harrison se leva.

— Je vais t'y conduire en voiture.

— Je vous suivrai et je l'examinerai, juste pour m'assurer qu'il va vraiment bien, ajouta Sebastian.

Xander secoua la tête en direction du bureau de l'auberge.

— Vous trois.

Malgré le fait qu'il fut impatient de partir, Ty suivit son patron à l'intérieur.

Xander parla à voix basse.

— Je ne suis pas né d'hier. Qu'est-ce que vous êtes en train de mijoter ?

— Je vais chercher le chien de Paisley.

— Tu penses qu'il est à Eary.

— Peut-être, admit Ty.

— Je peux parler à Chris pour qu'il ramène l'équipe de recherche et de sauvetage. Mais il faudra du temps pour les rassembler là-bas.

Ty secoua la tête.

— Oui, ça va prendre du temps et ça pourrait même nous en faire perdre. Il n'est pas nécessaire de les retirer de la recherche là où ils sont sans plus de preuves. Je veux vérifier. Je risque de me planter, mais s'il la retient dans ce coin, une petite équipe très entraînée a beaucoup plus de chances d'arriver jusqu'à elle sans être détectée. Les équipes de recherche et de sauvetage sont entraînées à faire du bruit pour que les gens qui se sont perdus les entendent ; alors que nous, nous sommes entraînés à être des fantômes.

Les yeux sombres plongèrent dans les siens.

— Je n'aime pas ça. Mais je sais que tu vas le faire de toute façon, alors tu vas me faire le plaisir de t'arrêter à la station d'abord. Ces deux-là ont besoin d'équipement tactique.

— Merci.

— Ne fais rien qui m'obligerait à t'arrêter.

La bouche de Ty se contracta.

— Compris.

Avec l'arrêt au bureau du shérif pour récupérer du matériel et la Cruiser de Ty, il lui fallut plus de temps qu'il ne l'aurait voulu pour arriver chez Mel Jackson. Dès qu'il se gara, la porte d'entrée s'ouvrit, et un vieil homme aux cheveux grisonnants, vêtu d'une ancienne veste de l'armée, en sortit. Ty le reconnut comme l'un des vétérans qui assuraient bénévolement la sécurité au Palais de justice.

— M. Jackson ? Je suis l'adjoint Brooks. Nous avons parlé du chien.

— Il appartient à votre petite dame.

Le ton sobre de Mel indiquait clairement qu'il avait appris depuis la nouvelle de la disparition de Paisley.

— Oui.

Après avoir acquiescé une fois, Mel ouvrit à nouveau la porte et Duke sortit en trombe, se dirigeant directement vers Ty, aboyant sans sa joie habituelle. Le son était plus grave, plus puissant. Il s'arrêta juste hors de sa portée et se mit à piétiner, tourner sur lui-même puis courir un peu plus loin vers les bois. Il s'arrêta, en aboyant fort de nouveau et en piétinant sur place.

Sebastian ferma la porte de son camion.

— Est-ce qu'il fait ce que je pense qu'il fait ?

Envoyant une prière à la première divinité prête à l'écouter, Ty ouvrit son coffre.

— Si Dieu existe, il nous envoie un Lassie. Habille-toi.

15

Paisley était de nouveau attachée à cette maudite chaise, cette fois avec des menottes en plastique. Si elle avait pu bouger les bras, elle aurait pu se libérer. Joel lui avait appris lui-même à le faire lors de l'académie de police citoyenne. Mais sans un peu de mou pour prendre de l'élan, elle était coincée. Elle s'était attendue à ce qu'il la drogue à nouveau et l'emmène là où il avait prévu d'aller. Il n'avait même pas essayé. Elle se rendit compte que ce n'était pas son intention. L'endroit où ils se trouvaient était isolé, et il ne semblait pas avoir de véhicule à proximité pour les en faire sortir. Il s'attendait bien à ce qu'elle parte à pied avec lui, comme quand on prête secours à une brave petite victime d'enlèvement.

Eh bien, elle avait tout fait foirer, c'était ballot, non ?

Mais comme Joel continuait à arpenter l'église, se passant les doigts dans les cheveux en marmonnant, elle n'était pas sûre que ce soit une bonne chose. Il ne voulait pas vraiment lui faire du mal. Même s'il l'avait malmenée, il n'avait utilisé que la force nécessaire pour la maîtriser. Si elle avait attendu d'être dans un endroit moins reculé, où il y avait d'autres personnes, ou même d'être plus loin dans les bois où elle aurait pu trouver une branche à portée de la main ou autre chose, elle aurait peut-être pu réussir à s'échapper.

Trop tard maintenant.

Elle n'avait pas joué le jeu de son scénario et il n'était plus possible de revenir en arrière.

Son agitation montrait clairement qu'il n'était pas doué pour penser vite et bien. Il voulait envisager la situation sous toutes ses coutures. Combien de temps faudrait-il avant qu'il ne comprenne qu'il n'y avait pas d'issue à cette situation ? Il l'avait kidnappée. Il était probablement derrière le harcèlement qui l'avait rendue parano. Il n'y avait aucune chance qu'elle le laisse s'en tirer comme ça, ce qui signifiait qu'il ne pouvait pas se permettre de la laisser partir.

Paisley n'aimait aucune des fins de ce scénario.

Peut-être que si elle le faisait parler d'autre chose pour qu'il ne puisse pas réfléchir activement à ce qu'il devait faire, elle gagnerait du temps. Duke était libre. Si Joel l'avait remarqué, il n'en avait rien laissé paraître, et elle n'allait pas le lui faire remarquer. Son chien incroyablement sociable trouverait sûrement la personne la plus proche, qui préviendrait quelqu'un. Les gens devaient être en train de la chercher. Il fallait juste qu'elle leur donne une chance d'arriver jusqu'à elle.

— Ce n'est pas comme ça que les choses devaient se passer, murmura-t-il. Pas du tout.

— Comment étaient-elles censées se dérouler ? Comment tout cela était-il censé fonctionner ?

Elle laissa sa voix s'emplir de curiosité authentique plutôt que de mépris. L'écrivaine en elle voulait vraiment savoir, et se concentrer sur ce point l'aidait à tenir la panique à distance.

Il releva la tête, les yeux pleins d'une détresse frustrée.

— Nous étions censés sortir d'ici ; j'aurais réussi à te sauver et ça aurait prouvé que je pouvais assurer ta sécurité. Ensuite, nous serions retournés à la planque de Nashville, pour que tu puisses enfin passer le temps dont tu as besoin avec moi pour apprendre à me connaître et à te rendre compte. Tu avais juste besoin de temps.

— Me rendre compte de quoi ?

— Que nous sommes faits l'un pour l'autre. Je l'ai su dès notre première rencontre. Tu es la première personne qui m'a fait sentir que j'étais quelqu'un, après le divorce. Tu m'as traité comme si j'avais de la valeur. Comme si je n'étais pas un raté d'âge moyen, qui avait atteint son maximum trop tôt, allant nulle part dans un costume bon marché. Comme si j'avais quelque chose à offrir. Nous étions amis, toi et moi. Et il était clair que nous avions le potentiel pour être plus.

Il passa doucement ses doigts sur sa joue, l'air tendre.

Paisley s'efforça ne pas reculer devant ce contact.

— J'en avais besoin. J'avais besoin de toi. J'ai compris que tu n'étais pas célibataire quand je t'ai demandé de sortir avec moi après l'académie. Mais une fois que tu l'as été, tu as continué à dire non.

La douceur se transformait en frustration, alors elle enchaîna.

— Je n'étais pas dans une situation propice à une relation. Je te l'ai dit.

— Je sais. Alors, je voulais me positionner pour être dans les parages quand tu le serais.

— Je ne comprends pas.

Fais-le parler. Joue les idiotes. Obtiens des aveux.

— Je voulais juste te faire un peu peur, admit-il. C'était fastoche. Il faut vraiment que tu fasses plus attention à ce qui t'entoure quand tu es en public.

— Toi ? L'agression, c'était toi ?

Elle avait supposé que c'était lui qui avait envoyé les paquets, mais elle n'avait pas besoin de feindre le choc. Elle lui avait fait confiance. Elle avait cru qu'il avait ses intérêts à cœur.

Quelle idiote !

— Tu étais censée te tourner vers moi. C'est moi qui étais là pour toi. C'est moi qui me suis soucié de toi. Mais après ça, rien n'avait changé. J'ai donc dû faire preuve de créativité. Trouver quelque chose pour te ramener dans mon orbite.

— Alors, tu as fait quoi ? Tu as inventé un faux fan délirant ?

— C'était un jeu d'enfant, vraiment, après ce dont tu as parlé à l'académie. Tu as une imagination débordante. Ça me paraissait être une menace à l'eau de rose dont il aurait été facile de se débarrasser une fois que je n'en aurais plus eu besoin. Cela n'aurait jamais dû aller aussi loin. Mais tu n'as pas fait ce que tu devais faire. Tu t'es tourné vers *lui*.

Lui refaire penser à Ty ne semblait pas être une bonne idée.

— Pourquoi ? Je ne comprends pas pourquoi tu t'es donné tant de mal, en créant une sorte de faux danger, juste pour attirer mon attention.

Joel la fixa comme s'il s'agissait de l'élément le plus évident de toute cette affaire.

— Je voulais être ton héros.

— Tu te méprends lourdement sur ce qu'est un héros.

Les mots étaient sortis avant qu'elle n'ait le temps d'y penser.

Son grognement amer retentit dans les combles.

— Je suppose que tu diras qu'un héros est censé être comme Ty Brooks : l'adjoint d'une petite ville et ton vieil *ami*.

Paisley ne put s'empêcher de lever les yeux au ciel en entendant son ton méprisant. Il ne savait pas qui était vraiment Ty. Un mouvement à travers l'une des fenêtres entra dans son champ de vision. Était-ce quelqu'un qui bougeait ou simplement les arbres qui se déplaçaient sous l'effet du vent ?

— Dis-moi, Paisley, qu'est-ce qu'il a que je n'ai pas ? Pourquoi l'as-tu choisi ?

Ignorant la question, elle choisit de le faire raisonner. Pour l'instant, il l'écoutait. Si elle parvenait à retenir son attention, elle gagnerait du temps, et c'était un sujet dont elle pouvait parler pendant des heures.

— L'héroïsme n'est pas une question de protection physique contre le danger. Il ne s'agit pas d'actes de bravoure. Ce sont les définitions des hommes (et oui, elles sont valables), mais ce ne sont pas les seuls types d'héroïsme qui existent. Pour la plupart des femmes, ce ne sont même pas les plus importants. Je veux dire que j'aime les durs à cuire autant que n'importe qui, mais la plupart d'entre nous ne vivent pas des vies où on en a besoin tout le temps.

Prise par son sujet, elle tenta de se pencher en avant, mais les menottes l'en empêchaient.

— Pour moi, l'héroïsme consiste à être la personne dont j'ai besoin. Voir ce qui est à faire et le faire parce qu'on le peut. Me faciliter la vie de mille et une façons, comme aller chercher mon vin préféré sur le chemin du retour parce que tu sais que j'ai eu une sale journée à cause d'une panne d'écriture, ou promener le chien et préparer le petit-déjeuner au lit parce que je me suis couchée trop tard. Passer l'aspirateur parce que tu te souviens de la fois où j'ai écrasé mon orteil juste après mon opération et que cela me traumatise un peu. Tu dis que tu veux que je te voie. C'est exactement ce dont il s'agit. De voir ta partenaire pour ce qu'elle est vraiment en tant que personne. Pas comme une figure idéalisée. Pas comme une servante, une mère ou un jouet. C'est la principale plainte que j'entends de la part de mes lectrices. Leurs partenaires ne les voient pas. Cela va au-delà de désagréments tels que laisser la lunette des toilettes relevée ou des vêtements sales sur le sol. Les femmes veulent des hommes qui s'engagent dans les tranchées de la vie quotidienne, qui ne se contentent pas de s'assurer que les portes sont verrouillées la nuit et de dormir du côté du lit le plus proche de la porte au cas où le grand méchant loup entrerait par effraction, ou toute autre chose que le patriarcat considère acceptable comme comportement masculin. Elles veulent de vrais partenaires.

Joel la regardait comme s'il avait vu une extra-terrestre. Pas de problème. Ce n'était plus vraiment à lui qu'elle parlait.

— Ce n'est pas héroïque, protesta-t-il.

— Pour la mère épuisée de deux enfants, qui n'a pas dormi depuis des semaines, ou pour la femme qui essaie de concilier carrière et mariage, ça l'est. Vraiment, ce n'est pas de ta faute si tu ne comprends pas ça. Tu es victime d'une masculinité toxique, de décennies de programmes conçus pour maintenir le statu quo. Et où cela t'a-t-il mené ? Au divorce après un mariage où probablement aucun de vous n'a vraiment vu l'autre, au culte d'un travail dont je ne suis pas sûr qu'il te plaise, le long d'une voie qui a commencé comme un effort pour sortir des sentiers battus et qui s'est transformée en un bazar problématique au milieu de nulle part, avec la femme à laquelle tu prétends tenir, attachée à une chaise.

Il eut la bonne grâce de tiquer devant ce discours.

— Tu voulais savoir ce que Ty a de plus que toi, pourquoi je l'ai choisi ? L'histoire. Une histoire longue et impliquée qui nous a finalement réunis après des années de séparation. Je l'aime. Je l'ai toujours aimé, avec ses défauts et tout le reste. Et ça n'a rien à voir avec le fait qu'il soit un ancien Ranger de l'armée qui en ce moment tient un pistolet pointé sur ta tête.

La porte s'ouvrit dans un grand fracas.

Paisley s'élança sur le côté, faisant basculer la chaise, tandis que Joel attrapait son arme et se retournait. Des coups de feu retentirent, et elle cria, voyant le corps de Joel se renverser et tomber sur l'un des bancs, l'emportant dans sa chute. Des bruits de pas retentirent à l'intérieur, accompagnés d'une forme floue couleur fauve. Grognant, les babines retroussées, son précieux chien paisible planta ses dents dans les fesses de Joel. Le hurlement faible et sifflant montra que son ravisseur n'était pas mort, en fait.

D'un mouvement rapide et efficace, Ty réduisit la distance, mettant l'arme de Joel hors de portée d'un coup de pied. Derrière lui, Harrison et Sebastian s'approchèrent, leurs propres armes braquées sur l'homme qui se tordait. Aucun d'entre eux ne fit quoi que ce soit pour décourager Duke.

— Vous n'allez pas l'arrêter ? demanda Paisley.

Abaissant son arme, Ty la mit de côté et redressa sa chaise.

— Bon, l'un d'entre nous mérite d'avoir un morceau de lui, au moins . Duke est celui qui nous a menés à toi, alors il a bien droit à une prime.

— Tu lui as déjà tiré dessus !

— Une balle dans un sac de haricots. Ça ne compte pas. Bien qu'il ait probablement quelques côtes fêlées ou cassées d'après le son de sa respiration.

Il s'accroupit et mit sa main sur sa joue.

— Ça va ?

— Secouée. Un peu endolorie. Mais ça va, oui. Il ne m'a pas fait de mal.

La gorge de Ty se noua, et ses lèvres se tordirent finalement en quelque chose qui ressemblait à un sourire.

— Il n'y a que toi pour réussir à distraire un kidnappeur avec un cours sur le patriarcat et la masculinité toxique.

Elle chercha son visage des yeux, s'imprégnant de sa vue et se demandant ce qu'il avait entendu.

— Ce n'était pas seulement pour lui.

Baissant le regard, il sortit un couteau tactique et commença à trancher les menottes en plastique.

Comprenant que ce n'était pas le moment, elle eut pitié de Joel qui criait toujours.

— Duke ! Viens ici, bébé.

Avec un dernier aboiement, comme pour dire « Et que ça te serve de leçon ! », son chien s'approcha en trottinant, la queue frétillante, la bouche ouverte dans un large sourire canin. Il se frotta contre elle, gémissant, léchant. Dès qu'elle eut les mains libres, elle l'entoura de ses bras.

— Tu es vraiment un bon garçon. Dès que nous serons rentrés à la maison, je t'offrirai le steak le plus gros et le plus juteux que je pourrai trouver.

Elle sentit Ty changer d'humeur avant même qu'il ne s'approche de Joel, lui tirant brutalement les mains derrière le dos pour lui passer les menottes.

— Tu es en état d'arrestation pour enlèvement, agression, entrée par effraction, et ce n'est qu'un début.

Joel hurla à nouveau tandis que Ty le faisait mettre debout.

— J'ai besoin... de soins médicaux.

— Mais tu les auras. Un jour ou l'autre. Il y a juste un problème : c'est que tu as choisi un endroit tellement isolé qu'il va nous falloir un certain temps pour te ramener. Tu vas donc devoir supporter de ce que Duke a fait à tes fesses, bien fait pour toi. En attendant, tu as le droit de garder le silence.

Il lut ses droits à Joel et ce ne fut qu'après qu'il envoya un message radio pour signaler qu'elle avait été retrouvée et prendre des dispositions pour la prendre en charge. Le temps que les secours arrivent, il ne l'avait toujours pas touchée. Il l'avait à peine regardée. Pendant qu'elle se glissait à l'arrière d'un véhicule tous terrains, avec Harrison à la place de Ty, Paisley réalisa que la mission était terminée, l'objectif atteint, et qu'elle allait devoir vivre avec le fait de l'avoir laissé partir.

La nuit était tombée lorsque toutes les formalités furent réglées. Les blessures de Fisher avaient été soignées et il était en cellule. Malgré l'offre de report, Paisley avait insisté pour faire sa déposition. Ty avait écouté son récit des événements, pensant à ce qui aurait pu se passer et se sentant mal. Puis il avait fait sa propre déposition, reconnaissant de n'avoir rien eu à supprimer. Il s'était préparé à recourir à la force meurtrière, mais il ne regrettait pas de ne pas avoir eu besoin de l'utiliser. Paisley avait suffisamment de traumatismes à gérer sans ajouter cela à la liste, et le respect des règles signifiait qu'il y avait moins de chances que Fisher se défile en invoquant un quelconque détail technique. Il y aurait de la paperasse - il y avait toujours de la paperasse - mais cela pouvait attendre.

Xander posa son stylo et étira sa main.

— Je suis sûr que nous aurons d'autres questions. Mais pour l'instant, vous êtes tous les deux libres de partir.

Paisley se leva de la table.

— Ma voiture est à l'auberge.

Ty prit ses clés.

— Je vais t'y emmener.

Ils montèrent dans la voiture de patrouille, Duke à l'arrière, Paisley sur le siège passager avant. Le silence s'installa entre eux alors que Ty sortait du parking. Il s'aperçut qu'elle croisait les bras sur son ventre, et qu'elle ne le regardait pas.

Il ne fallait plus ignorer l'inévitable.

— J'ai besoin de dire certaines choses.

Il sentit plutôt qu'il ne vit qu'elle se crispait.

— D'accord.

— Je suis désolé. La liste des raisons qui m'ont poussé à le faire devient assez longue, maintenant. J'ai dépassé les bornes hier soir. Je me suis trop pris la tête, j'ai trop écouté mes démons. Je n'aurais jamais dû dire ces choses, et je n'aurais certainement pas dû te laisser toute seule, sans aide. J'avais juré de te protéger, et au lieu de ça, j'ai été un vrai con et je t'ai donné l'impression qu'il valait mieux partir plutôt que de rester et de traiter avec moi.

Elle lui jeta un coup d'œil surpris.

— Tu savais que j'étais en train de partir ?

— Ari m'a en quelque sorte fait la leçon à ce sujet.

Paisley émit un petit rire.

— À moi aussi.

Elle se concentra à nouveau sur le nuage sombre.

— La nuit dernière me semble remonter à une éternité. J'apprécie tes excuses, Ty, mais il semble que nous soyons quittes pour tout cela. Tu as fait ce que tu avais décidé de faire. Tu as coincé la personne qui était derrière tout ça.

Son ton était faux. Tendu d'une certaine manière.

— Tu as l'air... pas tout à fait contente de ça.

Ses épaules se contractèrent.

— C'était quelqu'un que je considérais comme un ami, alors ça m'a fait réfléchir sur mon jugement.

— Tu as déjà dit quelque chose à ce sujet. Tu as dit que tu n'avais jamais fréquenté quelqu'un que tu ne considérais pas comme quelqu'un de bien. Tu n'es jamais sortie avec lui.

— Parce que je ne pensais pas que nous étions faits l'un pour l'autre, et qu'il ne m'attirait pas. Pas parce qu'au fond de moi, j'avais reconnu qu'il avait l'étoffe d'un harceleur. Je l'ai regardé avec des lunettes roses, et regarde où ça m'a amenée.

— J'ai toujours aimé le fait que tu vois le meilleur chez les gens.

— Je ne sais pas si je pourrai continuer à le faire. Je pense qu'il me faudra du temps pour accepter que ce soit fini. Que je suis en sécurité et que je n'ai plus à regarder par-dessus mon épaule. Mais c'est surtout que je suis triste que ce soit fini entre nous.

Les paroles s'insinuèrent entre les côtes de Ty comme une lame, déclenchant la panique. Tout ce qu'elle avait dit dans l'église était-il un mensonge ? Juste quelque chose destiné à distraire Fisher, pour qu'ils puissent agir ? Il serra très fort le volant tandis qu'elle continuait à parler.

— Enfin... ce n'est pas que je ne m'y attendais pas, au début. Tu as été très clair sur ce que tu avais à offrir. C'est juste la menace qui pesait sur moi qui a changé les règles. Maintenant, c'est du passé, et tu réalises que rien n'a vraiment changé pour toi. Je comprends... je déteste ça, mais je comprends. J'ai été l'idiote qui est tombée amoureuse de toi à nouveau. C'est de ma faute. Je ne t'en veux pas de ne pas ressentir la même chose.

Incapable d'en écouter davantage, Ty rangea la voiture sur le bas-côté et se tourna vers elle.

— Qu'est-ce que tu racontes, bordel ? *Tout* a changé, même quand je ne le voulais pas. J'admets que j'ai un peu perdu la boule avec l'affaire, et que j'ai dit des choses inadmissibles ce faisant, mais je n'ai pas changé d'avis sur le fait que c'est avec toi que je veux être. J'étais en train de réfléchir à la meilleure façon de te demander humblement une deuxième chance quand j'ai appris que tu avais disparu. J'y ai été empêché à cause des recherches, alors laisse-moi être franc : je t'aime. Je t'ai toujours aimée. Et même si j'ai merdé, même si je t'ai fait du mal, et que je n'ai pas le droit de te demander quoi que ce soit, je te supplie de ne pas laisser tomber notre couple. De ne pas *me* laisser tomber.

Paisley s'élança vers lui, ou du moins essaya. La ceinture de sécurité, la console et l'ordinateur la stoppèrent net.

— Oh, pour l'amour de... de toutes les fois où tu n'es pas dans ton pick-up avec une banquette !

Elle détacha sa ceinture de sécurité et s'étira suffisamment pour prendre son visage dans ses deux mains.

— Je ne veux pas renoncer à nous, et je ne renoncerai jamais à toi.

Il tenta de réduire la distance qui les séparait, mais fut arrêté par sa propre ceinture de sécurité. Il l'arracha en jurant et s'approcha d'elle, sans se soucier de se cogner les coudes sur tout cet équipement soudain incommode et casse-pieds. Il avait besoin de mettre ses mains, sa bouche sur elle.

Au premier baiser qu'il lui donna, Ty faillit fondre dans un flot de soulagement. Elle ne partait pas. Elle ne l'abandonnait pas. Il ne l'avait pas perdue à cause de sa propre peur et de sa stupidité. Enfouissant ses mains dans ses cheveux, il lutta pour se rapprocher. Elle ouvrit sa bouche sous la sienne, aussi fougueuse et avide que lui d'effacer toute la douleur et la distance des derniers jours. Il voulait de la peau, il voulait la faire sienne de toutes les façons possibles. Ses doigts s'acharnèrent d'abord sur sa chemise, ne réussissant pas à ouvrir plus de quelques boutons avant que ce maudit tableau de bord ne se mette en travers de son chemin ; puis abandonnant la chemise, elle passa la main sur ses cuisses, palpant son érection au garde à vous.

— J'ai besoin de toi, murmura-t-elle avec un gémissement de frustration qu'il ressentit jusqu'à la moelle.

— Moi aussi.

Affamé de son goût, il reprit sa bouche.

Il était sur le point d'envisager quelque chose de radical et de frôler l'indécence en public lorsque quelqu'un klaxonna. Ty recula à temps pour voir des phares les dépasser à travers les fenêtres embuées.

— Ce n'est vraiment pas l'endroit pour ça - se raclant la gorge, il se força à la lâcher et se réinstalla dans son siège – Attache ta ceinture !

Pendant qu'elle s'exécutait, il appuya sur le bouton de dégivrage et remit la voiture en marche de ses mains tremblantes.

— Fais demi-tour !

— Quoi ?

Paisley enroula une main autour de son bras.

— Mes affaires resteront là. Ramène-moi à la maison, Galaad. Je veux faire l'amour avec toi dans notre lit.

Il ne s'était pas laissé aller à rêver depuis des années, mais voilà qu'elle lui offrait celui qu'il avait enfoui au plus profond de son cœur. Il ferait en sorte qu'elle ne le regrette pas.

— À vos ordres, madame !

16

Paisley savait qu'elle aurait dû dormir. Mentalement et émotionnellement épuisée après les événements de la journée, bien en sécurité dans les bras de Ty, elle aurait dû être complètement inconsciente. Mais son cerveau tournait à toute vitesse, passant d'une chose à l'autre comme une boule de flipper.

Ty l'aimait. Il l'aimait. Il l'aimait. Cela résonnait dans sa tête comme le plus sublime des refrains. Il ne la laisserait pas partir. Il ne mettrait pas fin aux choses. Elle ne voulait pas faire de longues distances. Il ne se débrouillerait pas aussi bien en ville, et il aurait besoin du soutien constant d'Harrison et de Sebastian. Elle pouvait travailler n'importe où. Elle voulait décider de tout cela, maintenant, verrouiller le tout, pour que ses nuits soient faites de la chaleur de sa peau contre la sienne et de la sensation des battements de son cœur sous sa paume, et que ses jours aient pour objectif de le faire sourire. Plus d'attente. Plus d'angoisse. Mais il était trop tôt pour tout cela. Quelques heures après un enlèvement, ce n'était pas le moment de prendre des décisions importantes pour sa vie.

— Tu penses si fort qu'on entend l'écho sur le plafond.

Sa voix était brouillée par le sommeil.

— Désolée, murmura-t-elle en déposant un baiser sur sa poitrine.

Il se remit à dessiner des cercles paresseux sur son dos, un geste à la fois apaisant et excitant qui l'avait plongé dans le sommeil après une séance de sexe de réconciliation stupéfiante et athlétique. Elle reproduisit le mouvement sur sa poitrine. Ils ne se lassaient pas de se toucher.

— Qu'est-ce qui te préoccupe ?

Paisley se blottit plus près de lui, enchevêtrant sa jambe avec la sienne.

— Je veux vendre mon appartement - la main qui caressait son dos s'arrêta - J'y pensais déjà avant aujourd'hui. Hier ? Qu'importe. Je ne pense pas que je pourrais recommencer à y vivre après tout ce qui s'est passé.

— Tu pourrais toujours le mettre en location temporaire quelque temps, pour te donner le temps d'être sûre.

— Peut-être, parce que ce serait en fait un bon investissement. Mais je suis sûre de moi. Tu es ici, donc c'est là que je veux être.

Comme il ne répondait pas immédiatement, son cœur se mit à battre frénétiquement.

— Non pas que je veuille m'installer avec toi sans te demander ton avis. Je n'essaie pas de précipiter les choses.

Son rire à gorge déployée interrompit la panique.

— Je ne pense pas que quiconque puisse nous accuser de précipiter les choses. Vingt ans, c'est assez long – d'un seul coup, il roula sur lui-même pour lui faire face, rabattant ses cheveux derrière une oreille - si tu *veux* ton propre appartement, c'est très bien. Je t'ai poussée à emménager avec moi sans vraiment te demander ce que tu voulais, et tu as subi beaucoup de stress et de changements. Je comprends tout à fait que tu préfères avoir un peu d'espace pour respirer. Mais si c'est parce que tu as l'impression que j'ai besoin d'un peu d'espace, oublie ça. J'ai eu de l'espace. Je n'en veux plus.

L'érection grandissante qui se pressait contre son ventre soulignait ce point. Paisley se tortilla contre lui avec un sourire en coin.

— Ça se sent.

— Coquine ! - Il lui mordit doucement la bouche et l'entoura de ses bras - Je veux trouver *notre* maison. Nous aurons besoin d'un endroit plus grand, avec un vrai jardin clôturé pour Duke, une chambre avec une vraie porte, une terrasse pour recevoir...

Paisley bascula en arrière pour pouvoir le regarder, certaine qu'il plaisantait.

— Tu veux recevoir ?

— Avec toi ? Oui. Tout est plus amusant avec toi. Quoi qu'il en soit, il devrait y avoir une salle de bains principale, avec une grande baignoire pour se tremper les fesses à deux et une douche à l'italienne.

Se mettant au diapason, elle se mit à sourire.

— Avec plein de jets.

— Naturellement. Une cuisine avec un vrai plan de travail pour toute la cuisine que nous allons faire ensemble.

— On va cuisiner ensemble ?

— Tout le temps. Surtout les petits-déjeuners du week-end qui se termineront par un retour au lit.

— J'aime de plus en plus cette idée à mesure que tu en parles.

— Moi aussi. Tu auras besoin d'un bureau, bien sûr.

— Et il devrait y avoir une bibliothèque.

— Il nous faudra absolument une bibliothèque, avec de grands meubles confortables et peut-être une cheminée, confirma-t-il.

Elle était séduite et excitée à l'idée, et lui rappela les tiroirs de livres sous le canapé.

— J'ai trouvé les tiens.

Ses sourcils se froncèrent.

— Mes quoi ?

— Les tiroirs de ta bibliothèque sous le canapé.

— Ah ! J'ai dû faire preuve de créativité en matière de rangement. Il n'y a pas beaucoup de murs vides pour les étagères dans cet endroit.

Lui parlerait-il de son livre préféré si elle le lui demandait ? La question semblait moins délicate maintenant.

— J'ai vu mes livres là-dedans.

— Je t'avais dit que je les lirais.

Elle ne l'avait pas cru et avait été trop mortifiée par ce que ces livres avaient révélé d'elle au cours des années où ils étaient séparés.

— Oui. Certains avaient l'air d'avoir été lus plus d'une fois.

— Bien sûr.

— Pourquoi *Edge of Reason* ? On dirait que tu l'as bien aimé, comme s'il y avait quelque chose qui te poussait à le relire, encore et encore.

— C'est vrai. Tu te souviens que j'ai dit que tu écrivais comme tu parlais ?

— Oui.

— Il y avait ce passage après le bombardement, quand Boone et Layla sont piégés et pensent qu'ils ne vont pas survivre – son regard devint un peu vague - il dit : « La maison n'est pas un endroit pour les gens comme nous. Ce n'est pas une clôture blanche, des lits confortables ou des couloirs bordés de photographies retraçant les années et les événements marquants. La maison c'est un sentiment. C'est le parfum de tes cheveux. La sensation de ta main dans la mienne. L'éclat de ton sourire. Le son de ton rire ou la façon dont tu ingurgites les pâtes, si vite qu'elles te claquent le nez. C'est un millier de petits moments qui aboutissent tous à une vérité : la maison, c'est toi. Ça l'a toujours été.

Il cligna des yeux, se concentrant à nouveau sur elle.

— Quand je l'ai lu, j'avais l'impression de t'entendre parler et c'était comme si tu me parlais directement. Quand les choses devenaient difficiles, je le sortais pour me rappeler. Parce j'avais l'impression que tu étais toujours chez moi.

La gorge de Paisley se remplit de larmes.

— Ty...

Tout en lui caressant les cheveux, il cherchait son visage dans la faible lueur de la veilleuse qui éclairait les escaliers.

— Merci de m'avoir permis de rentrer à la maison.

Elle pressa son front contre le sien.

— Ma maison a toujours été la tienne. J'attendais juste que tu me reviennes.

Pendant un long moment, ils restèrent allongés dans l'obscurité, respirant le même air, heureux d'être enfin là où ils devaient être. Ensemble. Bercée par le rythme régulier de sa respiration, Paisley allait s'endormir lorsqu'il se remit à parler.

— Je peux te demander quelque chose ?

— Tout ce que tu veux.

Après un silence pesant, il aspira une bouffée d'air.

— Veux-tu m'aider à rentrer chez moi pour de bon ? Venir avec moi à la célébration de la vie de Garrett ?

Elle comprenait ce que cela lui coûterait d'y aller. Elle comprenait aussi ce que cela signifiait : qu'il voulait qu'elle soit avec lui. C'était la prochaine étape de son voyage vers la guérison, et elle allait être à ses côtés.

— Je ne manquerais pas ça pour tout l'or du monde.

TY SORTIT de son pick-up et s'enfonça dans la journée printanière aux couleurs dorées. Étant au mois de mars, l'anniversaire de Garrett avait toujours été aléatoire sur le plan météorologique, avec autant de chances d'avoir de la pluie et du vent incessants que du soleil. Mais Bethany avait eu de la chance avec son planning, car c'était une journée magnifique et chaude qui invitait à se promener en manches de chemise et à boire du thé glacé. Alors qu'il regardait le reste de l'allée vers la ferme soignée où elle avait grandi, Ty se souvint d'autres journées comme celle-ci, marchant avec son meilleur ami côte à côte, lançant un ballon de football et riant pendant qu'ils décidaient dans quels ennuis ils allaient se fourrer l'après-midi.

Bienvenue à la maison, mon frère !

Le son fantôme de la voix de Garrett fit passer un frisson sur la peau de Ty, malgré la chaleur du soleil filtrant à travers les arbres dont les feuilles commençaient à peine à pousser. Il n'était pas revenu depuis l'enterrement, et il s'en était enfui. La seule visite qu'il avait rendue à Bethany à Athens après cela ne s'était pas mieux terminée.

Une main se glissa dans la sienne et la serra. Paisley pencha la tête contre son bras.

— Eh bien, cela me rappelle des souvenirs.

L'image dans sa tête s'agrandit, comme une caméra qui recule pour obtenir une vue plus large. Et elle était là, avec sa queue de cheval éclairée par le soleil qui se balançait, son sourire s'élargissant alors qu'elle et Bethany s'élançaient vers la double balançoire accrochée au grand chêne.

— Ouais.

Se sentant plus solide, Ty resserra sa main autour de la sienne et se dirigea vers la maison.

Ils étaient en avance. Mais il n'avait aucune idée de l'ampleur de cette fête, et il voulait avoir une chance de parler à Bethany avant que tout le monde n'arrive. Les nerfs à vif, il appuya sur la sonnette et attendit. Le son étouffé d'une voix féminine fut suivi d'une voix masculine plus grave. La porte s'ouvrit sur l'un des pères de Bethany.

Le visage sombre du Dr Gordon Bristow se fendit d'un large sourire à leur vue.

— Ty Brooks. Je suis heureux de te voir, mon fils.

— Moi de même, monsieur.

Il accepta la poignée de main ferme.

— Et il y a aussi Paisley ! Oh, mon Dieu, ma fille, ça fait une éternité. Viens m'embrasser.

Elle entra, le serra dans ses bras et lui sourit.

— C'est un plaisir de vous voir, Doc.

— Venez à l'arrière. Bethany et Paul s'occupent des derniers préparatifs.

Ils le suivirent à travers la maison. Ty remarqua vaguement une nouvelle peinture sur les murs, un nouveau canapé, et le même vieux fauteuil près de la cheminée dont le mari du Dr Bristow refusait de se séparer. Puis ils sortirent de nouveau et il y avait Bethany, les joues rougies et brillantes, les cheveux noirs luisant au soleil, l'air heureux tout en se disputant avec son père sur l'emplacement d'une table de pique-nique.

Sa vue rendit Ty muet, même lorsque Bethany se retourna et le vit.

— Ty !

Il ne savait pas comment réagir à son sourire ravi et fut sauvé de l'embarras lorsque son regard glissa sur Paisley et descendit jusqu'à l'endroit où leurs mains s'entrecroisaient. Bethany poussa un cri et sauta sur place avant de se précipiter pour enlacer Paisley. Elles échangèrent des étreintes enthousiastes et ce qu'il considérait comme des salutations de filles, et lorsque Bethany s'écarta, ses yeux bruns profonds étaient embués.

— Garrett serait tellement heureux de vous voir de nouveau ensemble - elle fit un signe du doigt entre eux - et ne pensez pas que je vais vous laisser sortir d'ici sans que vous me racontiez comment cela s'est passé.

Ty se déplaçait d'un pied sur l'autre, ne sachant pas quoi répondre. Il ne savait pas comment parler de Garrett sans ressentir la douleur de la perte.

Alors que son père s'éclipsait discrètement dans la maison, Bethany tendit la main pour saisir celle de Ty d'un air entendu.

— Il voulait que tu sois heureux.

— Je sais – et refoulant le nœud dans sa gorge, il tenta un sourire qui ressemblait probablement plus à une grimace - il voulait que tu sois heureuse, toi aussi.

— Je le suis. Bien sûr, j'aimerais qu'il soit là tous les jours et que je ne fasse pas ça toute seule. Mais je fais ce que nous voulions.

Quelque chose échappait à Ty, mais il reconnaissait son intensité.

— Faire quoi ?

Son sourire devint radieux.

— Je suis enceinte.

Si une vraie bombe avait explosé dans le jardin, il aurait été moins choqué. Pendant de longs moments, sa bouche s'ouvrit et se ferma sans qu'aucun son n'en sorte. Même Paisley semblait à court de paroles.

Enfin, il réussit à dire :

— Tu es... je... qui ?

Bethany rit.

— C'est le bébé de Garrett.

— Mais... comment ?

Garrett était mort depuis deux ans.

— Une FIV. J'ai des problèmes de fertilité depuis des années. Nous suivions tous les traitements depuis plus d'un an quand il a été tué. C'était mon deuxième cycle. Le taux de fausses couches est élevé. J'en ai perdu trois avant sa mort. Mais il nous restait deux embryons viables et j'ai décidé de les utiliser. Celui-ci a pris.

— Le bébé de Garrett !

Stupéfait, Ty tendit timidement la main pour toucher son ventre, mais recula.

Elle saisit sa main et la posa sur son ventre.

— Le bébé de Garrett, oui. Tu vas devenir Tonton !

Il sentait le léger renflement du ventre sous la chemise blousante qui avait camouflé ses rondeurs. Un signe de vie, d'un espoir qu'il croyait éteint depuis longtemps. Un morceau de l'homme qu'il avait aimé comme un frère toute sa vie.

— Oh mon Dieu... Oh mon Dieu ! - il la prit dans ses bras, puis la reposa brusquement, craignant de la briser - tu vas bien ? L'altitude est-elle mauvaise pour le bébé ? Tu te sens mal ? Je vais chercher du Ginger ale. Tu peux boire du Ginger ale ?

Bethany était morte de rire, des larmes perlaient dans ses yeux aux longs cils, mais peu lui importait qu'elle se moque gentiment de lui. Il était trop absorbé par cette sensation de gaité et de bien-être coulant dans ses veines. Il lui fallut quelques instants pour reconnaître que cette sensation bizarre était de la joie.

Paisley entra à son tour dans le ballet des réjouissances.

— C'est incroyable ! Tu en es à combien de mois ?

— Un peu plus de quatre mois. Je me sens donc en confiance pour l'annoncer. C'était le but de cette journée. Je suis contente que vous deux soyez arrivés tôt, pour que je puisse vous le dire en premier.

— De quoi as-tu besoin ? demanda Ty. Comment puis-je t'aider ?

— Je vais bien. J'ai vendu la maison, et je déménage. Mes pères ont toujours voulu que je rejoigne leur cabinet, et ils sont ravis d'avoir la chance d'être des grands-pères actifs. De plus, la famille de Garrett voudra être impliquée - elle posa une main sur son ventre - ce bébé sera incroyablement aimé.

Pensant déjà à toutes les choses qu'il voulait enseigner à l'enfant et aux histoires qu'il voulait partager à propos de Garrett, la gorge de Ty se noua à nouveau.

— Ouais...

La sonnette retentit à nouveau.

— Mon devoir de maîtresse de maison m'appelle.

Bethany serra le bras de Ty et déposa un baiser sur sa joue avant d'ajouter :

— Je suis contente que vous soyez là - elle regarda Paisley - vous deux.

Alors qu'ils la regardaient entrer dans la maison, Paisley se blottit contre lui.

— Ça va, Galaad ?

Il regarda la porte où Bethany avait disparu et hocha la tête.

— Oui. Je crois que je vais enfin bien.

ÉPILOGUE

Ils furent parmi les derniers à quitter la fête. Paisley avait joyeusement retrouvé d'autres amis de Coopers Bend qu'elle n'avait pas vus depuis des années, tandis que Ty était resté près de Bethany. Il était très attentionné et enthousiaste. Après la culpabilité supplémentaire qu'elle savait qu'il avait éprouvée à propos du bébé qu'elle avait perdu après la mort de Garrett, c'était merveilleux à voir. C'était également intriguant.

Au lycée, aucun d'entre eux ne pensait à des enfants, et quand ils étaient devenus adultes, la question n'avait jamais été abordée. Paisley avait depuis longtemps abandonné l'idée d'avoir des enfants. Elle aimait sa vie, elle aimait celle qu'elle construisait avec Ty. Contrairement à Emerson, son horloge biologique ne la rappelait pas à l'ordre. Mais en observant l'attention qu'il portait à la future maman, il était difficile de ne pas se demander s'il avait un jour voulu être père et à quoi cela ressemblerait d'être l'objet d'une telle attention.

Le temps qu'ils se glissent dans son pick-up, le soleil s'enfonçait sous l'horizon. Paisley se débarrassa de ses chaussures à talons et commença à masser ses voûtes plantaires.

— Eh bien, je ne m'attendais pas du tout à ça, aujourd'hui.

— C'est une chose extraordinaire ! Je ne sais pas si elle est courageuse ou folle de faire ça toute seule. Enfin, je veux dire qu'elle n'est pas entièrement seule, mais ce ne sera pas la même chose.

— Je pense qu'il y a un peu de courage et un soupçon de folie en même temps. Bien que personnellement, je pense que cela caractérise essentiellement la parentalité en général. Néanmoins, je suis sûre qu'il y aura toute une série de défis à relever qu'elle n'avait pas anticipés.

— N'est-ce pas aussi cela être parent ?

— C'est vrai.

Mais elle se demandait si dans le cas de Bethany ça n'allait pas être pire. Le choix d'avoir le bébé de son défunt mari, bien après sa mort, allait faire jaser. Certains penseraient qu'il ne s'agissait pas d'une fécondation in vitro et qu'elle cachait une relation avec quelqu'un d'autre. Les gens pouvaient être horribles. Mais Paisley garda cela pour elle. Il n'y avait pas de raison de gâcher sa joie.

Puisqu'il en parlait, elle posa la question qui avait tourné en rond tout l'après-midi.

— Est-ce que tu as déjà eu envie de ça ? La parentalité ?

Ty lui jeta un regard interrogateur depuis le siège du conducteur.

— Ce n'est pas une allusion, au cas où tu te poserais la question. Je suis légitimement curieuse.

— La plupart des autres gars de mon équipe en parlaient souvent. Certains d'entre eux avaient des familles et des femmes à la maison. Je n'aurais pas pu le faire, pour les mêmes raisons que je n'ai pas pu rester avec toi. Comme je n'avais de toute façon personne qui m'attendait à la maison, la question était sans intérêt. J'étais un militaire de carrière. Jusqu'à ce que je ne le sois plus. Ensuite, j'ai été une épave. Et maintenant, te revoilà. J'admets que je n'y avais pas pensé avant. Je ne m'y étais pas autorisé. Mais je me suis posé la question aujourd'hui.

— Moi aussi. Je ne sais pas trop ce que je pense des enfants. Pour moi, ce n'est pas rédhibitoire, ni dans un sens ni dans l'autre. Je me dis qu'on a plein d'autres détails à régler avant que ça ne devienne une question pertinente. Par exemple, nous n'avons même pas encore réglé le problème de la maison.

— C'est juste.

Heureuse de voir sa curiosité satisfaite sans avoir l'air d'y toucher, Paisley s'étira.

— Par ailleurs, est-ce mon imagination ou j'ai vu Jonathan Bane en train de regarder Bethany ?

— Non, non, tu ne l'as pas imaginé. J'étais surpris qu'il soit là.

— Ils étaient amis quand ils étaient enfants. Je me souviens que Bethany disait qu'il avait grandi dans la ferme voisine.

— Oui, il a fait beaucoup de bénévolat à la clinique vétérinaire à l'époque. Je crois que le docteur Rollins a dit qu'il s'occupait peut-être de dresser des chiens de thérapie maintenant. Je n'en suis pas sûr. C'est quelque chose qui l'amène à travailler avec leur cabinet.

— Ah !

Ty arqua un sourcil.

— C'est quoi ce « Ah » ?

— Je me demande juste s'il va enfin passer à l'action.

— De quoi tu parles ?

— Oh, il avait un faible pour elle au lycée. Mais bien sûr, il n'est jamais passé à l'acte parce qu'il y avait toujours Garrett.

— Il est plus jeune qu'elle.

— Seulement de trois ans.

— Tu en sais des choses !

Elle afficha un sourire arrogant.

— J'avais du flair pour les histoires d'amour, même à l'époque.

— Je pense que ton cœur d'artichaud voit quelque chose d'inexistant. Elle est enceinte d'un autre homme. Ce n'est pas vraiment une situation idéale pour sortir avec quelqu'un.

— Tu penses qu'elle ne devrait pas sortir avec quelqu'un ?

Il réfléchit à la question.

— Non. Non, Garrett ne voudrait pas que sa vie soit finie, pas plus que la mienne. Il voudrait qu'elle trouve quelqu'un d'autre qui l'aime. Mais c'est une situation très compliquée. Beaucoup de bagages. Je ne connais pas beaucoup d'hommes - ou franchement aucun - qui voudraient s'engager pour ça.

— Nous verrons bien.

Réalisant qu'il ne les ramenait pas à l'hôtel, elle se redressa sur son siège.

— Où allons-nous ?

— Encore une promenade dans les souvenirs.

Avant même qu'il ne tourne vers la rivière, elle savait où il se rendait.

Apparemment, c'était un voyage pour chasser les fantômes. Alors qu'il se garait sous ce qu'elle avait toujours considéré comme leur arbre, elle arqua un sourcil.

— Tu avais prévu de mettre de la buée sur les vitres ? Car je te rappelle que ton pick-up n'a pas de banquette et qu'il fait trop froid à la nuit tombée pour qu'on se serve de ta plate-forme.

— Aussi séduisant que cela puisse être, non. Ce n'est pas pour cela que je t'ai amenée ici. Il éteignit le moteur du pick-up.

— Suis-moi.

Regrettant de n'avoir pas su qu'il voulait marcher, elle remit ses chaussures à talons et le rejoignit, prenant la main qu'il lui tendait. Il y avait un chemin bien entretenu qui n'existait pas il y a des années. Ils s'y engagèrent pour un moment, perdus dans leurs pensées tandis que la rivière s'écoulait à côté d'eux.

— Il y a tant de souvenirs ici, murmura-t-elle.

— À quels souvenirs penses-tu ?

— Au jour où tu as gravé nos initiales sur notre arbre. Aux dizaines de pique-niques sur les berges. Aux après-midis de farniente à rêver de l'avenir. À notre première fois.

Il y en avait eu d'autres. Tellement d'autres.

— Il n'y a que les bons moments pour toi ?

Elle comprenait ce qu'il lui demandait.

— Maintenant, oui.

Et pourquoi ne garderait-elle pas ces merveilleux souvenirs, quand le garçon qui les lui avait donnés était devenu l'homme qui était à ses côtés ?

Il l'attira vers lui et l'immobilisa, plaquant son dos contre son torse pour regarder ensemble en direction de la rivière.

— Cet endroit était important pour nous. Mais nous ne sommes jamais revenus après ce jour-là.

Elle n'avait pas besoin de demander quel jour et ne pensait pas qu'il avait besoin de sa confirmation.

— J'ai l'impression d'avoir tout gâché entre nous.

À cet aveu de culpabilité, elle fit glisser sa main libre le long de son bras.

— Tu as fait ce que tu devais faire. Je n'en veux pas à cet endroit.

— Es-tu déjà revenue ici sans moi ?

— Non. Ça m'aurait fait trop mal – elle s'adossa à lui, s'imprégnant du confort de sa proximité - je suis heureuse d'être ici avec toi maintenant.

— Moi aussi. Et c'est en partie pour cela que je t'ai amenée ici. Parce que je voulais faire quelque chose pour que cet endroit évoque de nouveau de bons souvenirs.

— Ah bon ?

Où voulait-il en venir ?

Il la fit se retourner pour qu'elle le regarde en face et écarta les cheveux de son visage.

— Je t'aime, Paisley Ann Parish. J'aime ton rire, ton sourire, et la façon dont tu rends tout plus amusant. J'aime ta vision romantique du monde et la façon dont elle m'empêche de me perdre trop longtemps dans le noir. J'aime ce côté têtu qui fait que tu n'as jamais renoncé à moi, même quand je le méritais probablement.

Levant ses deux mains, il déposa un baiser sur ses jointures qui la fit vaciller.

— Je n'ai eu que toi en tête depuis ce baiser au bal de la rentrée, il y a tant d'années. J'ai su à l'époque que tu étais la seule et unique, et je fais maintenant ce que tu pensais que je devais faire ce jour-là, la dernière fois que nous sommes venus ici - il s'agenouilla - Épouse-moi.

Paisley porta la main à sa bouche.

— Tu es sérieux ?

Il sortit un petit écrin de sa poche et l'ouvrit.

Elle poussa un petit cri : il y avait une vraie bague de fiançailles, brillante, là-dedans. Dans sa main. Là où il s'agenouillait sur le sol. Elle avait tellement mal aux pieds qu'elle était sûre d'être bien réveillée et qu'elle n'avait pas rêvé.

Et elle qui pensait que l'annonce de la naissance du bébé de Bethany serait le plus grand choc de la journée !

— Nous avons passé beaucoup d'années séparés. Des années qui m'ont montré sans ambiguïté que la vie est courte. J'ai perdu beaucoup de temps à me sentir indigne et fichu. Tu as changé cela. Tu m'as littéralement ramené à la vie, et je ne veux pas passer une minute de plus sans toi. Alors épouse-moi, Paisley.

Elle se considérait comme une romantique pragmatique. C'étaient les petites choses de tous les jours qui l'avaient le plus souvent découragée. Même si elle les aimait, elle n'attendait pas de grands gestes et n'en voulait pas. Le tape-à-l'œil n'était pas son style. Alors, qu'il l'ait amenée ici, où ils avaient vécu tant de premières fois, pour lui demander de l'épouser et guérir la blessure de leur précédente et douloureuse rupture, c'était exactement ce qu'il lui fallait. Il *était* tout ce qu'il lui fallait et tout à fait à elle. Enfin !

Les larmes lui brûlaient les yeux, et elle déglutit pour chasser l'émotion dans sa gorge pour retrouver sa voix et lui offrir un sourire insolent.

— Eh bien, puisque tu l'*as demandé* si gentiment...

— J'ai promis de travailler sur mon côté autoritaire. Je m'en excuse. Paisley, veux-tu...

Elle posa un doigt sur ses lèvres.

— Je pense que tu peux tout te permettre, juste pour cette fois. Parce que la réponse est oui. Pour toi, la réponse sera toujours oui.

Le sourire qu'il lui adressa illumina la nuit.

— Alors faisons les choses dans les règles.

Il sortit la bague de la boîte et la fit glisser à son doigt.

Elle lui allait à merveille.

Alors qu'il se levait et l'enlaçait, elle lui mit les mains derrière la nuque.

— Tu sais... le Tennessee est un état où il n'y a pas de période d'attente pour les licences de mariage.

— Ah oui ? Est-ce que je veux savoir pourquoi tu sais ça ?

— Pour la même raison que je connais un tas de choses futiles. A cause des recherches dans les livres. Je voulais juste dire que Gatlinburg n'est qu'à trois heures de route. On pourrait y faire un saut sur le chemin du retour. Au nom de l'importance de ne pas perdre plus de temps.

Son rire ravi réchauffa son cœur déjà débordant.

— Est-ce que je t'ai déjà dit que j'aime ta façon de penser ?

— Une fois ou deux, mais une fille ne se lasse jamais de se l'entendre dire.

— Je m'en souviendrai.

Et accompagnés par la lune se levant derrière eux, elle embrassa son premier amour qu'elle allait épouser.

À PROPOS DE KAIT

Originaire du Mississippi, Kait jure souvent comme un charretier, appelle tout le monde « mon trésor », « mon cœur » ou « mon chéri », et peut manier un « Dieu te bénisse » comme un sabre ou un plaid confortable, selon les exigences.

Vous trouverez plus d'informations sur cette auteure, récompensée par un RITA ® Award, et sur ses livres sur son site Internet https://kaitnolan.com.

Vous voulez plus d'histoires pleines d'humour et d'étincelles qui se déroulent dans des petites villes ? Inscrivez-vous à sa newsletter pour rester au courant des nouvelles parutions, des offres de livres et des contenus exclusifs ! https://kait nolan.com/french-newsletter/

NOTES

Chapitre 5

1. NDT: Bureau du tabac, de l'alcool, des armes à feu et des explosifs, un service fédéral des États-Unis.